KB013525

진해 벚꽃

진해 벚꽃

김탁환 소설집

민음in

하얀 봄, 가족 앨범을 열며

진눈깨비

축시(縮時)

시간을 접으며 다가오는 이가 있다.

"평생 겨우 서너 번 부딪혀 말 몇 마디 섞고 밥 한 술 뜨는 둥 마는 둥 헤어졌노라, 자서전 말미에 끼적거렸다가 또 그마저 지우고 말까?"

나는 아직 답하지 못했다. 6년 동안 재회가 이루어지지 않았을 뿐만 아니라 그 자서전을 내가 쓰는지 혹은 그녀가 쓰는지 분명하지 않은 탓이다. 자서전이란 단어가 하우스키퍼보다는 소설가에게 친근해 보일지는 몰라도, 슬픔과 고통의 밀도로만 인생을 따진다면 나는 그녀의 적수가 못

된다.

다시 그녀를 만나는 일은 어렵지 않다. 열아홉 살 겨울에 사랑에 빠진 그녀가 했던 것처럼, 리무진 버스를 타고 에어포트에 내려 에어플레인에 오르면 된다. 그다음부턴 비행기가 알아서 땅도 접고 바다도 접어 그녀 앞에 나를 데려다 놓으리라. 언제든지 오면 걸작을 쓸 수 있도록 숙식 일체를 제공하겠다고 약속하지 않았던가. 아메리카로 날아가지 못하는 이유는 단 하나, 내가 아직 시간을 접을 줄 모르기 때문이다.

숭숭 이파리

내 삶은 열세 살 이전과 이후로 나뉜다. 들판을 힘차게 달리는 나와 달리는 아이들을 텅 빈 교실에서 우두커니 바라보는 나.

열세 살 봄 나는 창원에서 마산으로 전학을 나왔고, 곧 폐결핵에 걸렸다. 돋보기안경을 코끝에 걸친 늙은 의사는 벽에 걸린 엑스선 사진과 내 가슴을 번갈아 쳐다보며 혀를 끌끌 찼다.

"니 절대로 뛰믄 안 된다. 가을 되믄 떨어지는 숭숭 이파리 알제? 내 말 안 들으믄 니 가심이 숭숭 이파리 된다. 알건나?"

순간 삶이 빛을 바랬다. 열두 살까지 내 꿈은 축구 선수, 사냥꾼, 마라토너였다. 공단 개발로 많은 논과 밭이 사라지긴 했지만 열두 살 꼬마들이 달릴 만큼은 논두렁과 언덕이 남아 있었다. 열세 살 봄 감히 나는 그 멋진 희망들을 입 밖에 내지 못했다.

체육 시간에도 운동장 대신 교실에 머물러야 했다. 봄가을 소풍도 쉬었고 운동회 때는 아예 학교에 가지 않았다. 되도록 오래 움직이지 않는 편이 좋았고 움직이더라도 호흡이 가쁘지 않도록 최대한 천천히 무릎을 펴고 발뒤꿈치를 디뎌야 했다. 놀이터에서 그네를 타는 것도, 철봉에 매달리는 것도 금지였다. 대신 나는 책을 읽었다. 『돌리틀 선생 항해기』나 『보물섬』, 『15소년 표류기』나 『해저 2만 리』처럼, 주인공들이 달리고 달리고 또 달리는 이야기들만 골랐다. 모험을 떠나지 않는 삶은 삶도 아니었다.

늙은 의사가 건넨 충고 중에서 마음에 들었던 것 하나는 몸이 지칠 만큼 공부를 하지 말라는 것이었다. 쌓아 둔 전과를 저만치 치웠고 문제집을 풀지 않아도 편안히 잠자리에 들었다.

남는 시간은 이야기책 읽기로 메웠다. 이리 뒹굴 저리

뒹굴 읽고 읽고 또 읽다가 지치면 공책 뒷장에 이야기를 짓기도 했다. 돌리틀 선생이 열다섯 소년과 함께 해저 2만 리를 돌아서 보물섬에 닿는 이야기였다.

내 이야기를 처음으로 들어준 사람은 어머니였다. 이야기를 담은 공책을 어머니에게 보일 수는 없었다. 이야기를 쓴다는 것은 문제집을 풀고 참고서를 읽는 것만큼 힘든 일이었기 때문이다. 대신 나는 방금 만든 따끈따끈한 이야기를 외워 말하는 방식을 택했다. 기억력이 나빴던 탓인지 이야기를 하다 보면 엉뚱한 인물이나 사건이 끼어들곤 했다. 어떤 날에는 돌리틀 선생이 돈키호테와 만나 풍차 아래에서 일 합을 겨루고 또 어떤 날에는 열다섯 소년이 톰 소여와 허클베리 핀을 따라 미시시피 강을 흘러 내려가기도 했다. 어머니는 단 한 번도 내 말을 자르고 뒤죽박죽 섞인 이야기를 정리하지 않았다. 오히려 입가에 미소를 머금은 채 끝까지 이야기를 듣고는 내 머리를 가만히 쓰다듬었다. 이야기의 주인공들처럼 모험을 떠나고 싶다고 할 때면 이렇게 말했다.

"다 나으면 맘대로 하렴!"

열세 살 봄에 내 삶을 찾은 또 하나의 고역은 개소주 마시기였다. 큰맘 먹고 잔을 비운 후에는 일부러라도 트림을 했다. 그렇게라도 하지 않으면 내장이 막혀 버릴 것만 같았다. 창자에서 위를 거쳐 식도까지 미끌미끌 차 오르는 바람에 처음에는 사흘이 멀게 구토를 했다.

어머니는 채찍 대신 당근을 내밀었다. 하루에 두 잔을 마신 날은 한 시간 더 독서와 몽상을 할 수 있었다. 이야기를 짓다가 막힐 때는 '다 나으면 맘대로' 할 일을 적었다. 벌판을 달리고 바다 밑을 돌아다니는 것은 물론이고 우주선을 타고 별나라 여행도 가고 싶었다. 그때 막 읽기 시작한 『어린 왕자』에게 내가 만든 쌍둥이별을 소개하는 것도 잊지 않았다. '맘대로 할 일'이 떠오르지 않는 날엔 함께 논두렁을 달렸던 창원 친구들에게 편지를 썼다. 창원과 마산은 국민학교 6학년 정도면 언제라도 다녀갈 수 있는 거리였다. 시내 버스로 30분이면 족했다. 버스비가 없을 수도 있겠지만 돈이 없더라도 편지를 받자마자 두세 시간 정도는 기꺼이 달려서 와 줄 녀석들이었다. 그러나 나는 편지를 보내지는 않았다. 달릴 수 없는 내 꼴을 보이기 싫어서였다. 달리지 못하면 사람 취급도 하지 않는 녀석들 앞에서 천천히 천천히 걸을 자신이 없었던 것이다.

하늘이 잔뜩 흐린 늦가을 오후, 숙이 내 집 문을 두드린 것은 의외였다.

"네가 보낸 편지 읽고 왔거든."

거듭 물어도 숙은 편지를 받았다고 했다. 하지만 들판을 함께 달렸던 녀석들도 아니고 고무줄 놀이나 즐기는 숙에게 정말 내가 편지를 썼을까. 아무리 애써도 그 기억에는 숭숭 구멍이 뚫려 있다. 열세 살 소년의 가슴처럼.

어머니는 간식을 차려 놓고 교회에 갔다. 그날 저녁 부흥회를 위하여 이것저것 준비할 게 많았던 것이다. 어머니는 바깥바람이 차니 집에서 얌전하게 놀라고 했다.

숙을 데리고 내 방으로 갔다. 여름과 가을을 지나며 모은 이야기책들이 가득했다. 특히 내가 아끼는 명탐정 홈스 시리즈와 동물 삽화가 멋진 『정글북』을 꺼내 폈다. 숙도 신기한 듯 그 책들을 이리저리 살피고 새 책들을 꺼내 보기도 했다. 나는 더욱 기분이 좋아져서 그녀를 내 이야기를 들어줄 두 번째 사람으로 정해 버렸다. 침대 모서리에 숙을 앉히고 신나게 홈스가 드라큘라와 맞서는 이야기를 늘어놓기 시작했다. 모처럼 만난 친구에게 더욱 신나는 이야기를 들려주려고 드라큘라의 부하로 늑대 인간과 설인까지 끌어들였다. 그런데 숙의 고개가 점점 이쪽저쪽으로 움직거리더니 끝내는 하품까지 했다. 나는 너무 놀라서 이야기를 멈췄다.

"나가자!"

숙이 일어서며 말했다.

"어딜?"

"어디든! 여긴 좀 갑갑하거든."

봄엔 나도 그랬지만, 이야기책이 채워지면서 갑갑함은 점점 줄어들었다. 여름으로 접어들면서부터는 이야기책으로 어지러운 이 작은 방이 안방보다도 넓고 거실보다도 아늑하게 느껴졌다. 숙이 나가기를 거듭 재촉했으므로 나는 숭숭 이파리 이야기를 꺼낼 수밖에 없었다. 달려서도 안 되고 차가운 공기를 마셔서도 안 된다고. 갑갑해도 참아 달라고. 그녀는 감옥에 갇힌 죄수 보듯 내 얼굴을 살피다가 팔목을 잡아끌었다.

"방 안에만 갇혀 있는 건 무조건 나빠! 나가자, 나가자고."

운동장엔 아무도 없었다. 차가운 바람에 뒤이어 진눈깨비까지 흩날리기 시작했으니까.

공을 차던 아이들도 젖은 머리를 털며 집으로 돌아간 뒤였다. 급히 나오느라 우산도 챙기지 못했다. 비 같기도 하고 눈 같기도 한 알갱이들이 볼을 간질이며 어깨에 내려앉았다. 솔직히 나는 춥고 불편했다. 가을로 접어든 후론 마스크를 쓰지 않고 집을 나선 적이 없었던 것이다. 갑자기 숙이 양손으로 내 뺨을 감쌌다. 눈을 동그랗게 뜨고 그녀의 코끝에 내리는 알갱이들을 바라보았다. 그녀의 눈이 차츰

작아지더니 입매가 초승달로 변했다. 검지로 그 달을 따고 싶었다.

"가자!"

숙이 등을 돌렸다. 그녀는 천천히 운동장을 달리기 시작했다. 열 걸음 스무 걸음. 땅에 박힌 빨갛고 노랗고 하얀 비닐 천을 꾹꾹 눌러 밟았다. 나는 오른 손바닥으로 입을 막았다. 헛기침이 쏟아졌다. 200미터 트랙을 반 넘게 돈 숙은 이제 나를 향해 곧장 달려오며 손을 흔들었다. 나는 허리를 펴고 엄지발가락에 힘을 실었다. 반년 넘게 내 안에 잠자던 목소리가 들려왔다. 달려. 달리는 거야. 내 삶을 좁은 방에 가둔 목소리가 밀려들었다. 저 계집앤 널 죽이려는 거야. 평생 숭숭 이파리로 살고 싶니? 다시 깨어난 목소리가 받아쳤다. 넌 벌써 많은 걸 잃었잖아? 쿵쿵쿵쿵 울리는 땅, 휘휘휘휘 흔들리는 바람, 양 떼도 되고 검은 용도 되는 구름. 이제 넌 그것들을 책으로만 읽지. 땅과 바람과 구름은 읽는 게 아냐. 만나는 거지. 내가 물었다. 어떻게 만나? 목소리가 구석으로 나를 몰아세웠다. 몰라? 정말 다 잊은 거니? 그 순간 숙이 내 어깨를 쳤다.

"따라와. 어서!"

나는 왼 무릎을 한껏 오므렸다가 폈다. 다음엔 오른발을 왼발 앞으로 내디뎠다. 두 팔을 번갈아 휘저으니 턱이 들렸다. 진눈깨비는 어느새 차가운 비로 바뀌었다. 눈과 코와 귀와 입으로 빗방울이 들이쳤다. 어느새 숙을 따라잡았다. 반년이나 쉬었지만 내 몸은 이 즐거운 놀이를 잊지 않았다. 손과 발과 등과 가슴과 머리는 어떻게 서로를 배려하고 언제 경쟁하면서 어우러져야 가장 빨리 달릴 수 있는지 알았다. 곧게 뻗은 트랙을 확인하고는 눈까지 감아 버렸다.

창원의 벗들 대부분도 이 '눈감기'를 즐겼다. 처음에는 풍경이 말을 걸지만 한참 달리다 보면 내 몸속에서 목소리가 났다. 눈을 감으면 몸들이 내는 소리가 더 잘 들렸다. 갸르르 허파는 부풀어 올랐고, 규구를르 위는 높은 음과 낮은 음을 번갈아 냈으며, 흐흐흐흐흡 간은 나쁜 기운을 빨아들이느라 16분 음표들을 연달아 이었고, 우웅 대장은 긴 침묵 사이에서 드물게 울렸다. 특히 나는 발바닥을 아홉 등분하여 각각의 떨림을 어둠 속 흑판에 새겨 두기를 즐겼다. 모래길을 달리다가 자갈길로 바뀌거나 어젯밤 노루가 지나가는 바람에 옴폭 파인 흙길을 밟을 때, 발바닥은 진저리를 치며 미세한 차이에 적응하느라 바빴다. 아홉 등분한 발바닥 중 어디에 힘이 실리는가에 따라 신체 각 부위의 움직임이 달라졌다. 일이삼 일이삼 일이삼. 발바닥 앞쪽이 반복해서 신호를 보내 왔다. 미친개처럼 달려라, 달려! 숙도 지지 않으려고 더욱 힘을 냈다. 그러나 곧 나는 그녀와 걸음을 나란히 했고 팔을 뻗어 어깨동무를 했다. 숙은 고개를 숙여 앞머리로 내 가슴팍을 황소처럼 들이받을 듯이 덤볐다. 나는 숙을 안고 맴을 돌았다. 달리면서 웃고 웃으면서 달렸다. 운동장을 달리기 위해 나를 찾아온 것처럼, 숙은 아무 말도 없었다.

벙어리가 아닌 이상 무슨 말인가 했을 것인데도 기억에 남아 있지 않다. 운동장에서 헤어졌던가. 교문을 나와서 숙은 창원행 버스를 타러 가고 나는 터벅터벅 집으로 돌아왔던 것일까. 현관문을 나 혼자 열었다는 것만은 확실하다. 어머니는 곧장 나를 길 건너 공중 목욕탕으로 밀어 넣었다. 턱 밑까지 온탕에 몸을 담근 채 나는 물방울 맺힌 천장에 초승달을 그렸다가 뿔 없는 황소를 그렸다가 했다. 그리고 물 밑에서 두 발을 쭉 뻗어 위아래로 휘저었다. 발가락이 수면으로 올라와서 작은 파문을 만들었다.

이듬해 봄, 늙은 의사는 돋보기 안경을 벗으며 결핵균이 내 가슴에서 사라졌다고 선언했다. 그래도 혹시 모르니 1년 동안은 달리지 말라고 충고했다. 숭숭 이파리의 위협을 덧붙였지만 나는 아랑곳하지 않았다. 중학교에 다니는 동안 반 대항 축구 시합에 빠지지 않고 참여했다. 레프트 풀백으로 90분 시합 내내 사이드라인을 폭주 기관차처럼 오르내렸다. 폐결핵은 재발하지 않았다.

고등학교에 들어선 후로는 '목련꽃 그늘 아래서 베르테르의 편지를' 외우며 작가의 길을 심각하게 고민했다. 테스, 채털리 부인을 만난 것도 그 즈음이었다. 어머니는 먹고 살 직장만 확실히 있다면 남는 시간에 시인 노릇도 좋고 소설가 행세도 나쁠 것이 없다고 생각하였다. 글쓰기에 몰입하려고 직업 없이 떠돌다 목숨이 다한 랭보만은 닮지 말라고 덧붙였다. 물론 나는 랭보를 최고로 쳤다. 아버지는 아예 법대나 상대 진학을 염두에 두고 있었다. 내 나이 열여덟 봄, 아버지가 귀천(歸天)하지 않았다면 이런 문장을 지금 쓸 수 없을지도 모른다.

가장의 죽음은 모든 것을 바꾼다. 상복을 입고 조문객을 맞는 것으로부터 낯선 날들이 시작되었다. 어머니는 자주 혼절했고 중학생인 동생은 울다가 그쳤다가 또 울었다. 나는 로봇처럼 서 있다가 조문 온 이들과 맞절을 한 후 그들이 건네는 위로를 곱씹었다.

"멫 학년이고?"

"고임니더."

"고이? 인자부터 니가 정신 똑바로 챙기야 한다, 알건나?"

같은 반 친구들이 들이닥쳤을 때는 더 난감했다. 심각한 표정을 나누기에는 상주도 문상객도 너무 어렸다. 건넌방에 따로 음식상이 나왔다. 소주 대신 사이다로 배를 채우고 있는 녀석들에게 갔다. 방문을 열고 들어서자 녀석들은 고기며 떡이며 찜을 입에 한껏 머금은 채 나를 올려다보았다. 녀석들도 더 이상 심각해지기는 싫었던지 빈 잔에 사이다를 가득 따라 권했다. 단숨에 사이다를 비우는데 옆에 앉은 녀석이 물었다.

"숙이 아나?"

이 세상에 '숙'이라는 이름을 가진 여자가 어디 한둘인가. 그런데도 나는 이파리 숭숭 다섯 글자와 함께 그녀 얼굴을 떠올렸다.

"내일 조문 오겠다는데 오라카까?"

숙이 아버지를 만난 적이 있던가. 다음 날 물어보니 진해에서 서너 번 우리 가족을 본 적이 있다고 했다. 토요일이면 우리 가족은 아버지의 낡은 자가용을 타고 진해로 목욕을 갔다. 진해에는 일제 시대 유행하던 가족탕이 아직 남아 있었다. 진해에서 중고등학교를 졸업한 부모님인지라 장복터널을 지나가는 것만으로도 표정이 밝아지곤 했다. 그런데 숙은 왜 진해에 갔을까.

다음 날도 종일 조문객을 맞았다. 첫날은 마산, 창원, 진해에서 대부분 찾아들었는데, 둘째 날은 멀리 서울과 경기도, 강원도에서도 지인들이 왔다. 낯익은 사람은 적었고 대부분 처음 보는 얼굴이었다. 아버지의 국민학교, 중학교, 고등학교, 대학교, 군대 친구들이 줄줄이 부의금을 내고 아버지 사진을 들여다보며 소주를 마셨고 먼저 떠난 벗을 그리워하다 돌아갔다. 아버지는 친구가 많았다. 어머니가 징글징글 하다고 투정할 만큼.

저녁을 먹고 잠깐 눈을 붙였다. 밤을 꼬박 새우며 일어났다 앉았다 하느라고 지쳤던 것이다. 친척 할머니들이 잠든 내 손과 얼굴을 쓰다듬으며 "우예 살꼬. 우예 살꼬."를 반복했다. 걱정과 한숨에 싸여도 잠은 깊고 달았다. 자다가 눈을 뜨면 아버지가 거실에서 신문을 읽고 어머니는 부엌에서 아침상을 차리고 동생은 새로 산 복싱 글러브를 낀 채 세면대 앞에서 "원투, 원투쓰리."를 반복할 것만 같았다.

"얘야!"

어머니 목소리가 귓가에 닿는 순간, 눈꺼풀이 들려 올라가기도 전에, 어둠 속에서 튀어나오는 숙을 보았다. 열세 살에 만났던 소녀와는 달랐지만 나는 그녀가 숙이 아니고는 그 누구도 될 수 없다고 확신했다.

내가 다시 아버지 영정이 있는 안방으로 들어갔을 때, 숙은 무릎을 꿇고 앉아 기도를 올리는 중이었다. 영정 앞에는 흰 국화 다발이 놓여 있었다.

우리는 옥상으로 올라갔다. 건넌방에서 국밥이나 한 그릇 먹고 가라고 했을 때 숙이 내 소매를 살짝 잡아끌었던 것이다.

"거긴 좀 갑갑하거든."

건넌방에 대한 숙의 촌평이 익숙하면서도 새로웠다.

"교횐 언제부터 다녔어?"

주일 학교에서 숙을 본 기억이 없었던 것이다. 숙은 대답 대신 밤하늘을 우러렀다. 한일합섬에서 뿜어 내는 연기 탓인지, 마산에선 눈으로 은하수를 마시기가 무척 힘들었다. 구름은 없었지만 그 밤도 별빛은 흐렸다.

"시 쓴다며?"

내 소식을 종종 들었던 모양이다. 숙이 이야기를 이었다.

"오기랄까 집착이랄까. 네가 첫 시집 낼 때까지 기다리려고 했거든. 시집을 사 들고 가서 '내 친구 숙에게' 라는 사인 한 장 받고 싶었거든. 네가 시집을 내는 동안 나도 무엇인가 되려고 그랬거든."

"달리기 선수?"

숙은 잠시 오뚝이처럼 눈만 크게 뜨고 답을 못 했다.

"우린 누구나 달려. 안 그래? 너도 달리고 나도 달려. 또 네 아버지도 방금 삶에서 죽음으로 달려가신 거고. 이제 죽음 속에서도 또 달리실 테지. 난 그걸 믿거든."

"근데 왜 왔어? 난 아직 시를 스무 편도 못 썼어."

"멈출까 봐. 네가 시 쓰기를 멈추고 잘난 척할까 봐 걱정했거든."

"잘난 척이라고?"

시 쓰기를 멈추는 것과 잘난 척하는 것이 어떻게 이어지는지 솔직히 그때는 몰랐다. 숙은 자기 주장만 내세우고 청중들의 질문에는 냉담한 웅변가 흉내를 냈다.

"너도 시 쓰니?"

내 물음은 점점 단순해졌다. 숙은 양손을 맞잡아 제 가슴에 대곤 답했다.

"사람들은 누구나 시를 써. 마음의 소금밭에 쓰는지 원고지에 쓰는지가 다를 뿐이거든."

"누구나 달리고 누구나 시를 쓴다 이 말이지?"

숙은 힘껏 고개를 끄덕였다.

"근데 내가 멈출까 봐 걱정이라고?"

"응, 누구나 달리고 누구나 시를 쓰지만 정말 잘 달리고 잘 쓰기는 어렵거든. 대부분은 그냥 달리고 그냥 쓰는 데만 만족하지. 하지만 간혹 잘 달리고 잘 쓰려고 욕심내는 이들도 있지, 너처럼."

"그 욕심이 모든 걸 멈추게 한단 말이야?"

숙은 또 답을 피하고 되물었다.

"네 얼굴 보니 안심이다. 넌 멈추지 않을 거지?"

그때 물었어야 했다. 넌 멈추지 않을 자신이 있느냐고.

열여덟 살까지 나는 아버지를 글쟁이가 되려는 나의 가장 큰 방해꾼이라고 여겼다. 아버지만 없다면 문인(文人)으로 향하는 고속도로를 곧장 달려갈 것만 같았다. 그러나 정작 숙과 함께 옥상에서 내려온 후 원고지를 멀리 치운 사람은 바로 나였다. 열아홉 살 가을, 상과 대학 경제학과를 1지망으로 적어 넣은 이도 나였고, 돈을 벌어 가족을 편히 돌보겠다고 장담한 이도 나였다. 2지망에도 경제학과를 써 넣을 작정이었는데, 응시 원서를 함께 살피던 담임이 지나치듯 한마디 뱉었다.

"같은 과 두 번 쓰는 건 바보짓이야. 어디 다른 과 가고 싶은 데 없어?"

원서를 쓴 후 숙을 만나러 갔다. 1년 전 옥상에서 받은 메모가 다행히 남아 있었다. 물어물어 아침저녁으로 갈매기가 인사하러 온다는 숙의 아파트로 갔다. 저물 무렵이었다. 과연 갈매기들이 놀이터 철봉대에 매달린 아이들 주변을 맴돌았다.

"네가 환이로구나."

숙의 언니는 입가에 숙보다 큰 초승달을 보였다. 숙보다 조금 더 뚱뚱하고 조금 덜 예뻤다.

"있어요?"

나는 뒷머리를 긁적이며 짧게 물었다. 그녀는 고개를 갸우뚱거리며 되물었다.

"몰랐니, 숙이 솔트레이크시티로 출국한 거?"

"어디요? 솔트레이크시티?"

"신랑하고 그제 떠났어."

"신랑이라고요?"

숙이 교회에 다닌 건 3년이 채 되지 않았다. 고등학교에 입학하면서 모르몬교 선교사인 폴을 만났고, 그를 사랑하게 되었으며, 조금 이른 결혼식을 치르고 함께 미국 유타주의 솔트레이크시티로 떠났다는 것이다. 솔트레이크시티는 모르몬교의 성지였다. 숙은 자신에게 몰아친 삶의 회오리를 내게 말하지 않았다. 내가 시인과 광인의 차이를 고민할 때 그녀는 이국의 신과 뜨거운 사랑을 만났던 것이다. 숙의 언니가 솔트레이크시티에 차린 숙의 신혼집 주소를 적어 주었지만, 나는 집으로 돌아오는 길 골목에서 그 쪽지를 찢어 버렸다. 그녀가 내 삶에 끼어드는 일은 없을 것 같았다. 모르몬교도 소금 호수도 내게는 선캄브리아대만큼이나 낯설었다. 2지망으로 끼적거린 국어국문학과 합격 통지서를 받던 날 잠시 숙을 떠올렸을 뿐이다.

서른 하고도 두 해를 맞을 때까지 숙의 소식을 듣지 못했다. 나는 이 땅의 젊은이라면 누구나 겪는 길을 걸었다. 대학을 졸업하고 군에 다녀와서 결혼을 하고 직장을 잡았다. 그리고 딸을 낳았으며 시를 잊듯 고향으로부터도 멀어졌다. 스물여덟 살에 소설가로 나섰을 때 고향에서는 전화 한 통 걸려 오지 않았다. 아버지가 귀천한 집에는 아직 어머니가 살고 있었다. 14년이 지났지만 그 집 문패에는 아버지 이름 석 자가 선명했다. 나는 어머니의 추억을 방해할 자신이 없었다.

아침 9시 전화가 걸려 왔다. 스물다섯 살에 습작을 시작할 때부터 오전에 집중적으로 이야기를 만들었다. 전화도 받지 않았고 화장실도 가지 않았으며 혀를 놀려 말을 뱉지도 않았다. 잠시 끊겼던 전화벨이 다시 울렸다. 그때 나는 주인공을 능지처참시키기 위한 준비를 마친 상태였다. 사지를 찢어 죽이기 위해 다섯 마리 소가 등장한다. 두 다리와 두 팔 그리고 목에 끈을 묶은 후 북이 울린다. 다섯 소가 똑같이 앞발을 내디딘다. 순간 사내의 몸이 허공으로 부웅 떠오른다. 소가 한 걸음만 더 내디디면 사지가 찢어지고 사방으로 피가 튈 것이다. 마지막으로 사내가 누구 이름을 부를 것인가를 고민하는데 세 번째 전화벨이 울렸다. 내 창작 습관을 모르는 사람이라면 텔레마케팅 판매원이거나 골드 회원 가입을 권하는 카드 회사 직원이거나 얼굴도 이름도 가물가물한 먼 친척일 가능성이 컸다. 셋 다 불쾌한 목소리다. 네 번째 전화벨이 울렸을 때 수화기를 들었다. 허튼소리가 들려오면 호통을 치고 전화를 끊을 작정이었다. 하지만 정작 선공을 당한 쪽은 나였다.

"전화 안 받고 뭐 하는 거야?"

소프라노 톤의 반말. 몇몇 얼굴을 떠올렸으나 목소리와 어울리지 않았다.

"너, 논산 산다며? 바로 택시 대절해서 갈 테니까 기다려. 인사동에서 논산까지 얼마나 걸려? 논산에서 공주는 가까워?"

그녀는 당연히 자신을 알고 있다고 확신하는 듯했다. 서울 인사동에서 충청도 논산까지 택시를 타고 온다고? 이십대에 내가 만난 사람들 중에는 발가벗고 서울 시청 앞을 뛰거나 북한산 꼭대기에서 돛단배를 띄울 만큼 엉뚱한 걸물도 적지 않았다. 그러나 서울에서 논산까지 택시로 내려온 이는 없었다. 침묵을 이상하다고 여길 만도 한데 그녀는 계속 말을 이어 나갔다.

"어젯밤에 네 첫 소설 읽었어. 첫 시집은 아니지만 사인해 줄 거지?"

당황한 나는 어려서 어둠 속을 달리던 때처럼 눈을 질끈 감았다. 어둠 속에서 열세 살, 열여덟 살 소녀가 걸어 나왔다.

전화를 끊고 한 자도 쓰지 못했다. 사지가 들린 주인공은 죽음의 공포로 두 눈에 핏발이 선 채 오들오들 떨며 기다리고 있었다. 1초도 안 되는 죽음의 순간을 빨리 마무리 짓고 사우나라도 가서 영혼의 피비린내를 씻을 계획이었다. 그러나 이미 나는 14년을 단숨에 접으며 들이닥친 목소리에 평심(平心)을 잃은 후였다.

세 시간이 훌쩍 지나간 후 복도로 나가 주차장을 내려다보았다. 세 번 복도를 왕복한 후에는 일 층 로비까지 내려갔다 오기도 했다. 오긴 오는 걸까. 숙을 기다리고 있는 이 상황이 믿기지 않았다. 반가운 마음에 전화를 하고 택시를 잡아 탔다가 서울을 벗어나기도 전에 다시 돌아갔을 수도 있다. 마음을 바꾼 것이 쑥스러워 전화도 못 하는 것이 아닐까. 불안은 의심으로 바뀌고 의심은 확신으로 자리 잡았다. 14년 만에 누군가를 만나러 나서기가 어디 쉬운가. 더군다나 서울에서 논산까지 오겠다니. 아무리 되짚어 보아도 나는 숙에게 그렇게 소중한 존재가 아니었다. 확신이 거의 포기에 이르렀을 때 전화벨이 다시 울렸다.

"내려와."

연구실에서 숨을 돌리며 따듯한 커피라도 한 잔 나눌 작정이었다. 모처럼 원두를 내리고 책상까지 말끔히 치웠다. 그런데 연구실 문을 두드리지도 않고 나를 끌어내린 것이다. 열세 살 늦가을 내 방이 갑자기 연구실과 겹치더니 숙이 숨긴 문장이 이어졌다.

'갑갑한 건 무조건 나쁘거든!'

서울 번호판을 단 택시가 주차장 입구에 시동을 켠 채 기다리고 있었다. 여우털 목도리로 앞가슴을 가리고 긴 머리를 엉덩이까지 늘어뜨린 여인이 조수석 문 옆에 서 있었다. 남미 여인처럼 키가 크고 어깨가 넓었다. 나는 일부러 헛기침을 했다. 폐결핵이 나은 이후론 어떤 경우에도 부러 기침을 하지 않았다.

숙은 발레리나가 턴을 돌듯 빙글 돌아서서 나를 향해 달려왔다. 나는 그 얼굴을 보고 잠시 머뭇거렸다. 세 시간 동안 열여덟에서 서른둘까지 숙의 얼굴을 차례차례 그렸다. 성큼성큼 다가오는 얼굴은 내가 상상한 것보다 훨씬 우아하고 눈부셨다. 눈코입이 큼직큼직하고 피부는 주근깨 하나 없이 희고 맑았다. 그녀가 나를 덥석 안은 후에도 나는 계속 스스로에게 묻고 있었다. 이렇게 키가 컸던가. 이렇게 아름다웠던가. 이 멋진 여자가 숙이 맞기는 맞는 것인가.

"하나도 안 변했네. 그대로야."

숙은 물방울 귀걸이를 흔들며 내 얼굴을 쳐다보다가 다시 끌어안았다.

"우선 타. 논산 꽤 머네. 약속 시간이 벌써 다 되었거든."

택시 뒷좌석에 나란히 앉았다.

"약속?"

"큰언니 만나러. 공주거든."

내게 솔트레이크시티 주소를 건넸던 얼굴을 간신히 기억해 냈다.

"공주 사셔? 시집을 그쪽으로 오셨나 보지? 나도 한 번 뵌 적 있어. 네 주술 주시더라."

"아, 그건 작은언니야."

그동안 어찌 지냈느냐고 안부를 물으려는 순간, 갑자기 숙이 양 손바닥에 얼굴을 묻고 울음을 터뜨렸다. 눈물 콧물 다 짜내는 그야말로 대성통곡이었다. 웃돈을 듬뿍 받고 서울에서 논산을 거쳐 공주로 장거리 운행을 나선 운전사가 백미러를 통해 의아한 눈으로 우리를 훔쳐보았다. 14년 만에 만나 눈물부터 쏟는 것은 아무래도 이해하기 힘들었다. 눈물이 흐르는 뺨을 들어 보이며 숙이 말했다.

"미안! 나 조금만 울게. 무릎을 빌려 주면 좋겠거든."

공주에 도착할 때까지 숙은 울고 또 울었다. 눈물이 바지를 적셨다. 허벅지가 축축하고 불편했지만 움직일 수 없었다. 머리보다 가슴이 먼저 슬픔에 빠져들 때도 있는 법이다. 입술을 다물고 신음을 삼키는 바람에 "엄마!"라는 말만 겨우 알아들었다. 혀가 단어를 만들기도 전에 목구멍에서 어떤 고통과 슬픔과 분노가 치밀어 올라 짐승 울음소리를 만드는 것을 예전에도 몇 번 목격한 적이 있다. 그러나 숙에게 이 울음은 어울리지 않아 보였다. 짐승의 소리를 내기에 숙은 지나치게 곱고 당당하고 여유가 넘쳐흘렀다. 그녀가 눈물을 닦아낼 때마다 엄지를 제외하고 여덟 손가락에 낀 반지들이 햇빛을 받아 번쩍였다.

나는 오른손을 숙의 흔들리는 머리에 가볍게 얹고 강을 바라보았다.

충청도에 정착한 후 나를 가장 매혹시킨 것은 금강이었다. 저물 무렵 강을 따라 걷노라면 숱한 이야기들이 마지막 빛을 부여잡고 나타났다가 어둠으로 사라졌다. 내가 단 한 번도 들어 보지 못한, 내가 단 한 번도 만들어 보지 못한 이야기였다.

지금도 아이들은 강 언덕에 올라서면 달리고 보지만 나는 예전처럼 서두르지 않는다. 시를 찾을 때는 치명적인 찰나를 발견하기 위해 뛰고 구르고 때론 창공으로 날아올랐다. 하지만 소설은 느리게 한없이 느리게, 결핵 환자처럼 조심조심 바람의 세기와 햇빛의 양까지 살피며 걸어가야만 한다.

우금치 고개를 넘어 택시가 멈추자 숙이 울음을 그쳤다. 숙은 악어 가죽 핸드백을 열고 수표 한 장을 꺼내 운전사에게 건넸다. 운전사는 고맙다는 인사도 없이 서둘러 떠났다. 돌아가며 인사동의 귀부인과 지방 대학 교수 사이의 음침한 관계를 상상하겠지. 저녁 식사 자리에서 가족들에게 오늘의 횡재를 자랑할지도 모른다.

숙은 국립 공주 정신 병원으로 곧장 들어갔다. 매점부터 들러 초코파이 한 통과 우유를 샀다. 그리고 갑자기 휙 돌아서서 양팔을 모델처럼 들어 올렸다.

"나 어때?"

마스카라 번진 시커먼 눈두덩과 눈물 자국 어지러운 뺨, 내 무릎에 눌린 머리카락을 지적해야 할까.

"이뻐!"

나는 숙의 입매가 만든 초승달만 쳐다보기로 했다.

"14년 만이야. 고2 때 보곤 처음이거든. 예전엔 진해 기도원에 계셨는데, 작년에 공주로 옮겼거든. 나 울면 안 되거든. 부탁이 있어. 같이 가 줄래?"

숙을 따라 작은 방으로 들어갔다. 사방 벽에 푸른 파도가 출렁이고 있었다. 환자복을 입은 여인이 남녀 간호사의 도움을 받으며 그림을 그리는 중이었다. 간호사들이 고개를 들어 우리를 바라보았지만 여인은 노란 크레파스로 담벼락을 칠하느라 바빴다. 세 자매가 담벼락에 기대어 서 있었다. 키가 큰 둘은 남색 치마를 입었지만 막내는 벌거숭이였다.

"언니!"

숙이 초코파이와 우유를 탁자 위에 놓고 큰언니에게 다가섰다. 여인은 노란 크레파스를 손에 쥔 채 고개를 들었다. 그리고 숙과 눈을 맞추며 미소 지었다.

"춥지? 내가 얼른 옷 입혀 줄게."

여인은 남색 크레파스로 바꿔 쥐고 벌거숭이 아랫도리에 치마를 그리기 시작했다. 숙은 눈물을 참느라 자주 천장을 올려보았다. 내 시선은 여인이 미소를 지을 때부터, 초승달 입 초리를 만들 때부터 내내 그녀 얼굴에 머물렀다. 광대뼈가 튀어나오고 입술이 얇기는 해도, 저 얼굴은 분명 열셋 그 운동장에서 내 삶을 다그쳤던, 내게 달리라고 했던, 갑갑한 건 무조건 나쁘다고 했던 숙의 얼굴을 닮아 있었다.

여인은 치마를 그리다 말고 초코파이 상자로 손을 뻗었다. 숙은 우유팩을 열어 왼손에 쥐어 주었다. 하나 먹고 둘 먹고 셋 먹고 넷 먹고 다섯 먹는 동안, 자매는 말이 없었다.

여인이 보름달을 닮은 초코파이를 한 입 베어 문 다음 웃었고 숙은 말없이 언니의 턱에 묻은 빵가루를 털어내기만 했다.

여인은 초코파이 상자를 말끔히 비우고 다시 크레파스를 들었다. 숙은 기어이 눈물 한 줄기를 쏟으며 일어섰다. 나는 숙이 몇 마디라도 건넬 줄 알았다. 큰언니가 대꾸하지 않는다고 해도, 때로는 독백만으로도 위안이 되는 법이니까. 그러나 숙은 부질없는 기대를 거두려는 듯 얼른 뒤돌아섰다.

"이거 선물!"

숙이 고개를 돌렸다. 여인이 방금 그린 그림을 '앞으로 나란히!'를 하는 아이처럼 쭉 내밀었다. 그림이 여인의 손에서 숙의 손으로 옮겨 왔다. 고개를 숙이고 잠시 그림을 보던 숙은 그때까지도 '앞으로 나란히!'를 하는 여인의 두 팔 사이로 제 몸을 끼웠다. 숙은 다시 흐느끼기 시작했다. 또박또박 인간의 말을 이은 것은 여인 쪽이었다.

"또 와. 초코파이 사서 꼭 와야 해."

저물 무렵, 공산성을 올랐다.

숙은 잠시 걷고 싶다고 했고 나는 백제 왕궁 터를 택했다.

"그래서 진해를 오간 거구나."

병원에 있는 큰언니를 만나려고. 내가 추억의 한 자락을 뒤늦게 확인하자 숙이 고개를 돌렸다.

"혼자서도 버스 타고 곧잘 갔거든. 근데 이번엔 자신이 없는 거 있지? 너무 오래 언니를 못 만난 데다가 보다시피 난 이렇게 변했으니."

우리는 금강이 내려다보이는 벤치에 나란히 앉았다. 강변 도로를 따라 가로등이 빛을 뿜었다. 간간이 자동차들이 오갔지만, 아무것도 움직이지 않는 듯했다. 시간을 멈추기에 가장 적당한 곳을 찾는다면 나는 주저 없이 여기를 추천할 것이다.

숙이 말보로 담배를 한 개비 꺼내 물었다. 내게도 권했지만 나는 손사래를 쳤다.

"성대에 비익 폴립이 생겼대. 소프라노들한테 잘 생기는 건데."

"노래도 하니?"

숙이 담배 연기를 내뿜었다. 기분이 한결 좋아 보였다.

능지처참이란 단어를 떠올렸다가 지우곤 좀 더 가볍게 근황을 알리기로 했다.

"스무 살 시절을 빗댄 역사 소설을 하나 쓰고 있어. 시간을 거슬러 오르자니 조금 무리했나 봐. 언제부터 담배 피웠어?"

숙은 누각 너머로 황혼이 깃든 강을 바라보며 되물었다.

"하나만 약속해 줄래?"

고개를 끄덕였다.

"정말 멋지게 쓸 수 있겠다 생각 들면 내 이야길 만들겠다고. 세세한 건 맘대로 바꿔도 좋아. 원래 소설가는 어떤 사람 인생을 드라마틱하게 바꾸는 재주가 있잖니?"

종종 소설가를 찾아와서 이런 요구를 하는 독자들이 있다. 그땐 솔직하게 답하는 것이 최선이다.

"난 널 잘 몰라."

"평생 겨우 서너 번 부딪혀 말 몇 마디 섞고 밥 한 술 뜨는 둥 마는 둥 헤어졌노라, 자서전 말미에 끼적거렸다가 또 그마저 지우고 말까?"

숙의 물음은 담배 연기처럼 퍼져 나갔다. 내게 묻는 것 같으면서도 내가 아니라, 내가 모르는 누군가를 향해, 어쩌면 자신을 향해 묻고 있는 것처럼 느껴졌다. 확실한 것은 하나. 자서전을 쓰기엔 우리가 너무 젊다는 것이다. 서른둘에 삶을 되돌아보는 이도 있지만, 요절하지 않는다면 그 문장은 뒤이어 등장하는 삶에 의해 깡그리 짓밟히리라.

"아이는?"

"아들 하나."

숙은 핸드백에서 사진 한 장을 꺼내 내밀었다. 스누피 잠옷을 입고 침대에 비스듬히 누운 소년은 열 살이 훌쩍 넘어 보였다.

"넌?"

"딸 하나."

지갑에서 나도 사진을 꺼냈다. 겨우 백일이 지났다. 숙은 그 사진을 한참 들여다보았다.

"폴이 교통 사고로 죽었을 때 마이클이 이만했거든."

폴? 깔끔하게 양복을 입고 돌아다니다가 그녀와 사랑에 빠진 모르몬교 선교사가 죽었단 말인가?

"폴만 믿고 택한 길이었거든. 딱 2년 함께 살았지. 영어도 서툴고 음식도 입에 맞지 않았지만 하루하루가 충만했거든. 소금처럼 굵은 눈발이 날리던 새벽에 폴은 트럭에 치여 즉사했어. 계속 모르몬교도로 지냈다면 살이가 조금은 나았겠지. 장례를 치르고 나니 폴 부모들이 너무 낯설게 느껴졌거든. 좋은 분들이긴 해. 함께 살자고 얼마나 살갑게 말씀하시는지, 마이클 키우며 그냥 살까 잠시 고민하기도 했지. 몇 달 같이 살기도 했어. 한데 그분들과 지내는 것 자체가 고통이더라고. 그 집은 남편 흔적이 가장 많이 남아 있는 곳이고, 또 폴에 대해 가장 많은 이야기를 들을 수 있는 곳이었으니까. 고통이 점점 커지더라고. 폴의 짧은 삶이 선명하게 살아날수록 슬픔은 더 깊어졌거든. 그래서 개종을 하고 그분들 곁을 떠났어. 2년 남짓 모은 돈으로 작은 우동 가게를 차렸지. 처음엔 장사가 꽤 잘되었어. 한데 가게에서 일하던 일본인 주방장이 사표를 내더니 길 건너편에 가게를 차리더라고. 헛소문이 돌았어. 내가 맛을 좋게 하기 위해 이상한 드럭(drug)을 국물에 탄다고 하더라고. 경찰관이 오고 난리법석을 떨었거든. 결국 무죄로 밝혀졌지만 그사이 단골들은 모두 길 건너로 옮겨가 버렸어. 망했지. 재산 다 날리고 알거지가 되고 말았거든. 빚까지 졌지. 한국으로 나오고 싶었는데 비행기 값도 없더라고. 작은언니에게 전화하면 그만한 돈이야 마련했겠지만, 가족들에게 알리기는 정말 죽기보다 싫었어. 우겨서 고향을 떠나왔는데 겨우 2년 만에 폭삭 망한 꼴을 보일 순 없었거든. 수소문해서 겨우겨우 호텔 청소부로 취직을 했지. 폴 부모님께 마이클을 맡겨야만 했어. 잠은 호텔 지하 보일러실에 딸린 쪽방에서 자고, 한 달에 한 번 겨우 마이클을 만나러 갔지. 새벽부터 밤까지 허리 펼 틈도 없이 쓸고 닦았거든. 담배도 그때 배운 거야. 이렇게 새 건 사지도 못하고 손님들 거 애시트레이에서 슬쩍 해서."

호텔방에서 재떨이에 꽂힌 꽁초를 집어 후후 분 다음 속치마에 몰래 감추는 청소부가 떠올랐다. 지금 곁에 앉은 귀부인과는 전혀 어울리지 않았다.

"술이 문제였어. 밤마다 드렁큰이었어. 취하지 않고는 잠이 오지 않았거든. 온몸이 쑤시는 건 참을 만했지만 매일 매일 일해도 희망이 없었어. 쥐꼬리만 한 월급으론 이자도 내기 힘들었거든. 햇빛 잘 드는 따뜻한 정원에서 시베리아 벌판으로 쫓겨난 꼴이랄까. 빚이 자꾸 늘어났어. 원하지 않았지만 선택의 순간이 다가왔어."

"선택?"

"선택도 아니지. 감방엔 가기 싫었으니까. 술 없이 옥에 갇혀 썩을 순 없었어. 그럴 바에야 차라리……."

숙의 절망은 급물살을 탔다. 하늘엔 붉은 빛이 남아 있었지만 금강변에는 검은 적막뿐이었다. 자살하기에 가장 적당한 때가 개와 늑대의 시간이라더니, 자살 이야기를 듣는 것 역시 그때일지도 모른다.

"지배인 자가용을 몰았거든. 그 사람 테이블에 차 열쇠가 놓여 있더라고. 날 지독히도 괴롭히던 사람이라서 마지막으로 골려 주려 한 거지. 자정을 갓 넘겼을까. 호숫길로 접어들었거든. 때마침 그믐이고 먹구름까지 짙어 별도 달도 없었어. 아주 좁은 2차선 길이야. 죽음에 닿는 방법은 간단했거든. 심호흡 한 번 하고 핸들만 꺾으면 그만이니까. 그다음엔 자가용이 가라앉을 테고 차가운 물이 차 안으로 들이쳐서 잠시 허우적대다가 숨이 막혀 죽겠지. 쪽방에 짧은 유서를 써 두고 나왔어. 폴의 부모님께 마이클을 잘 부탁한다고 썼지. 한국에 있는 부모님과 언니들에게도 쓸까 하다가 그만두었어. 그런데 막상 호숫길로 접어드니 쉽게 핸들이 꺾이지 않더라. 스물두 해 살면서 만났던 이들, 겪었던 일들이 산만하게 자꾸 끼어들더라고. 환이 너랑 달렸던 국민학교 이름이 봉덕인지 양덕인지도 막 헷갈리는 거 있지. 그러다가 이런 거 확인할 필요가 뭐람. 죽고 나면 소용없는 일이란 생각이 들더군. 드디어 핸들을 꽉 잡고 꺾었지. 한데 갑자기 경적이 울리면서 맞은편에서 트럭이 나타났어. 헤드라이트도 켜지 않고 달려오고 있었던 거야. 핸들을 반대로 꺾으니 나무가 나왔고 나무를 피하려고 다시 핸들을 가까스로 꺾고 나니 트럭은 이미 지나간 후였어. 그다음부턴 핸들을 꺾기 전에 경적부터 울렸지. 나 지금 자살하려는데 방해 마시오. 이렇게."

"용케 살았네. 방해한 사람이 누구야?"

숙이 내 얼굴을 잠시 쳐다보았다.

"없어. 핸들을 그 밤에 백 번도 넘게 꺾었는데 마지막 순간엔 꼭 되꺾더라고. 턴, 턴, 턴. 계속 돌기만 했지. 새벽까지 돌다가 호텔로 돌아왔어. 지배인에게 들키는 게 싫어 호텔 앞 언덕에 차를 아무렇게나 버리고 걸어왔거든. 쪽방에 들어갔더니 책상 위에 유서가 놓였더라고. 그걸 꼬깃꼬깃 접어 맥주와 함께 들이켰지. 세상에 유서를 안주 삼아 술 마신 사람은 나뿐일 거야. 그리고 깊은 잠에 빠져들었어. 벨보이가 문을 부서질 듯 두드릴 때까지. 그 소리에 놀라 벌떡 일어나 앉았는데 갑자기 확신이 들더라고."

"무슨 확신?"

"우리가 달린 국민학교 이름이 '봉덕'이라는 확신. 봉황 봉(鳳)에 덕 덕(德) 맞지? 이름은 촌스러운데 뜻은 깊다 생각했었거든."

나도 웃으며 그 농담을 받아들였다.

"맞아. 양덕은 내가 나온 중학교 이름이야. 볕 양(陽)에 덕 덕(德)."

숙이 미소를 지우지 않고 이야기를 이었다.

"턴, 턴, 터언 한 건 삶과 죽음뿐만이 아니더라고. 당연히 파이어 당할 줄 알았거든. 청소일이 몹시 고되긴 해도 지원자가 줄을 서 있었으니까. 조금만 게으름을 피우거나 지각을 해도 목이 달아나지. 당장 지배인에게 가서 손이 발이 되도록 빌어야 할 상황이었거든. 한데 몸이 으슬으슬 춥고 어지럽더라고. 사흘 동안 지독한 감기 몸살을 앓았지. 겨우 몸을 추스른 후 작별 인사 겸 지배인을 찾아갔지. 그런데 이 멀대 같은 지배인 녀석이 자리를 권하는 게 아니겠어. 따뜻한 커피까지 한 잔 얻어 마시는데 피터가 흰 국화를 한아름 안고 들어왔어. 호텔 장기 투숙객이지. 유타 주와 파리와 런던을 오가며 컴퓨터 부품을 사고파는 일을 한댔거든. 알부자라고 소문난 사람이었지. 팁이 꽤 두둑해서 청소부들 사이에도 인기가 많았어. 대머리에 배가 나온 중늙은이면 어때? 핸섬 가이보다 팁이 세 배나 많으니 다투어 그 방을 탐낼 수밖에. 난 당황했어. 파이어 당하지도 않고 또 피터 아저씨가 무릎을 꿇고 내게 꽃을 선사했으니까. 영화 속 장면 하나가 스치긴 했지."

"영화 장면이라? 「해리가 샐리를 만났을 때」와 비슷해, 아니면 「시애틀에 잠 못 이루는 밤」과 비슷해?"

나는 로맨스 영화를 좋아하지 않는다. 사랑이란 이름으로 상처를 적당히 치유하는 모습이 역겨운 탓이다. 결코 낫지 않는 상처도 많다.

"맥 라이언이 한국에서 인기라더니. 스크루지에게 뭘 더 바라? 며칠 전 운 좋게 피터 방 청소를 내가 맡았거든. 한참 이불을 교환하고 있는데 피터가 들어오더라고. 지갑을 두고 나왔다나. 날 돌아서게 한 후 간이 금고에서 지갑을 챙기더니, 나가면서 이렇게 물었어. '좋아하는 꽃이 뭐예요?' 흰 국화라고 했지. 폴이 죽고 1년도 지나지 않았으니, 미망인에게 흰 국화가 어울린다는 생각이 들었거든. 꽃을 건넨 후 피터 톰슨이 청혼하더군."

"좋아하는 꽃이 뭐냐고 묻고, 그 꽃을 사 와서 건네며 청혼을 했다? 데이트 신청도 아니고 결혼하자고 했단 말이야?"

"그래, 지배인은 뭔가 언질을 받은 듯 빙그레 웃으며 자리를 피하더군. 기가 막혔어. 자살하려고 밤새워 호숫가를 빙빙빙 돌고 온 내게 결혼이라니? 화가 났어. 차갑게 답했지. '난 널 잘 몰라.' 피터가 기다렸다는 듯이 말하더라고. '세상이 살 만한 곳이란 걸 너한테 꼭 가르쳐 주고 싶어.'"

"장난은 아닌 게로군."

"피터 말이 그동안 내가 한 번도 웃은 적이 없었대. 항상 바닥만 보고 걷고."

"그건 사랑이 아냐. 동정이지."

난 조금 냉정해졌다.

"그 정돈 나도 구별할 줄 알아. 천만장자와 청소부의 결혼이 어울리지 않는다는 것도 알고. 정중히 거절하려는데 피터가 덧붙이더라고. 스무 살 이쪽저쪽에 즐기던 놀이가 하나 있는데 헤드라이트를 끄고 트럭을 몰아 호숫길을 질주하는 거라더군. 재수 없으면 맞은편 차와 부딪쳐 큰 사고를 당하지만 어둠 속을 달리는 스릴을 잊을 수 없었다고. 그래서 이 호텔에 올 때마다 한 번씩 운을 시험하곤 한다고."

"죽음으로 향하는 네 핸들을 맨 처음 꺾어 놓은 장본인이로군."

"짧은 순간이었지만 피터도 내 얼굴을 보았다나 봐. 그리고 스스로 내기를 걸었다더군. 저 여자가 살아 돌아오면 세 번째 결혼식을 올리겠노라고. 벌써 두 번 이혼한 경력이 있었거든."

"기막힌 내기로군."

"내기 따윈 처음부터 없었을지도 몰라. 트럭을 몬 이가 피터였다고 해도 그런 내기를 했다는 증거는 어디에도 없으니까. 드라마틱한 청혼을 위해 로맨스 소설 어느 끄트머리에서 슬쩍 가져온 것일지도 모르지. 하지만 선택의 여지가 없었어. 파이어 당하면 그땐 정말 죽는 수밖에 없었으니까. 동정이든 사랑이든 내기든 거짓이든 난 살고 싶었어. 명분은 그다음에 따라오는 꼬리표거든."

숙은 피터와 결혼식을 올렸고 마이클을 다시 찾아왔다. 피터에게는 숙보다 두 살 많은 아들과 한 살 어린 딸이 있었는데 그들은 모두 아버지 일을 도왔다. 피터는 전처 자식들을 데리고 자주 유럽으로 출장을 갔고, 숙과 마이클은 넓은 저택에서 그들을 기다렸다.

평화가 찾아왔다. 숙은 술을 끊었다. 담배도 하루에 한 개비만 피우겠다고 피터와 약속했다. 하녀들이 청소를 하고 음식을 장만하는 동안 숙은 책을 읽었다. 영어도 능숙해져서 하룻밤 사이에 두툼한 장편 소설을 독파할 정도였다. 숙은 자신의 삶을 소설로 쓰고 싶었다. 메모를 수백 장 하고 기억에 고이 모셔 둔 장소까지 일일이 답사했다. 그러나 이야기가 만들어지지 않았다. 단어가 단어를 밟고 동사가 동사를 걷어찼다.

"공항까지 마중 온 작은 언니가 차 안에서 그러더라. 환이 네가 소설가가 되었다고. 당장 서점에 들러 네 소설을 샀지. 어젯밤을 꼬박 새워 읽고 읽고 또 읽은 끝에 널 만나야겠다는 생각이 들었거든. 마침 큰언니도 공주로 옮겼다고 하고."

숙은 어떻게 하면 이야기를 쓸 수 있느냐고 물었다. 소설가에겐 쉬운 물음이라고 생각한 듯 범상한 목소리였다. 내가 우물쭈물하자 숙은 조금 돌려 다시 물었다. 시 대신 소설을 택한 이유가 무엇이냐고. 마침 진눈깨비가 흩날리기 시작했으므로, 나는 부적절한 비유 하나를 꺼냈다.

"지금 내리는 이건 눈일까 비일까?"

"진눈깨비!"

숙은 이 멋진 단어를 잊지 않았다.

"진눈깨비는 눈도 되고 비도 돼. 하지만 눈도 아니고 비도 아니지. 너를 주인공으로 하여 소설을 쓰더라도, 그건 네 이야기도 아니고 내 이야기도 아니지. 그 밤 네가 호숫길을 돌 때, 넌 죽음으로 갈 수도 있었고 삶으로 갈 수도 있었지. 그런 거야. 소설은 진눈깨비 내리는 길과 같지."

숙이 내 어깨를 툭 치며 일어섰다.

"쉽네. 역시 넌 소설가야."

크리스마스 동물원

6년이 지났다. 나는 딸을 하나 더 얻었고 대전으로 직장을 옮겼다.

자식을 얻고 직장을 옮기는 것은 흔한 일이다. 숙은 공산성을 내려와서 처음 멈춘 택시를 타고 떠났다. 전화 번호와 주소를 교환했지만 내가 먼저 편지 하거나 전화 걸지 않았다. 열셋, 열여덟, 서른둘에 어떤 사람을, 그것도 여자를 띄엄띄엄 만나는 것은 흔한 일이 아니었지만 그렇다고 정성을 쏟을 일도 아니었다. 가까이 더 가까이 다가서야만 빛나는 만남도 있고 멀리 두고 무관심으로 일관하다가 문득 그리운 만남도 있는 법이다. 숙과 나는 후자였으므로 서로 상대방의 삶에 개입하는 것은 지극히 어색했다. 꼭 한 번 전화를 받았다. 주인공을 무사히 능지처참하고 퇴고를 거쳐 소설 출간을 서두르던 다음 해 여름 오후였다.

"행복하지, 그럼."

솔트레이크시티는 새벽이었고 숙은 몹시 취해 있었다. 그래도 나는 그녀의 판단을 따지지 않았다.

"환아! 여기 놀러 오지 않을래? 여기 소설 쓰기 좋은 곳 많아. 네가 온다면 특별히 내가 집 하나 비워 둘게. 와라."

숙은 자기 이야기를 완성하지 못한 것이 분명했다.

나는 솔트레이크시티로 가지 않았다. 이 골목에서 저 골목에서 옮겨 가기도 힘겨운 판에 비행기를 타고 소금호수를 찾아 떠날 여력이 없었다. 숙이 안쓰럽긴 했지만 누구나 그 정도 외로움은 자기 몫으로 두고 오래오래 다스려야 하는 법이다.

이사를 하면서 숙과 만났던 해 일기장을 잃어버렸다. 아쉬웠지만 망각 역시 삶의 한 부분으로 받아들였다. 숙과 내 인연도 공산성이 마지막이라고 여겼고, 그 정도 이야기론 그녀를 주인공으로 짧은 콩트 하나도 쓸 수 없었다.

크리스마스 저녁에 동물원 나들이를 가자고 떼를 쓴 건 둘째 딸이었다. 유치원 짝이 동물원에 간다고 자랑을 한바탕 늘어 놓은 것이다. 예수의 고향을 찾아가는 다큐멘터리나 보면서 밤을 보내려던 내 계획은 간단히 취소되었다.

'누가 크리스마스에 동물원에 간담.'

예상은 보기 좋게 빗나갔다. 동물들은 추위를 견디지 못하고 보온벽 뒤로 숨어 버렸지만, 사람들은 동물원에서 또 다른 재미를 찾았다. 산타클로스 복장으로 통일한 악대의 흥겨운 성탄송과 함께 갖가지 동물 모양으로 만든 크리스마스 트리를 지나자 놀이 기구가 나왔다. 아이들은 언 손을 호호 불며 회전 목마와 범퍼카, 어린이 바이킹에 올랐고 부모들은 디지털 카메라를 든 채 "여기 봐! 공주님." "웃어요! 왕자님."을 외쳤다. 두 딸이 회전 목마를 타겠다고 졸랐으므로 나는 표를 끊기 위해 간이 매표소 앞에서 줄을 섰다.

"환이 아니니?"

내 앞에 선 흰 오리털 파카를 입은 여인이 슬쩍 고개를 돌리더니 알은체를 했다. 낯익은 입매였다.

"이렇게도 만나네."

그녀의 입술 끝이 올라가는 순간 나는 숙을 떠올렸다. 열아홉 겨울에 내게 솔트레이크시티 주소를 건넸던 숙의 작은언니였다.

"누구야, 엄마?"

등 뒤에 숨었던 소녀가 벙어리 장갑으로 제 볼을 감싸며 물었다. 초등학교 3학년 정도 되어 보였다.

"이모 친구야."

"대전에 사셔요?"

"법원 앞에서 장사 해, '창원갈비' 라고. 한 번 와. 숙이가 얼마나 네 얘길 하던지, 근 20년 만에 봐도 하나도 어색하지 않네, 그지?"

나는 어색함에서 빨리 벗어나고 싶었다. 그러나 숙의 이름이 나왔으므로 안부 정도는 물어야 했다.

"숙인 잘 지내나요?"

"뭐 그럭저럭! 환이 네가 쓴 책은 다 사서 보냈거든. 직접 연락하라고 권해도 '다음에, 다음에' 라고만 하더라고."

그녀는 다시 한 번 '창, 원, 갈, 비' 를 강조한 후 먼저 표를 끊었다. 회전 목마가 돌 때 보니 두 딸 사이에 그녀의 딸이 앉아 있었다. 셋이서 나무로 만든 말의 귀를 양손으로 꼭 붙들고 하하하 웃는 모습이 자매 같았다.

26일부터 28일까지 망년회가 이어졌다.

잊을 것도 기억할 것도 없었지만 적당히 감상에 젖고 술배를 채우는 것이 또한 세상 사는 방법이었다. 전날까지 연일 마신 술 탓인지, 28일엔 소주 석 잔째부터 취하기 시작했고 노래방으로 2차를 가자며 일어섰을 땐 몸을 가누기 힘들 정도였다. 졸음이 쏟아졌다. 그 전 이틀 동안 노래는 원없이 불렀기에 먼저 모임에서 빠져나왔다. 도로변에서 손을 휘저었지만 택시가 잡히지 않았다. 정신도 차릴 겸 잠시 걷기로 했다. 생각 같아서는 집까지 달려가고도 싶었지만 며칠 후면 서른아홉 살이었다.

한참 걷다가 걸음을 멈추고 전봇대에 기댔다. 맥주에 소주를 섞은 폭탄주가 뒤통수를 계속 쳐 댔다. 말끔하게 잊는 것도 좋지만 이런 고통까지 감내하고 싶지는 않았다.

"소설가 아찌!"

작은 손이 버버리 코트를 흔들어 댔다. 토끼 귀마개를 하고 턱을 치켜든 아이는 동물원에서 만났던 숙의 조카였다. 그 머리를 쓰다듬으며 고개를 돌렸다. 창원갈비라는 간판이 눈에 들어왔다. 카운터에 앉은 숙의 작은언니가 손을 흔들었다.

"이거 선물!"

아이가 누런 서류 봉투 하나를 내밀었다.

"이게 뭐니?"

"몰라. 엄마가 갖다 드리래."

봉투를 열고 손을 집어넣었다. 작은 책이었다. 천천히

그 책을 빼냈다. 지은이 이름부터 눈에 띄었다. Sook. 곧이어 제목을 읽었다. Sleet(진눈깨비). 첫 장을 폈다. To Hwan.

"이모가 쓴 첫 시집이래. 난 잉글리신 못 읽어."

아이가 꾸벅 인사하곤 가게로 뛰어 들어갔다. 숙의 작은 언니가 들어오라며 손짓했지만 용기가 나지 않았다. 나는 등을 돌렸다. 그리고 초등학교 운동장을 뛰었던 열세 살 때처럼 꽁꽁 언 길을 달려 집으로 왔다.

그리고 나는 숙이 지은 시집을 읽기 전에 이 짧은 이야기를 쓰기로 결심했다. 그녀가 자서전 대신 시집을 낸 것은 뜻밖이었지만 살다 보면 그 정도 변심은 흔한 일이다. 자서전 대신 그림을 그리거나 노래를 짓거나 마술을 익힐 수도 있는 것이다. 그녀가 이방의 언어 속에서 발견한 시어들에게 최소한의 예의를 지키고 싶었다. 스탠드 불빛 아래 반짝이는 순백의 처녀 시집을 읽기 위해 며칠 동안 나름대로 이것저것 준비를 했다 쳐도 좋다.

이제 나는 서투른 이야기를 맺고 새벽이 밝아올 때까지 시집 한 권을 읽을 예정이다. 내가 그녀가 되고 그녀가 내가 되는 순간까지 턴, 턴, 턴 종이 위를 달릴 것이다.

(2005년)

열정

하나

1983년, 한국대학교에 입학하기 전까지, 강혁과 공승하는 서로 몰랐다. 키가 크고 다부진 어깨에 왕방울만 한 눈이 인상적인 강혁은 서울에서 태어나 M중과 M고를 졸업했다. 홀어머니 뜻에 따라 어려서부터 판검사의 꿈을 키워 온 활달한 청년이었다. 운동을 좋아하고 또 재능도 있어서 그를 눈여겨보는 체육 교사나 운동부 선배들이 많았다. 하지만 강혁은 한눈 한 번 팔지 않고 묵묵히 공부에만 몰두하여 고등학교를 2등으로 졸업한 후 법대에 입학했다. 두꺼운 안경알 너머로 항상 주위를 두리번거리는 공승하는 식물학자가 장래 희망인 호기심 많은 청년이었다. 나무와 풀들의 스케치를 즐겼으며, 고조선의 단군 왕검에서부터 대한제국의 마지막 황제 순종에 이르기까지 즉위 순서와 재위 기간을 외울 만큼 놀라운 기억력의 소유자였다. 그 역시 개천에서 용 났다는 칭찬을 들으며 경상남도의 L중과 L고를 졸업한 후 생물학과에 수석으로 입학했다.

분신 하루 전, 강혁과 공승하는 세탁소에서 양복을 빌려 입고 동네 사진관에서 사진을 찍었다. 그 사진을 들여다보고 있노라면 그들이 얼마나 해맑은 웃음을 짓는 선량한 인간인가를 알 수 있다. 공승하의 가늘고 긴 손가락에는 생명을 어루만지는 자의 자상함과 섬세함이 깃들어 있고, 강혁의 넓은 가슴과 짙은 눈썹에는 판사의 아량과 검사의 직관이 동시에 숨어 있다. 죽음의 그림자라고는 눈을 씻고 봐도 찾을 수 없다.

그들은 자기 희망대로 삶을 이끌 수 있는 몇 안 되는 사람들이었다. 능력 있는 젊은이, 착한 아들, 성실한 가장의 나날이 그들 앞에 있었다. 사법 고시나 대학원 입시를 준비한 적은 없지만, 마음만 먹는다면 언제든지 세상의 중심을 틀어쥘 수 있다는 자신감이 반짝이는 두 눈과 여유 있는 몸짓에서 풍겨 나왔다.

강혁은 입학식 다음 날부터 법과 정의를 고민하기 시작

했다. 그는 자신이 믿는 바를 행동으로 옮길 줄 알았다. 로마 병정을 닮은 전투 경찰과 마주칠 때도 그는 늘 여유를 잃지 않았다. 대적선상을 뛰어다니며 각목을 휘두르는 그의 모습은 아름답다고까지 평가될 정도로 가볍고 현란했다. 상대가 쓰러지면 각목을 거두었고 각목에 못을 박거나 물을 뿌리는 짓은 결코 하지 않았다. 콧잔등을 가릴 만큼 검은 마스크를 올려 쓰고 단 한마디 욕설도 뱉지 않은 채 냉정하게 시위에 참가했다. 용감한 영혼과 강한 육체를 지닌 그는 곧 선배들의 눈에 띄었다.

신입생 공승하는 아무도 눈치 채지 못하게 시위대에 합류했다. 아주 오래전부터 그랬다는 것처럼 너무나 자연스럽게 노래를 부르고 구호를 외치는 바람에 선배들은 그가 2학년은 되리라고 생각했다. 학생 회관에 붙어 있는 대자보를 술술술 외우고 각각의 관점에 나름대로 비판을 더했을 때 선배들은 그가 3학년이 분명하다고 여겼다. 작은 체구 때문에 각목을 들고 앞서 나가지는 못했지만 누구보다도 솜씨 좋게 보도 블록을 깨고 열심히 돌을 날랐다.

둘은 곧 선배들 부름을 받았고 자정을 넘긴 시각에 허름한 지하 술집에서 처음 대면했다. 첫 만남에서부터 둘은 서로 끌렸다. 공승하는 강혁의 폭발하듯 터져 나오는 민요 가락을 좋아했고 강혁은 공승하가 부르는 독일과 프랑스의 혁명 가요를 즐겼다. 두 사람은 평생 벗이 되기로 그 자리에서 약속했다. 죽음이 우리를 갈라 놓을 때까지! 그들은 그렇게 축배를 들었다.

둘

1986년 3월 1일, 공승하가 준비한 반지하 자취방에 열두 사내가 모였다. 그중에는 법대 학생회장 강혁도 있었다. 강혁은 새벽에 집을 나서며 홀어머니에게 말했다.

"일주일 정도 들어오지 못할 것 같습니다."

어머니는 아무 말 없이 그의 옷매무새를 고쳐 주었다.

3월로 접어들었지만 바람은 여전히 차고 쓸쓸했다. 때마침 기름이 떨어진 반지하방의 냉기를 열두 명의 체온으로 버티기에는 힘이 부쳤지만 몸을 웅크리거나 양손을 비비는 사람은 없었다. 자연대 학생회장 공승하를 중심으로 둥글게 모여 앉은 사내들 얼굴은 약간씩 굳어 있었다. 침묵 속에 떠도는 긴장감이 어깨를 짓누른 결과였다. 누구 하나 그 침묵을 깨려고 하지 않았다.

공승하는 두꺼운 안경알 너머로 자신을 제외한 열한 명의 얼굴을 차례차례 응시했다. 강혁은 공승하의 눈빛에서 어떤 결의를 읽어 냈다. 지난 3년 동안 숱한 집회와 시위를 준비했지만 지금처럼 공승하가 비장해 보인 적은 없었다. 파출소 다섯 군데를 한꺼번에 타격할 때나 총장실을 점거할 때에도 시간이 될 때까지 옆구리에 끼고 온 식물 도감을 뒤적거린 그였다. 그러나 오늘은 달랐다. 강혁은 공승하의 시선이 자신에게 건너오자 가만히 웃어 보였다. 네가 뭘 생각하는지 다 알고 있어. 걱정 마! 공승하의 눈가에도 잔잔한 미소가 언뜻 머물렀다가 지워졌다.

그들의 학창 시절은 참으로 벅차고 가슴 뜨거운 나날이었다. 어두운 죽음의 시대였지만 두 사람 가슴은 결코 차갑게 얼어붙지 않았다. 그들은 망치와 곡괭이를 들고 겨울 강가로 가서 봄이 올 때까지 지칠 줄 모르고 얼음을 부수었다. 시위 준비와 대자보 작업으로 하루가 멀다 하고 밤샘을 했지만 그들은 일처리에 조급하거나 지루해하지 않았다. 차가운 새벽 공기를 마시며 오늘 또다시 결전의 날이 밝았다고 노래할 따름이었다. 부실한 식사와 10분 단위로 짜인 스케줄 때문에 양볼이 핼쑥해지고 두 눈이 퀭하니 충혈될 때도, 그들은 육체의 피로를 손목에 찬 시계처럼 아무렇지도 않게 받아들였다.

밤샘 작업을 일주일이나 계속한 끝에 공승하가 쓰러졌을 때도, 강혁은 남들처럼 호들갑을 떨면서 꽃이나 과일을 사들고 병문안을 가지 않았다. 그는 묵묵히 공승하의 공백을 메웠고 병문안을 가는 친구 편으로 아령 한 벌을 보냈을 뿐이다. 공승하는 강혁이 보낸 아령을 받아 쥐며 모처럼 함박웃음을 웃었다. 입에 발린 백 마디 위로보다 이 조그마한 아령이 필요했던 것이다.

그 후 두 사람은 새벽 6시만 되면 학생 회관을 출발하여 순환 도로를 달렸다. 강혁은 아직 완전히 회복되지 않은 친구를 위해 발걸음을 늦추었고 때때로 친구의 힘을 북돋워 주기 위해 노래를 불렀다. 노래의 대부분은 지난밤 대자보를 쓰거나 문건을 만들면서 공승하로부터 배운 곡들이었다. 여유가 생기면 그들은 공과 대학 위 산중턱에 있는 4·19 기념탑을 찾았다. 짧은 묵념을 마친 후 그들은 그곳에서 서로에 대한 불만을 이야기했다. 상대방에 대한 따뜻한 마음만큼이나 그들의 비판은 시퍼렇게 날이 섰다. 그들은 자기 잘못을 솔직히 인정했고 앞으로 다시는 그런 과오를 범하지 않겠다고 맹세했다.

술자리에서 그들은 끝까지 취하지 않고 깨어 있었다. 희망과 절망, 슬픔과 분노가 어우러지는 분위기에서도 그들은 오늘을 정리하고 내일을 준비했다. 술자리가 어두운 절망이나 허황된 희망으로 흐를 때면 그들은 서로 눈짓을 해가며 분위기를 바꾸었다. 강혁이 선창을 하며 사람들을 이끌었고 공승하가 마지막을 단정하게 정리했다. 그들은 단 한순간도 시간을 의미 없게 흘려보내지 않았으며 그들이 깨달은 삶의 원칙들을 선후배와 동료들에게 나눠 주기를 주저하지 않았다.

1984년 봄, 강혁은 가리봉 오거리에서 사복조 다섯 명에게 사지가 들린 채 잡혀갔다. 그날 시위대는 강혁의 지시에 따라 30분이 넘도록 전투 경찰과 대치했다. 검은 마스크를 쓴 강혁은 사복조가 앞으로 달려들 때마다 정면으로 맞닥뜨렸다. 사복조의 흰 헬멧만 보고도 뒷걸음을 치던 예전과는 사뭇 달랐다. 강혁은 흰 천으로 끝을 감싼 각목을 휘두르며 큰 소리로 구호를 외쳤다. 그보다 20미터쯤 떨어진 곳에 시위대가 스크럼을 짜고 서 있었다. 확성기를 든 공승하가 땀을 뻘뻘 흘리며 시위대를 이끌었다. 축포처럼 최루탄이 발사되고 전투경찰들이 왼발을 구르며 빠른 속도로 전진하자 거리는 순식간에 아수라장으로 변했다. 강혁의 진가는 그 순간부터 빛을 발했다. 달아날 엄두도 내지 못하고 그 자리에 털썩 주저앉는 신입생들을 동분서주하며 안아 일으켰고 머리채를 잡힌 채 질질 끌려가는 여학생을 둘이나 구한 것이다. 슈퍼마켓이 있는 3층 건물 옥상으로 몸을 피한 공승하는 강혁이 10여 명의 사복조와 맞붙어 싸우는 것을 똑똑히 보았다. 각목을 빼앗기고 무수히 구타당한 후 사지가 들려 잡혀가면서도 강혁은 큰 소리로 구호를 외치고 있었다. 공승하는 그 구호를 분명히 들을 수 있었다. 군, 부, 독, 재, 타, 도, 하, 자.

늦가을까지 공승하는 강혁을 만나지 못했다. 새벽 운동도 혼자서 했고 강혁이 책임졌던 일들은 그가 모두 떠안았다. 코피를 네 번이나 쏟으면서도 공승하는 아무것도 포기하거나 양보하지 않았다.

공승하는 강혁에게 자신이 연필로 직접 그린 데생들을 보냈다. 첫 편지에는 앙상한 가지만 남은 겨울 나무였다. 그다음 그림에는 여기저기 눈이 움텄고 그다음에는 꽃이 피었다. 열매가 가득 열리고 농부가 그 열매를 모두 거두어들일 즈음 강혁은 집행유예로 풀려났다.

구치소 정문에서 둘은 다시 만났다. 공승하는 강혁에게 두부를 먹이지도 않았고 환호성을 지르지도 않았다. 다만 눈에 띄게 야윈 벗의 손을 잡고 고개를 주억거릴 뿐이었다. 그날 밤 두 사람은 4 · 19 기념탑으로 가서 막걸리를 마셨다. 강혁이 서도 민요 한 자락을 흐드러지게 뽑자 공승하는 가방에서 책을 한 권 꺼냈다. 혁명 가요 모음집이었다. 공승하는 그 위에 손을 얹고 김민기의 노래 몇 곡을 연이어 불렀다. 그 노래들은 느리고 잔잔했지만 결코 값싼 감상으로 흐르지 않았다. 공승하는 교문까지 걸어 내려오면서 지나치듯 뇌까렸다.

"너와 함께 있으면 든든해!"

열한 명과 눈맞춤을 끝낸 공승하가 허리춤에서 지도 한 장을 꺼내 펼쳤다.

"이탈자가 한 명이라도 있어서는 안 됩니다."

붉은 사인펜으로 진입로를 표시하기 시작했다. 사거리로 통하는 열 군데 골목의 폭과 길이, 전투 형태와 유의 사항을 간단하게 설명했고 각 지점 책임자를 맨 마지막에 호명했다. 공승하와 강혁을 제외한 나머지 열 명이 상기된 얼굴로 고개를 끄덕였다. 그중 한 명이 물었다.

"퇴로가 어딥니까?"

공승하는 안경을 치켜올리며 차분하게 대답했다.

"퇴로는 없습니다."

눈빛들이 조금씩 흔들렸다. 강혁은 공승하의 뜻을 진작부터 눈치채고 있었다. 공승하는 퇴로를 표시할 때 쓰곤 하던 푸른 사인펜을 처음부터 가져오지 않았던 것이다. 강혁이 공승하를 거들었다.

"대부분 시위 전력이 없는 2학년들이니 곧 풀려날 것입니다. 우리 의지를 확실하게 보여 줘야 합니다. 무기력하게 전방으로 끌려가기보다는 전면 저항을 하기를 2학년들도 바라고 있을 겁니다."

2학년을 대표해서 이 자리에 참석한 정치학과 조양두가 강혁의 의견에 동의하자 나머지 사람들도 공승하의 뜻을 받아들였다. 15분씩 시차를 두고 한 번에 한 명씩 방을 빠져나갔다.

둘만 남았을 때 공승하는 접어 두었던 지도를 다시 꺼내 폈다. 기다렸다는 듯 강혁이 공승하 곁으로 바짝 다가앉았다. 머리를 맞대고 지도를 뚫어져라 쳐다보는 두 사람은 한동안 말이 없었다. 이윽고 공승하가 사인펜으로 어느 지점을 찍더니 그 위에 별표를 했다. 강혁이 빙긋이 웃었다. 공승하는 지도를 둘둘 말아 세로로 세운 후 그 끝에 라이터를 갖다댔다. 순식간에 불꽃이 피어올랐다. 지도가 한 줌 재로 변한 것을 확인한 후 공승하는 반지하 창문을 반만 열었다. 차가운 새벽 공기가 방 안으로 훅 끼쳤다. 강혁을 내려다보며 말했다.

"필요한 물품들은 미리 갖다 뒀어."

"왜 미리 말해 주지 않았어? 설마, 날 빼 놓고 혼자 하려던 건 아니겠지?"

"고마워. 하지만 널 앞세우진 않겠어. 이번엔 내가 먼저야. 내가 먼저 하겠어. 기억해 둬."

"알았어."

두 사람은 한동안 서로 눈동자를 바라보며 웃었다. 그들은 이 일의 중요성을 누구보다도 잘 알았고 그 책임을 지는 데 일말의 주저도 없었다. 그들은 서로를 믿었고 지금부터 서로에게 마지막으로 필요한 것이 무엇인가만 생각했다.

셋

명인선은 강혁의 전화를 받은 후 서둘러 택시를 잡아 타고 종로서적 5층으로 갔다. 강혁과 공승하는 베스트셀러 진열대 앞에서 제법 심각한 얼굴로 서 있었다. 그녀를 발견한 강혁이 먼저 오른손을 흔들었다. 식물 도감에 이마를 파묻고 있던 공승하도 그녀를 향해 빙그레 웃었다. 그들은 곧바로 엘리베이터를 타고 1층으로 내려갔다. 휴일 오후의 종로는 봄나들이 나온 사람들로 붐볐다. 강혁이 인선의 팔을 잡아끌었다.

"인선 씨, 닭고기 좋아하죠? 우리 삼계탕 먹으러 갑시다."

인선은 공승하의 표정을 살폈다. 섬세한 성격만큼이나 식성도 까다로운 공승하는 닭고기를 싫어했다. 지난 3년 동안 그와 함께 여러 번 식사를 했지만 삼계탕을 먹은 적은 단 한 번도 없었다. 유난히 닭고기를 좋아하는 인선으로서는 아쉬운 일이었다. 공승하는 늘 한 걸음 먼저 가서 인선의 어려움을 돌보아 주는 스타일이었다. 바쁜 생활을 하면서도 인선의 일주일 스케줄을 꼼꼼하게 챙겼고 인선이 계획한 일들의 승패를 예견했다. 그는 자기 입장을 강요하지 않았으며 인선이 깨달을 때까지 잠자코 기다릴 줄 아는 남자였다.

"인선 씨, 식기 전에 어서 드십시오. 인선 씨랑 점심이나 먹자고 했더니 승하가 인선 씨한테 삼계탕을 사 드리고 싶다고 했답니다. 그러니 남기지 말고 다 드셔야 합니다."

인선은 숟가락을 들며 오늘이 무슨 날인가 곰곰이 따져보았다. 3월 1일 삼일절. 생일은 아니고, 둘 사이에 무엇인가를 기념할 만한 날도 아니었다. 강혁은 뜨거운 국물을 훌훌 불어가며 젓가락으로 닭다리를 끄집어 내어 뜯기 시작했다. 옆에 앉은 공승하는 인선이 숟가락 놀리는 모습을 말없이 지켜보았다.

인선은 느낄 수 있었다. 지금 이 남자는 내게 작별을 고하고 있다. 감옥에 가거나 잠수를 탈 만큼 상황이 악화된 것일까.

1983년 여름, 농촌 봉사 활동을 하려고 홍천으로 가는 버스칸에 나란히 앉는 순간부터, 인선은 공승하의 차가운 단정함 뒤에 숨은 뜨거운 분노를 느꼈다. 생각한 대로 말하고 말한 대로 움직이며 자기 선택을 결코 후회하지 않는 남자. 인선은 공승하가 어느 날 갑자기 사라지지나 않을까 두려웠다. 그가 작별의 말도 남기지 않을 만큼 나의 사랑이 허약한 것일까. 인선은 종종 공승하 어깨에 기대어 자신이 느끼는 두려움을 고백했다. 난 울지 않을 거예요. 당신이 내 곁을 떠나도 원망하지 않겠어요. 생활도 흐트러지지 않을 것이며 어떤 협박과 모욕을 받아도 당신과 행복했던 순간들을 말하지 않겠어요. 내 곁을 떠나야 할 때가 오면, 주저하지 말고 말해 주세요. 당신의 빈자리를 내가 채울 수 있도록 허락해 주세요.

국물을 뜨는 인선의 숟가락이 조금씩 흔들렸다. 인선은 어금니를 꾸욱 깨물며 공승하의 마지막 배려를 받아들이기로 했다. 그녀가 지금 할 수 있는 일이란 그가 흡족해할 만큼 맛있게 삼계탕을 먹는 것이다. 보조개를 드러내며 즐거운 웃음을 웃는 것이다. 바쁜 생활 중에도 건강에 유의하라고 따뜻하게 충고하는 것이다. 슬픔이나 안타까움은 그가 떠난 후 그녀 혼자 삼켜야 할 몫이었다.

“섭섭합니다, 인선 씨. 승하랑 행복하면 그만입니까? 제겐 언제 인선 씨 같은 여잘 소개시켜 줄 거죠?”

강혁의 너스레도 들리지 않았다. 인선은 공승하의 목소리가 듣고 싶었다. 공승하는 꿀 먹은 벙어리처럼 한마디도

하지 않았다. 삼계탕을 다 먹고 거리로 나선 후에도 공승하는 인선과 강혁을 뒤로한 채 저만치 앞서 걸었다. 오늘따라 그의 어깨가 유난히 작아 보였다. 강혁은 인선과 나란히 발을 맞추었다.

"저놈, 좋은 놈이죠. 인선 씨가 사람 하난 제대로 본 겁니다."

"……."

인선은 그 말을 작별 인사로 받아들였다. 공승하의 걸음이 점점 빨라졌다. 그는 결코 뒤돌아보지 않을 것이다. 인선은 그가 보낸 편지의 한 구절을 떠올렸다. 사랑이냐 혁명이냐 양자택일하라는 소설을 읽으면 짜증이 납니다. 고작해야 사랑 따위가 아니겠습니까.

고작해야 사랑 따위!

인선은 그 말을 이해하지 못했다. 연애 편지에 이런 구절을 적은 남자의 심정을 헤아리기 어려웠다. 인선은 총총총 멀어져 가는 공승하의 뒷모습을 바라보며 사랑과 혁명의 무게를 다시 한 번 가늠했다.

"이제 그만 들어가십시오. 저희는 또 갈 데가 있어서……."

강혁이 가볍게 목례를 하고 공승하를 향해 뛰어갔다. 인선은 걸음을 멈추고 두 사내가 지하철역으로 사라지는 것을 지켜보았다. 깊은 한숨과 함께 가슴 한구석이 뻥 뚫리는 느낌이었다. 인선은 눈물을 참으며 공승하가 사라진 지하도를 향해 손을 흔들었다. 깊게 팬 보조개가 3월의 태양 아래 더욱 선명했다.

3호선 지하철을 타고 고속버스터미널역에 내릴 때까지 둘은 나란히 서서 신문을 읽었다. 열흘 넘게 집회와 시위를 했지만 그에 대한 기사는 어디에도 없었다. 세상은 조용했고 평화로웠고 또 그만큼 지루했다. 일간지마다 사설 제목이 '3 · 1 정신 계승하자' 였다.

강혁과 공승하는 같은 생각을 하고 있었다. "오등은 자에 아 조선의 자주국임과 조선인의 자주민임을 선언하노라."로 시작하는 독립 선언서, 분단의 장벽을 끊어야 한다는 것, 미국의 내정 간섭을 거부해야 한다는 것, 핵무기가 이 땅에 들어와서는 안 된다는 것.

공승하가 세 평 남짓한 보세점 산천으로 들어섰을 때, 강혁의 어머니는 손님과 흥정을 하고 있었다.

"어머니, 저 왔어요!"

눈인사를 주고받은 후 공승하는 벽에 걸린 천연 염색한 옷가지들을 둘러보았다. 14년 동안이나 그녀는 터미널 지하 상가의 이 작은 공간에서 옷을 팔아 왔다. 하루하루 커가는 강혁을 지켜보는 게 그녀의 유일한 즐거움이었다.

작년 겨울, 공승하는 강혁을 따라서 처음으로 산천을 방문했다. 법대 학생회장에 출마한 강혁이 어머니에게 '지지의 변'을 받고 싶다고 했기 때문이다. 어머니가 구술하는 것을 공승하가 녹음해서 정리하기로 하고 그들은 밤 9시쯤 산천으로 들어섰다. 그녀는 손금고가 있는 책상 앞에 앉아서 일기를 쓰고 있었다. 남편과 사별 후 14년 동안 하루도 빠지지 않고 쓴 일기였다. 그녀는 이미 오래전부터 아들을 위한 글을 준비해 두고 있었다. 녹음기는 필요 없었고 공승하는 그녀가 일기장에 끼워 둔 편지지 석 장을 받아서 그대로 돌아왔다. '내 아들 혁에게'로 시작하는 그 글은 곧 대자보로 작성되어 학생회관과 법대 게시판에 나붙었고 많은 사람들의 눈시울을 뜨겁게 했다.

네가 공부는 하지 않고 데모대의 뒤꽁무니만 따라다니기 시작할 때, 널 불러 야단친 적이 있었지. 내가 이런 꼴을 보려고 10년 동안이나 지하 상가에서 옷을 판 게 아니라고 말이다. 그때 너는 한참을 말없이 앉아 있더구나. 낮은 목소리로 내게 이렇게 말했지. "돌아가신 아버지는 늘 제게 조국과 민족을 사랑하라고 말씀하셨으며, 안일한 불의의 길보다는 험난한 정의의 길을 가라고 하셨습니다. 저는 지금 아버지 말씀을 따라 저 자신에게 떳떳한 삶을 살고 있습니다. 아버지와 제 명예를 더럽히는 일은 절대로 하지 않을 것입니다. 너무 걱정 마십시오." 그 순간 나는 네게서 네 아버지의 모습을 보았다. 겨레를 위해 한목숨 바치겠다던 참 군인의 눈동자를 말이다. 그 후로 3년 동안 나는 널 계속 지켜봐 왔다. 과연 너는 조금도 부끄러움 없이 네가 선택한 길을 걸어가더구나. 나는 네가 무슨 일을 하더라도 널 믿는다.

"건강하시죠?"

"그래. 넌 어떠냐? 혁이 말로는 많이 바쁘다고 그러던데."

공승하는 병아리 색 블라우스를 만지작거리며 어깨를 으쓱 올렸다.

"혁이가 도와줘서 잘하고 있어요."

어머니는 접는 의자를 꺼내 그 앞에 폈다. 강혁이 검은 비닐봉지를 들고 가게로 들어섰다.

"어, 춥다. 3월인데 날씨가 영 풀리지 않아서 걱정입니다. 이러다가 봄옷 장사하기 힘든 것 아닙니까?"

그녀가 비닐 봉지를 받아 쥐며 말했다.

"별 걱정을 다 하는구나. 꽃샘 추위는 한 이틀 지나면 풀릴 거고 옷도 별로 남은 게 없으니 걱정할 필요 없단다. 그런데 이 시각에 웬일이냐?"

"어머니 보고 싶어서 왔죠, 뭐."

비닐 봉지에는 김이 모락모락 나는 찐만두가 들어 있었다. 책상에 신문지를 깔고 만두와 간장, 단무지를 내놓았다.

"웬 거냐?"

공승하가 대답했다.

"어머니, 점심 거르셨죠? 돈 버는 것도 좋지만 이젠 몸 생각도 하세요. 혁이가 매일 걱정하던걸요."

"제 몸 걱정이나 할 일이지."

만두를 깨끗이 비우는 동안 공승하는 나무나 풀이 지닌 자연 색깔과 인간이 만드는 빛깔의 차이를 장황하게 설명했다. 인공 빛깔이 눈에 먼저 띄지만 보면 볼수록 아름답고 마음 편한 것은 역시 자연 색깔이라고 했다. 강혁은 별로 말이 없었다. 묵묵히 어머니 앞으로 찐만두를 밀어 놓았다. 어머니는 공승하의 말에 공감했고 몇 번이나 손뼉을 치며 즐거워했다.

공승하와 강혁은 저녁 6시쯤 학교 앞으로 돌아왔다. 그들은 세탁소에 가서 양복을 빌린 후 사진관으로 갔다. 졸업 기념 사진을 찍는다는 핑계를 대고 45분 속성으로 사진을 찍었다. 그들은, 이제 사회에서 새 출발을 할 사람들이니 좀 더 밝게 웃으라는 사진사의 요구를 순순히 받아들였다. 강혁은 결혼 사진도 여기에 맡겨야겠다고 농담까지 했다.

공승하는 사진 값을 치르면서 거스름돈 1500원을 받지 않았다.

그들은 사진관을 나와서 현장으로 답사를 갔다. 5층 옥상에 올라서니 사거리가 한눈에 들어왔다. 공승하는 만 원에 구입한 태극기 두 장을 들고 물탱크 뒤로 돌아갔다. 헌옷들이 수북히 쌓여 있었다. 공승하는 그 안을 헤집고 태극기를 보이지 않게 감추었다. 내일 그들 몸에 휘감을 태극기였다. 두 사람은 난간 근처로 다가갔다. 3월 밤바람이 차고 매서웠지만 두 사람은 아랑곳하지 않았다. 러시아 벌목공들이 각자에게 할당된 나무를 찾아가듯, 그들은 곧 자신들이 설 자리를 찾았다.

두 사람은 막걸리를 사 들고 새벽에 모였던 반지하방으로 돌아왔다. 방바닥은 얼음장처럼 차가웠다. 양복을 벗어 벽에 걸고 담요를 꺼내 바닥에 폈다. 이 빠진 사발 하나를 돌려가며 술을 마셨다. 안주는 필요없었다. 술기운에 온몸이 따뜻해져 왔다. 자정 무렵까지 그들은 웃고 떠들었다. 기억의 첫머리에서부터 시작하여 서로에게 가장 감명 깊었던 순간들, 행복했던 장면들을 이야기했다. 아쉬움 없는 멋진 나날이었다. 특히 스무 살 이후는 그들 인생의 절정기였다. 몸 바칠 조국이 있었고 지켜야 할 신념이 있었으며 책임질 일이 있었다. 그리고 무엇보다 자신을 알아주는 벗이 있었다. 그 밤에 그들의 말과 웃음, 몸짓과 노래는 이런 시구만큼이나 아름다웠다. 가야 할 때가 언제인가를 알고 가는 이의 뒷모습은 얼마나 아름다운가.

넷

3월 2일 새벽 5시에 눈을 뜬 강혁과 공승하는 체육복으로 갈아입고 약수터까지 뛰어 올라갔다. 3년 동안 다닌 한국대학교의 전경이 저만치 아래에 펼쳐졌다. 그들은 거친 숨을 몰아쉬며 사진을 찍듯이 각 건물들을 눈으로 훑어 내렸다. 선배들의 피와 땀, 웃음과 눈물이 함께 쌓여 있는 곳이었다. 약수터 샘물은 오장육부를 서늘하게 만들었다. 어젯밤에 술을 꽤 마셨지만 정신은 그 어느 때보다 맑고 깨끗했다. 약수터에서 내려오는 길에 공중 목욕탕에 들렀다. 서로 등을 밀어 주면서, 주식 시세며 별자리 움직임, 개봉 영화들의 특징에 관해 평소처럼 의견을 나누었다. 강혁은 늘 숨어 있던 문제들을 찾아냈고 공승하는 제기된 문제들을 하나의 관점으로 꿰었다. 간간이 이견이 발견되면 몇 마디 대화가 오고갔지만 대부분은 서로의 입장을 깊이 이해하고 받아들였다. 수건으로 몸을 닦으며 그들은 잠시 상대방 몸을 바라보았다. 강혁이 묵묵히 공승하의 등에 묻어 있는 물기를 털어내자 공승하 역시 강혁의 가슴과 목을 수건으로 훔쳤다.

둘은 아침을 먹지 않았다. 오늘 그들은 아무것도 먹지 않기로 했다. 두 끼쯤 굶는다고 육체와 정신에 이상이 오지는 않을 것이다. 그들은 두 시간 남짓 반지하방에서 유서를 작성했다. 강혁은 가부좌를 틀고 명상에 잠겼다가 '반전반핵 양키고홈, 강혁'이라고만 썼다. 공승하는 글씨의 획 하나하나마다 정성을 들이며 편지지 넉 장을 채웠다. 석 장에는 그가 죽은 후에 벌어질 상황들과 대처 방법을 적었고, 나머지 한 장에는 자연대 학생회실에 있는 식물 도감과 몇 권의 책을 명인선에게 양도한다고 썼다.

양복을 말끔하게 차려입은 강혁과 공승하는 정확히 오전 10시에 반지하방을 빠져나왔다. 슈퍼마켓에서 편지 봉투를 한 장 사서 유서를 함께 넣었다. 강혁이 버스 승차권을 구입하는 동안 공승하는 한국대학교 총학생회장에게 보내는 유서를 버스 정류장 옆에 있는 우체통에 밀어넣었다. 5분 후 기다리던 버스가 경적을 울리며 도착했다. 공승하가 먼저 차에 올랐고 강혁은 할머니 한 분을 부축해서 태운 다음 제일 마지막으로 버스에 탔다. 두 사람을 태운 버스는 꽁무니에서 검은 연기를 내뿜으며 달리기 시작했다.

다섯

휘발유 두 통, 화염병 두 개, 핸드마이크 두 개, 전단 열 묶음, 태극기 두 장, 노끈, 각목 두 개.

보물찾기를 하듯이, 공승하는 헌옷 무더기에서 오늘 일에 필요한 물품들을 꺼냈다. 바람은 여전히 거셌지만 작열하는 오후의 태양이 두 사람 몸을 뜨겁게 달구었다. 강혁은 손수건을 꺼내 공승하 이마에 송골송골 맺힌 땀을 닦았다. 사람들이 하나둘씩 사거리 쪽으로 몰려오고 있었다. 공승하는 화염병 두 개를 북쪽 난간 모서리 아래에 놓았다. 강혁에게 태극기 한 장을 내민 후 자신도 나머지 한 장을 들었다. 둘은 마주 보고 서서 상대가 든 대형 태극기를 말없이 바라보았다. 육신과 함께 타 들어갈 깃발이었다. 강혁과 공승하는 노끈을 이용해서 상대방 몸에 태극기를 묶었다. 태극기가 온몸을 죄어 오는 동안 강혁은 고개를 치켜든 채 작은 목소리로 노래를 불렀다. 모두 떠나세, 깨어 일어나 장백산맥 넘어 만주로……. 공승하는 태극기가 몸에 잘 묶이도록 힘껏 맴을 돌았다. 그는 눈을 끔벅거리며 옥상에 놓여 있는 지형지물의 위치와 자기 자리를 마지막으로 확인했다. 공승하가 손목시계를 끌렀다. 작년 메이데이 날 명인선으로부터 받은 선물이었다. 시간을 확인했다. 1시 50분.

이제 10분밖에 남지 않았다. 공승하는 손목 시계를 난간 위에 올려놓았다. 강혁은 뒷주머니에서 지갑을 꺼내 펼쳤다. 해군 정복을 입은 아버지와 웨딩드레스를 입은 어머니의 빛바랜 결혼 사진이 들어 있었다. 그는 부모의 행복한 얼굴을 엄지로 훑은 후 공승하의 손목 시계 위에 지갑을 얹었다. 공승하가 먼저 난간 모서리에 놓아둔 화염병에 불을 붙였다. 특별히 심지를 길게 하고 시너를 조금밖에 쓰지 않았기 때문에 30분은 충분히 그 불꽃을 유지할 것이다. 불꽃이 꺼질 경우를 대비해서 나머지 화염병들을 모아 두었다.

"시작하지."

강혁의 목소리는 낮고 단단했다. 공승하가 휘발유 통을 들어서 강혁의 몸에 붓기 시작했다. 휘발유가 화염병 쪽으로 흘러가지 않도록 신경을 썼다. 콸콸콸 소리를 내던 휘발유 한 통이 곧 바닥이 났다. 공승하가 남은 휘발유 한 통을 건네 주며 물었다.

"기분이 어때?"

"좋아."

강혁은 엄지손가락을 들어 보였다.

"안경에 기름이 묻지 않도록 조심해 줘."

"알았어."

강혁은 휘발유통을 어깨 위로 번쩍 들어 공승하 목덜미

에 쏟아부었다. 공승하의 마른 몸이 금방 소나기를 맞은 생쥐 꼴로 바뀌었지만 상기된 볼과 반짝이는 눈은 여전히 강혁의 마음을 든든하게 했다. 찬바람이 휙 불어올 때마다 기름에 전 몸이 조금씩 떨렸다. 공승하는 각목과 핸드마이크를 동쪽과 남쪽 난간에 갖다 두었다. 이제 때가 된 것이다.

강혁과 공승하는 서로를 향해 한 걸음씩 다가섰고 누가 먼저랄 것도 없이 양손을 맞잡았다. 마지막 나누는 악수였다. 손끝으로 전해 오는 상대방 체온을 느꼈다. 두려운 빛은 찾을 수 없었다. 서로에 대한 믿음을 확인한 후 그들은 짧게 포옹을 했다. 상대방 숨소리가 귓가에 맴돌았다. 이제 몇 분 후면 영원히 사라질 숨소리였다.

강혁이 먼저 동쪽 난간을 향해 뚜벅뚜벅 걸어갔다. 공승하 역시 조금도 동요 없이 남쪽 난간에 모습을 드러냈다. 핸드마이크를 든 강혁이 큰 소리로 외쳤다.

"반—전—반—핵—양—키—고—홈!"

그 순간 공승하가 뿌린 전단이 하늘을 수놓았다. 태극기를 몸에 두른 강혁과 공승하를 향해 사람들이 박수와 환호성을 보냈다. 어제 새벽 반지하방에 모였던 사내 열 명이 동시에 핸드마이크를 들고 도로로 뛰쳐나왔다. 시위에 참가하기 위해 거리를 배회하던 대학생들이 동시에 사거리로 쏟아져 나왔다. 도로는 금방 사람들 물결로 가득했다. 여기저기서 경적 소리와 함께 구호와 합창이 쏟아졌다. 강혁의 절규가 계속되었다.

"반—전—반—핵—양—키—고—홈!"

사거리 중앙에 모인 시위대부터 강혁의 구호를 따라 하기 시작했다. 손뼉을 딱 딱 끊어 치면서 그 구호는 사방팔방으로 뻗어 갔다. 스크럼을 짜고 거리를 빙빙 돌던 시위대는 각 단과 대학별로 책임자의 인솔에 따라 질서정연하게 도로에 주저앉기 시작했다. 박수와 구호는 파도처럼 리듬을 타며 이어졌다. 공승하가 전단을 다 뿌렸을 때 강혁은 그들이 뿌린 전단에 실려 있는 성명서를 읽어나갔다.

"반전반핵선언서."

강혁의 목소리는 이미 쇳소리가 날 만큼 쉬어 있었고 핸드마이크의 성능도 매우 나빴다. 연좌한 시위대는 강혁의 말을 정확하게 알아들을 수 없었지만 그가 전단을 하늘 높이 치켜들고 온몸을 흔들어 가며 고함을 내지를 때마다 큰 박수로 화답했다.

퍼펑.

총소리와 함께 하얀 연기가 하늘을 뒤덮었다. 동쪽과 서쪽 도로에서 전투 경찰이 동시에 밀어닥친 것이다. 앞장선 사복조가 미친 듯이 곤봉을 휘둘렀다. 학생들이 피투성이가 된 채 비명을 지르며 쓰러져 갔다. 각목을 든 사수대가 화염병을 돌리며 막아섰지만 역부족이었다. 격리 해산이 아니라 철저한 진압을 노리고 있었다. 부상자가 몇 명 생기더라도 전방 입소를 다녀오는 동안 상처가 깨끗하게 아물 것이라고 생각하는 듯했다. 시위대의 저항도 대단했다. 누구 하나 제 발로 일어서거나 골목으로 달아나지 않았다. 사복조가 다가오자 그들은 뒤로 벌렁 드러누운 채 하늘을 향해 주먹질을 해 댔다. 매캐한 최루 가스 때문에 눈물과 콧물이 끝도 없이 흘러내렸다.

"반—전—반—핵—양—키—고—홈!"

강혁은 아예 난간으로 올라서서 구호를 외치기 시작했다. 공승하는 주먹을 빙빙 돌리며 서쪽과 동쪽이 위급하다는 신호를 보냈다. 시위대와 실랑이를 벌이던 사복조 10여 명이 강혁을 잡기 위해 인도로 빠져나왔다. 그들은 야생마처럼 인도를 달려 강혁과 공승하가 있는 건물의 비상 계단을 오르기 시작했다.

"승하야!"

강혁이 핸드마이크로 건물 아래를 가리켰다. 건물로 뛰어 들어오는 하얀 헬멧들이 눈에 띄었다.

"승하야!"

강혁이 다시 공승하의 이름을 불렀다. 공승하는 고개를 두어 번 끄덕인 후 핸드마이크를 내려놓고 불붙은 화염병이 있는 북쪽 난간으로 걸어갔다. 강혁은 핸드마이크와 각목을 동시에 들어 올리며 계속 구호를 외쳤다.

쿵.

옥상으로 통하는 철제 비상문이 요란한 소리를 내며 흔들렸다. 공승하는 뒤돌아보는 강혁을 향해 다섯 손가락을 펴 보였다. 잠긴 문을 열려면 적어도 5분은 걸린다는 뜻이었다. 강혁은 환하게 웃었다. 마지막으로 삶을 정리할 시간까지 예비해 놓은 친구가 미더웠다.

쿵쿵.

철제문의 손잡이 주위가 울퉁불퉁해지기 시작했다. 공승하는 조금도 동요 없이 강혁을 향해 똑바로 걸어갔다. 강혁과 나란히 난간 위로 올라섰다. 공승하의 손에 화염병이 쥐어 있는 것을 보고 시위대는 다시 박수를 치고 고함을 질러 댔다. 강혁이 양팔을 휘돌리며 그 환호에 답했다.

텅.

그 순간 비상문이 열리면서 사복조가 우르르 쏟아져 들어왔다. 강혁이 고개를 돌리는 것과 동시에 공승하가 손에 들었던 화염병을 두 다리 사이에 떨어뜨렸다. 화염병이 터지면서 불꽃이 승하의 온몸을 휘감았다. 사복조가 움찔 몸을 떨면서 뒤로 물러섰다. 시위대의 비명이 메아리쳤다.

"승하야!"

강혁이 마지막으로 친구 이름을 불렀다. 화염에 휩싸인 승하는 아무 대답도 하지 않았다. 휘감은 태극기의 흰 바탕이 완전히 사라질 즈음 그의 몸이 허공에서 기우뚱 흔들렸고 너무나도 가볍게 난간 아래로 사라졌다.

강혁은 각목을 휘두르며 있는 힘을 다해 북쪽 난간까지 내달렸다. 라이터를 집어 들고 화염병에 불을 붙였다. 왼손으로 화염병을 빙빙 돌리며 강혁은 한 걸음 앞으로 나섰다.

"다가오지 마라. 네놈들에게 잡혀갈 내가 아니다."

강혁의 늠름한 몸과 날카로운 눈매를 보며 사복조는 슬슬 뒷걸음질을 쳤다. 강혁은 획 몸을 돌려 공승하가 떨어졌던 그 자리에 올라섰다. 각목을 휘돌리며 큰 소리로 구호를 외쳤다.

"반—전—반—핵—양—키—고—홈!"

"잡아!"

비상문 앞에 워키토키를 들고 있던 사복조 분대장의 명령이 떨어진 것은 그 순간이었다. 사복 하나가 강혁의 허리를 움켜쥐는 것과 동시에 강혁이 손에 든 화염병이 그의 몸에 묶인 태극기 속으로 사라졌다. 각목을 휘돌리며 몸을 일으켰을 때 불꽃은 태극이 그려진 중심원에서부터 확 피어올랐다. 그에게 달려들었던 사복들이 정신없이 물러났다.

강혁은 팔꿈치에서 뚝뚝 떨어지는 불꽃들을 바라보았

다. 죽음은 이렇게 오는 것인가? 가슴 한복판이 참을 수 없을 만큼 아파 왔다. 어금니를 깨물었다. 어머니! 어머니 얼굴이 스치고 지나갔다. 몸을 가눌 수 없었다. 귀가 멍해지고, 아무 소리도 들려오지 않았다. 통, 일, 해, 방……. 글자 몇 개가 입 안에서 맴돌았다.

책임을 진다는 것, 목숨을 건다는 것, 시간을 스스로 포기한다는 것.

승하는 끝까지 약속을 지켰다. 이제는 내 차례였다. 결코 승하에게 부끄럽지 않은 친구로 남을 수 있도록 버텨야 한다. 고통에 일그러진 얼굴을 저들에게 보일 수는 없다. 내 선택이 결코 값싼 영웅심이나 감상에서 비롯하지 않았음을 증명해야 한다. 무릎이 휘청거렸다. 더 이상 서 있을 수 없었다. 강혁은 몸을 뒤로 획 젖혔다. 무릎 꿇지 않겠어. 강혁은 자신의 몸이 뒤로 넘어가는 것을 느끼며, 짧은 순간이지만 제 살이 타는 냄새를 맡았다. 지글지글 타고 있는 살덩이들은 결코 추하거나 더럽지 않았다. 아버지가 유언으로 남긴 가훈이 떠올랐다. 명예를 목숨보다 아껴라.

고통이 더할수록, 정신은 어제 새벽부터 지금까지 일을 모두 기억할 만큼 맑았다. 조국을 위해 한목숨 기꺼이 바친 사람들의 얼굴이 떠올랐다. 짧은 고통과 끝없이 이어질 평안. 그들도 나와 같았을까? 푸른 하늘이 시야에 확 들어왔다가 사라졌다. 흰 옷을 말끔하게 입은 얼굴 하나가 어둠 속에서 은종처럼 흔들리고 있었다. 승하.

여섯

공승하는 1986년 3월 2일 2시 15분에 숨을 거두었다. 향년 23세. 직접 사인은 우측 두개골 함몰이었고 간접 사인은 2도 전신 화상이었다. 5층에서 떨어진 후 즉사한 것이다. 가족들은 3월 5일 가족장을 치른 후 시신을 창원 선산에 묻으려 했지만 총학생회의 반대로 무산되었다. 공승하의 선후배와 친구들은 3월 2일부터 보름 동안 시체가 안치된 자애 병원 영안실을 떠나지 않았다. 공권력이 동원되어 시신을 약탈할 것이라는 정보에 따라, 학생들은 각목과 화염병을 들고 영안실을 이중삼중으로 에워쌌다. 실제로 한 차례 사복조의 침투가 있었지만 학생들은 시신을 잘 지켜냈다.

강혁은 1986년 3월 17일 새벽 1시에 숨을 거두었다. 향년 23세. 사인은 3도 전신 화상이었다. 그는 3월 2일 오후 2시 30분 경찰에 체포되어 경찰 병원에서 응급 처치를 받은 후 한국대 병원으로 이송되었다. 경찰 병원에 도착하기 전부터 그는 이미 혼수 상태였고, 3월 17일 숨을 거둘 때까지 산소 호흡기에 의지하여 생명을 연장했다. 강혁의 홀어머니는 아들의 장기를 기증하겠다는 의사를 밝혔으나 장기 대부분이 심각한 손상을 입어 타인에게 이식하는 것이 불가능했다.

1986년 3월 19일, 공승하와 강혁의 합동 장례식이 한국대학교 총학생회 주관으로 아테네 광장에서 거행되었다. 경찰과 학교측의 반대로 시신을 실은 버스는 학교 안으로 들어올 수 없었다. 장례식을 마친 학생들이 교문 앞까지 진출하여 화염병과 최루탄이 난무하는 가운데 경찰과 대치하는 동안, 공승하의 시신은 창원으로 강혁의 시신은 용인으로 각각 이송되었다. 자연대 학생회와 법대 학생회 간부들이 오열하는 유족들 곁에서 고인들의 마지막 가는 길을 지켰다.

1989년부터 대학생들의 전방 입소는 전면 중단되었다. 분신 3주기를 맞아서 도서관 옆에 강혁과 공승하의 추모비가 세워졌다. 졸업식이 열리는 2월 마지막 주 토요일이면 축하 선물로 들어온 꽃다발이 추모비 아래 수북이 쌓였다. 그 꽃무덤은 3월 2일 저녁까지는 임의로 건드릴 수 없었다. 학교를 떠나는 졸업생들과 갓 스물을 넘긴 입학생들은 추모비에 적힌, 두 청년의 열정을 찬양한 노(老)시인의 헌시를 읽은 후 꽃무덤 앞에 서서 묵념을 했다. 1986년에 그들을 기리는 노래가 만들어진 후부터 묵념과 함께 추모곡을 부르는 학생들도 늘어 갔다. 두 손을 모아 쥐고 노래를 부르는 그들의 뒷모습은 공승하처럼 단정했으며 분노와 슬픔으로 충혈된 그들의 눈동자는 강혁처럼 뜨거웠다.

그날은 오리라 자유의 넋으로 살아
벗이여 고이 가소서 그대 뒤를 따르리니
그날은 오리라 해방으로 물결 춤추는
벗이여 고이 가소서 투쟁으로 함께하리니
그대 타는 불길로 그대 노여움으로
반역의 어두움 뒤집어 새날 새날을 여는구나
그날은 오리라 가자 이제 생명을 걸고
벗이여 새날이 온다 벗이여 해방이 온다

(1999년)

스트레이트플러시면 죽는다

시애틀의 민주당원

속천 밤바다를 좋아하는 굿맨은 술기운만 오르면 어김없이 내 팔을 잡아끈다.

"헤이, 미스터 김. 속천 가자."

그럴 때면 나는 지체 없이 속천으로 간다. 속천이 뭐 그렇게 대단한 곳은 아니다. 진해 시내에서 택시 기본 요금으로 갈 수 있는 바닷가일 따름이다. 어선들이 잠든 코끼리 떼처럼 방파제를 따라 늘어서 있고 낚시꾼들이 꽁초를 빨면서 월척을 기다리는 곳이다. 조금 눈길을 끄는 게 있다면 건너편 해안에서 반짝이는 불빛이다. 그 불빛을 바라보노라면 내 앞에 펼쳐진 것이 바다가 아니라 아담한 호수라는 착각이 든다. 그러나 속천은 틀림없는 항구다. 내가 그 물을 마셔 보았으니 이건 확실한 사실이다.

굿맨의 고향은 시애틀이다. 물론 캘리포니아든 하와이든 나와는 상관없다. 그래도 시애틀이라니까, 나는 예의를 차려 몇 마디 묻는다.

"거긴 너 같은 마틴 루터 킹의 사도가 많냐?"

굿맨은 언제나 자신을 마틴 루터 킹의 사도라고 말한다. 그 시커먼 얼굴을 들여다보노라면 텔레비전 드라마 「뿌리」에 나오는 쿤타킨테 외에는 다른 이름이 떠오르지 않는다.

굿맨은 회를 뜬다면 한 접시는 족히 나올 입술을 씰룩거리며 대답한다.

"만치. 엄청 만타."

"그럼 넌 민주당원이냐?"

"하모."

"오 마이 갓. 난 너처럼 여자 밝히는 민주당원을 만나 본 적이 없어."

굿맨이 진해에서 영어 학원 강사로 밥을 빌어먹은 지도 벌써 7년이 지났다. 나는 그의 첫 수강생이었다. 그때만 해도 진해 시민들은 흑인 강사를 별로 좋아하지 않았다. 워싱턴이나 뉴욕, 로스앤젤레스도 아닌 시애틀 출신의 흑인 강사는 더했다. 수업 시간에 그는 굶어죽게 생겼다며 닭똥 같은 검은 눈물을 흘리기까지 했다.

의협심을 발휘해서, 나는 그에게 내가 운영하는 미술 학원의 수강생 몇 명을 소개했다. 붓을 놓은 지 10년이 넘었지만 나는 아직 몇 마디 말로 학부형들 마음을 색칠할 수 있었고, 스물을 갓 넘긴 처녀들의 허영을 부풀릴 줄도 알았다. 그들을 영어 학원으로 끌고 가기는 아기 손목 비트는 것보다 쉬웠다. 나는 굿맨으로부터 빌린 영어 회화 테이프를 미술 학원에 가져와 10분 정도 틀었다. 그러자 간택을 받으려는 후궁들처럼 수강생들 몸이 후끈 달아올랐던 것이다.

굿맨은 곧 인기 강사가 되었고 보답으로 내게 특강을 해주겠노라고 제안했다. 물론 공짜였다. 나는 흔쾌히 그의 제안을 받아들였다.

특강은 주로 술집에서 행해진다. 굿맨은 술이 식도에 찰랑댈 때까지 맥주를 들이붓는다. 그리고 혀 꼬부라진 소리로 돼지 멱따는 노래를 부른다. 남부끄러워 그대로 있을 수가 없다.

"그만 해."

굿맨은 곰 발바닥 같은 손으로 내 등을 철썩 친다.

"빙신! 이거시 본토배기 재즈 아이가."

내가 영어를 배우는 속도보다 굿맨이 한국어를 배우는 속도가 열 배는 빠르다. 그는 한국어 농담까지 자유자재로 구사할 정도지만 나는 여전히 그가 투덜대는 말들을 이해하려고 토끼처럼 귀를 쫑긋 세우고 눈을 벌겋게 뜬다. 더군다나 굿맨은 경상도 사투리를 표준말보다 잘 구사한다. 뉴욕 사투리와 로스앤젤레스 사투리의 차이를 알지 못하는 나로서는 더욱 화나는 일이다.

그것이 불쾌해서, 나는 3년 전에 영어 학원을 그만두었다.

그 후 굿맨과 나는 주로 술집에서 만났다. 나는 그가 지껄이는 영어를 처음부터 끝까지 모르는 체한다. 그럴 때면 굿맨은 큰 눈을 끔벅끔벅거리며 내 표정을 살핀다. 그리고 웃어 젖힌다.

"머스마가 쫀쫀하기는. 고마 화 풀어라. 술 사 주께."

영어 학원에 취직하면서, 굿맨은 이력서에 옥스퍼드 대학을 졸업했다고 썼다. 하지만 굿맨은 대학을 나오지 않았다. 대학은커녕 고등학교도 졸업하지 못했다. 인기 강사가 된 후 굿맨은 그 사실을 구태여 숨기지 않는다. 숨기기는커녕 수강생들에게 자랑하기까지 한다.

굿맨은 항상 한국 여자 두셋과 함께 술집으로 들어선다. 그녀들은 영어를 한마디라도 더 배우기 위해 특강을 요구한 것이 아니라, 돈 많은 검둥이 굿맨을 등치기 위해 동행한 것이다. 그러나 굿맨은 늘 자신을 마틴 루터 킹의 사도라고 말한다. 여자들은 그의 팔뚝을 쓰다듬으며 데릴라가 삼손을 달래듯 살살 웃는다. 그렇다고 그녀들이 호스테스인 것은 물론 아니다.

굿맨은 여자들과 동침하는 것을 농구의 자유투 성공률에 비유하기를 좋아한다. 10시 전에 여자들이 일어서면 사키 오닐의 성공률쯤 되고 술집에서 자정을 넘기면 마이클 조던의 성공률을 가뿐하게 넘긴다는 것이다. 그럴 때마다 나는 묻는다.

"너 정말 민주당원이야? 인종 차별주의자 아냐?"

"내가 우때서?"

"흑인 여자들을 만날 때도 자유투 성공률로 계산하냐?"

"니 우예 알았노?"

말문이 막히면 술을 많이 먹게 된다.

굿맨은 마음 내키는 대로 나이를 늘였다가 줄인다. 어떨 때는 스물아홉 살이고 어떨 때는 마흔 살이다. 하지만 나한테는 항상 나보다 서너 살쯤 위라고 우긴다.

어쩌면 굿맨이 나보다 더 솔직한지도 모른다. 내가 해마다 몇 여자와 동침하는 것처럼 굿맨도 그러는 것뿐이다. 굿맨이나 나는 아직 미혼이니까, 마음만 맞는다면 어떤 여자와도 동침할 권리가 있다. 내가 쉬쉬하며 여자들을 미술 학원으로 끌어들이는 동안, 굿맨은 당당하게 앞가슴 들이밀며 여자들을 술집으로 끌고 오는 것이다. 그가 나보다 열 배 이상 돈을 버니까, 그녀가 나보다 열 배 이상 많은 여자와 동침한다고 해도 할 말은 없다. 나는 그와 마주치면 술을 많이 먹게 되고, 그래서 열에 아홉은 그를 따라 속천으로 간다.

오늘도 마찬가지다. 유별난 점은 그가 여자들을 데리고 오지 않았다는 사실이다. 대신 그의 옆구리에는 원숭이처럼 생긴 사내가 붙어 있다.

"일마 이름은 조을광이다. 오늘부터 동생 삼아 삤다."

"김입니다. 조그만 미술 학원을 하고 있습니다."

"말씀 많이 들었습니다. 조을광입니다."

굿맨이 맥주 한 잔을 나발 분 후 을광의 등을 친다.

"일마 행님이 시애틀에서 세탁소를 한다고 그라네. 그래서 오늘부텀 동생 삼기로 캤다."

조을광은 오늘 오후 영어 학원에 등록했다. 그리고 굿맨에게 두 시간 강의를 들은 다음 곧바로 이곳까지 직행한 것이다.

시애틀에 형님이 산다는 것 하나로 의형제를 맺다니! 굿맨, 너 정말 민주당원이야?

나는 탁자 위에 놓인 을광의 손을 보았다. 허드렛일로

거칠어진 손이었다.

"형님이 시애틀에 가신 지 오래 되셨나요?"

을광이 뒷머리를 긁적이며 비굴하게 웃는다.

"한 7년 됐습니다."

"7년이라꼬?"

굿맨이 자리에서 벌떡 일어선다.

"맞다! 내가 이리 왔실 때 니 형이 시애틀로 들어갔는갑다."

더 이상 두고 볼 수 없다. 때로는 상대 가슴에 못질을 해야 하는 순간이 있는 법이다. 성인(聖人)은 그런 순간마저 눈 질끈 감고 네 갈 길을 가라고 하지만 나는 도저히 당달봉사 흉내를 낼 수 없다.

"그런데, 굿맨! 너는 왜 7년 동안 시애틀에 편지 한 통 안 쓰는 거지? 가족들이 모두 그곳에 있다면, 문안 편지 정도는 띄워야 하는 거 아냐?"

굿맨의 어깨가 스르르 아래로 떨어진다. 가슴이 뻥 뚫린 얼굴로 맥주를 마신다. 을광이 몇 번 어색한 헛기침을 했지만 굿맨의 쿤타킨테 입술은 열리지 않는다. 굿맨이 술잔을 비울 때마다, 나는 순순히 술을 따른다.

친구가 술을 마시고 싶어 하면 원없이 마시게 하라.

이것이 속천 앞바다를 싸돌아다니는 뱃놈들 마음인 것

이다. 간이 나빠진다거나 내일 일을 생각하라거나 술값이 많이 든다는 것은 여자들이나 하는 말이다. 속천 바닷물을 몽땅 마시고 올챙이배로 죽어 가더라도, 친구가 내미는 술잔을 외면해서는 안 된다. 을광도 이 마음을 아는지 굿맨의 폭음을 말리지 않는다.

드디어 굿맨이 탁자를 치며 일어선다.

"헤이, 미스터 김, 속천 가자."

스트레이트플러시면 죽는다

1년 전에 문을 연 신월상회(新月商會)는 속천의 명물 중 명물이다. 크고 작은 바위들이 가게 주위에 솟아나 있어서 밤길에는 발목을 삐기 십상이다. 속천에 오면 누구나 신월상회로 간다. 주인 박치국 때문이다. 박 씨는 늘 털모자를 눌러쓰고 선글라스를 끼며 눈 아래까지 마스크를 하고 지낸다. 문둥이라는 소문도 있지만 아직 확인된 바 없다. 사람들은 신월상회에 들어가서 맥주나 담배를 사고 그의 얼굴을 훔쳐본다. 그러면 박 씨는 어김없이 이렇게 묻는다.

"시간이 있다면, 내 소설을 읽어 보겠나?"

그러나 박 씨의 소설을 읽는 사람은 아무도 없다. 음침한 목소리가 등골을 오싹하게 만들기 때문이다. 사람들은 그 짧은 순간의 오싹함을 즐기기 위해 신월상회로 간다. 공포는 최고의 즐거움이라고 했던가.

그러나 나는 신월상회에 간 적이 없다. 박 씨에 관해 이야기하는 수강생들의 호들갑이 싫기도 하고 병균이 덕지덕지 묻은 물건을 살 수 없다는 결벽증 때문이기도 하다. 나는 늘 화려한 네온사인과 은은한 팝음악이 흐르는 방파제 근처의 최신식 카페를 찾는다.

그러나 오늘 굿맨은 한사코 나를 신월상회로 이끈다. 몇 번 거절을 해 보았지만 막무가내다. 죽은 사람 소원도 들어준다는데……. 별 수 없이 굿맨과 을광의 뒤를 따라 신월상회로 향한다.

박 씨는 가게 문을 열어 놓은 채 부재중이다. 굿맨은 외상 장부에 맥주 한 박스를 적고 사인을 한다. 그리고 맥주 한 박스와 오징어 다섯 마리를 꺼낸다.

"오징어는 왜 안 적어?"

"니 나를 도적놈으로 보나? 아이다. 내 애길 들어 봐라. 니라믄 소설을 읽어 줄랑가도 모린다고 박 씨한테 그랬다. 그라니까 니를 데리오믄 오징어를 쓰으비스로 준다지."

굿맨에 따르자면 박 씨는 맥주를 팔아 주는 사람에게만 가게 앞 의자에 앉을 자격을 준다고 한다. 굿맨은 파라솔까지 갖춘 의자에 주저없이 앉는다.

파도가 불규칙하게 인다. 고기잡이 나갔던 배들이 앞서거니 뒤서거니 귀항하고 있다. 짭짜름한 바다 냄새가 코를 찌른다. 바다에서 육지로 바람이 분다. 을광은 자주 화장실에 간다. 오줌보가 작은 놈이라고 굿맨이 놀렸지만 을광은 피식 웃기만 할 뿐이다. 정박한 배에서 텔레비전 불빛이 새어 나온다. 볼륨을 크게 올려 놓았는지 여자의 찢어지는 비명 소리가 들린다. 굿맨이 헐헐헐 웃는다.

"왜 영어를 배우려고 하십니까?"

"형님으로부터 초청장이 왔습니다."

"시애틀에 사신다는……."

"그렇습니다. 형수님이 쌍둥이 아들을 낳았다는군요. 꼭 와서 그놈들 볼을 꼬집어 주고 가라지 뭡니까? 그런데 고등학교를 졸업한 후로 영어와는 담을 쌓고 살았답니다. 하도 답답해서 학원에라도 나가야겠다고 생각했답니다."

"조 형은 직업이 뭡니까?"

을광이 어수룩하게 되묻는다.

"뭐 하는 놈처럼 보입니까?"

"일부러 본 것은 아닌데……. 손이 상당히 거칠더군요. 공사판에서 일하든지, 아니면 어부?"

"놀라운 관찰력입니다. 맞습니다, 10년 넘게 배를 탔습니다."

"배라면?"

"저런 통통배가 아니라, 한 번 나갔다 하면 러시아, 미국, 호주를 도는 상선입니다. 부산에 내린 지 한 석 달 쯤 됩니다."

"다음 항해는 언제입니까?"

을광은 다시 자리에서 일어선다. 방광이나 신장에 병이 있는 것이 분명하다. 굿맨은 배가 한 척 들어올 때마다 박수를 보낸다.

"항해는 없습니다. 이제 완전히 배에서 내렸으니까요. 다신 배를 타지 않을 겁니다."

굿맨이 끼어든다.

"와? 사고 쳤나?"

을광은 잠시 뜸을 들인다. 나는 그를 구태여 재촉하지 않는다. 세상에는 재촉해도 꿈쩍 않는 인간이 있고 재촉하지 않아도 술술술 콩팥까지 꺼내 보이는 인간이 있다. 맥주잔을 쥔 을광의 손이 눈에 띄게 떨린다.

"사실은…… 이건 비밀입니다만 두 분이니까 말씀드리겠습니다. 사람을 죽였습니다."

"살인을 했단 말입니까?"

을광이 천천히 고개를 끄덕인다.

"죽어 마땅한 놈입니다. 속임수를 썼고 거짓말을 했으니까요. 바다에 나가 보셨습니까? 하루만 지나면 출항의 기쁨도 사라지고 엄청나게 심심해집니다. 물론 각자 할 일이야 있지만 남는 시간을 어떻게 할 도리가 없는 거죠. 공간이 좁아 운동을 할 수도 없고 책도 읽히지 않고 비디오는 기분만 잡칩니다. 그럴 때면 모여 앉아 포커판을 벌이는 겁니다. 갑판장 눈에 띄는 날이면 상륙이 금지되고 심하면 감봉 처분까지 받습니다. 하지만 신나게 시간을 죽이는 일이라면 그보다 더한 일이라도 할 겁니다. 그놈은 포커의 귀재였습니다. 90일이 넘는 동안 10여 명의 석 달 봉급이 모조리 그놈 주머니로 흘러 들어갔죠. 남들은 평생 잡아 볼까 말까한 스트레이트플러시를 그놈은 90일 동안 무려 아홉 번이나 잡았던 겁니다. 속임수를 쓰지 않고는 도저히 그런 일은 일어날 수 없습니다. 배가 부산항에 닿았을 때 우리는 그놈을 배에서 내리지 못하게 했습니다. 잘못을 솔직히 인정하고 돈을 돌려주면 없던 일로 하려고 했죠. 정말입니다. 놈이 어떻게 속임수를 썼는지를 보여 주기만 했다면, 물론 몇 대 때리기는 했겠지만 죽이지는 않았을 겁니다. 하지만 그놈은 끝까지 아랫배를 디밀며 배짱이었습니다. 그래서……."

"죽였단 겁니까?"

"손가락을 하나씩 부러뜨렸지만 놈은 끝까지 거짓말을 했습니다. 바다에 처넣는 것 외엔 선택의 여지가 없었던 거죠."

"그러니까 그 사람이 속임수를 썼다는 증거는 없는 거군요?"

을광이 내 얼굴을 빤히 쳐다본다. 이해하기 힘들다는 표정이다.

"증거라뇨? 스트레이트플러시가 아홉 번이나 나왔는데 무슨 증거가 또 필요하죠? 그럼 김 형은 내가 지금 괜한 사람을 죽였다는 겁니까?"

"……."

"거짓말 하고 속임수나 쓰는 놈들은 죽어 마땅합니다. 천벌이 내린 겁니다."

"직이는데. 저 가시나들 좀 바라."

굿맨이 혀를 낼름 내민다. 자유투 성공률을 따질 상대가 나타난 것이다. 방파제를 따라 여자 둘이 걸어오고 있다. 긴 머리에 청바지 차림이다. 한 여자는 선글라스를 이마에 썼고, 다른 여자는 노란 양산을 왼쪽 어깨에 걸쳤다. "제발 절 좀 봐 주세요."라고 호소하는 차림새다. 그녀들은 신월상회를 향해 똑바로 걸어오고 있다. 맥주라든가 담배 따위가 필요한 것일까?

"어머, 굿맨!"

선글라스가 먼저 자지러진다. 굿맨의 얼굴이 번들거린다.

"반가워요!"

노란 양산도 환호성을 지른다. 굿맨은 천천히 고개를 끄덕인다. 누가 먼저랄 것도 없이 그녀들은 굿맨의 좌우에 의자를 놓고 앉는다. 나와 눈이 마주친다.

"어머, 김 선생니임!"

나와도 구면이다. 여고 1학년 때부터 2년 동안 두 사람은 내가 원장으로 있는 미술 학원에 다녔다. 소문을 듣자니 그녀들은 지금 중앙극장 근처 룸살롱에서 술을 따른다고 한다.

"2년 만이네요."

지나간 시간을 아쉬워하며 호들갑을 떨지 않아서, 오히려 좋다. 그녀들도 이젠 많이 웃고 많이 감동하던 여고생이 아닌 것이다.

"왜 그런 눈으로 보시는 거죠? 우리가 김 선생님 해꼬지라도 할까 봐서 그래요? 걱정 마요. 옛날 일은 다 잊었으니까."

살다 보면 다시 만나고 싶지 않은 사람도 생긴다. 그녀들은 만나고 싶지 않은 쪽이다. 그런데 옛날 일이라니. 그녀들과 나 사이에 무슨 일이 있었던 것일까……. 기억나지 않는다.

나와 인연을 끊은 직후 그녀들과 굿맨의 인연이 시작되었다. 그녀들에게는 저녁 나절을 보낼 학원이 필요했던 것이다.

"꽃꽂이를 시작했어요."

학원은 얼마든지 있다. 자동차 학원, 컴퓨터 학원, 웅변 학원, 요리 학원. 굿맨과 나는 색깔이 다른 꽃이고 그녀들은 꿀을 찾아 날아드는 나비다. 나 같은 누런 꽃이 보기 싫으면 굿맨과 같은 검은 꽃으로 날아갈 권리가 그녀들에게 있는 것이다.

"조을광입니다."

그녀들은 넙죽 고개 숙인 을광을 향해 눈웃음을 짓는다. 이건 또 무슨 꽃이야? 나는 그녀들의 호기심을 족집게로 집는다.

"이 사람은 살인자야. 사람을 죽였지."

"어머!"

선글라스가 놀란 표정을 짓는다.

"정말 사람을 죽였나요?"

노란 양산이 묻는다. 을광의 얼굴이 묘하게 일그러진다. 입을 벌리고 눈을 한껏 찡그린다. 웃는 건지 우는 건지 구별이 안 된다. 입 초리가 점점 올라가는 것을 확인한 후에야, 나는 그 표정이 조을광식 파안대소임을 알았다.

"그렇습니다. 장난이죠, 뭐."

"어쩜, 멋있기도 해라."

이번엔 노란 양산이 양손을 모으며 탄성을 지른다. 선글라스는 아예 얼굴을 바짝 을광에게 디밀고 묻는다.

"무섭지 않았나요?"

"그깟 일이 무섭다면 뱃놈이 아니죠."

"그래요, 정말!"

뭐가 그렇다는 걸까?

"우리 축배해요. 당신 같은 사람을 만난 건 행운이에요."

선글라스가 맥주잔을 높이 치켜들자, 노란 양산이 호응하고 을광도 기꺼이 동참한다. 굿맨도 마지못해 잔을 든다. 나는 소태 씹는 기분으로 을광의 콧잔등에 침을 뱉는다.

"별 일도 아닌 거 갖고 왜 이렇게 오두방정을 떠냐?"

맥주잔을 비운 후 선글라스가 손바닥으로 가슴을 쓸어내리며 묻는다.

"김 선생님도 사람을 죽인 적이 있나요?"

"그럼!"

정말 아무 일도 아니라는 듯이 고개를 돌려 등대 불빛을 바라본다. 을광이 끼어든다.

"그래요? 김 형에게 그런 사연이 있었는 줄 몰랐습니다.

어디…… 분위기도 좋은데, 한 번 들어 볼까요?"

굿맨이 의자에서 엉덩이를 떼고 엉거주춤한 자세로 다급하게 끼어든다.

"내, 내도 있어. 한 칼에 사람을 직였제. 내가 먼저 이야기하까?"

을광이 중재를 한다.

"이왕 말이 나왔으니, 김 형부터 이야기하고 굿맨 형님은 그다음에 하십시오. 밤은 길고도 깁니다."

"그럼, 그라까?"

을광과 굿맨, 선글라스와 노란 양산의 시선이 내 입술로 모여든다. 나는 천천히 맥주를 들이켠다. 침묵이 긴 만큼 이야기 효과도 큰 법이다. 더구나 별들이 흩뿌려진 속천의 밤이라면, 어떤 이야기라도 흥미를 끌 가능성이 크다. 더군다나 내 목소리까지 「요한 계시록」을 설교하는 진해 남부교회 목사의 드라마틱한 목소리를 닮았으니.

첫사랑처럼

재능이 없는 사람을 만날 때가 있다. 그들은 대부분 99퍼센트의 노력과 1퍼센트의 영감으로 발명에 성공했다는 에디슨의 농담을 진리로 받아들인다. 그러나 진리는 엄연히 붓과 종이 사이에 있다. 나는 수강생들에게 진실을 솔직하게 말해 주는 편이다. 밥줄이 끊기는 한이 있더라도 수강생들의 인생을 바로잡겠다는 사명감 때문이 아니라 그런 녀석들과 함께 지내기가 개인적으로 싫기 때문이다. 색 바랜 떡잎인지도 모르고 이것저것 묻거나 밤새워 그림을 그리는 꼴을 보노라면, 짜증이 나서 견딜 수가 없다.

나는 수강생들에게 머리와 꼬리를 자르고 몸통만 이야기한다. 발가락으로 그려도 그보단 낫겠어. 네가 화가가 되면 대한민국에 화가 아닌 사람이 없을걸. 조금만 심하게 칼날을 들이밀면 그들은 제풀에 뒤로 물러선다. 열일곱, 열여덟. 그 나이에 삶의 길을 한 번쯤 뒤튼다고 시비 걸 사람은 아무도 없다.

최은서. 그녀 역시 열정은 있으되 재능이 없는 여자였다. 다른 아이들과 다른 점이 있다면 놀라운 맷집이었다. 회칼을 들고 심장이며 콩팥, 간이며 위장을 찔러 댔지만, 조금도 물러서지 않았다. 오히려 내 저주를 즐기는 눈치였다.

뿔테 안경을 쓰고 볼에 주근깨가 가득한 말라깽이 여고 1년생의 고집을 꺾을 수가 없었다. 3년 동안 그녀는 거의 학원에서 살다시피 했다. 정규 수업이 끝나면 쪼르르 학원으로 달려왔고 자정을 넘기기 전에는 집으로 돌아가는 법이 없었다. 토요일이면 새벽까지 학원에 남아 그림을 그리기도 했다. 대학 입시를 며칠 앞두고 나는 최후 통첩을 했다.

"만화가가 되는 게 어떠냐? 돈도 벌고 그림도 계속 그릴 수 있지."

"스무 살이 되면, 그림은 더 이상 그리지 않을 거예요."

"뭐? 그림을 관두겠다고?"

터무니없이 쉽게 무너지는 사람을 만날 때가 있다. 오래전부터 무너져 왔던 것을 발견하지 못한 경우도 있지만, 정말 한순간에 뼈마디를 모두 분지르고 털썩 주저앉는 사람도 있는 것이다. 그럴 때면 잠시 상대방을 쳐다보게 된다. 내가 알던 사람이 과연 저 사람이었던가를 생각하는 것이다. 이렇게 묻고 싶은 것이다. 내가 아는 이것이 당신의 본질이 아닌가요? 그럼, 당신은 누구죠? 당신 열정은 어디를 향해 있었던 겁니까?

"선생님을 사랑해요."

"사랑?"

그녀가 3년 동안 바라본 것은 줄리앙이 아니라 나였다. 저런 애송이에게 뒤통수를 얻어맞다니.

"선생님께 첫사랑의 아픔이 있다는 걸 알고 있어요. 이 학원 수강생이라면 누구나 아는 사실이죠. 그녀가 속천 앞바다에서 익사했다는 것도. 그래서 선생님이 그녀 고향을 떠나지 않는다는 것도. 결혼하실 생각이 눈곱만큼도 없다는 것도. 그녀와 비슷하게 생긴 여자가 학원에 나타나면, 선생님께서 스스로 내쫓는다는 것도. 매년 한 번씩 그녀 무덤에 장미꽃을 사 들고 간다는 것도. 그 장미꽃의 숫자가 항상 그녀가 죽은 나이와 같은 스물일곱 송이라는 것도. 그 날 밤에는 고주망태가 되어 진해 시내를 헤맨다는 것도. 속천에 가서 사랑의 세레나데를 미친년 발작하듯 불러 젖힌다는 것도."

"너 지금 소설 쓰냐?"

그녀는 물러서지 않았다.

"선생님은 저랑 결혼하셔야 해요. 왜냐하면, 전 그녀로 변해 갈 거니까요."

"네가…… 그녀로 변해 간다고?"

웃음이 나왔다.

"그래요, 바로 그 웃음! 제가 변하는 만큼 선생님도 예전 행동들을 되찾을 거예요. 그녀 앞에서만 짓던 웃음을 방금 제게 보인 것처럼."

나는 그녀와 더 이상 이야기하고 싶지 않았다.

"넌 차라리 소설가가 되는 게 낫겠어. 하지만 그 소설에 날 끌어들이지는 말아 줘. 그림도 포기했다니까, 이제 학원에 나올 필요도 없겠지? 내게 그 따위 소릴 지껄일 필요도 없고. 소문은 소문일 뿐이야. 내겐 익사한 애인 따윈 없어."

대학 입시가 끝난 후에도 그녀는 계속 학원에 나왔다. 나보다 일찍 출근하고 늦게 퇴근했다. 국민학생들은 물론 여고생들까지 곧잘 가르쳤다. 내가 수강생들에게 해 주는 몇 마디 충고들을 토씨 하나 틀리지 않고 앵무새처럼 외웠다.

나에게는 첫사랑은 물론 두 번째 세 번째 사랑도 없었다. 붓을 들기 시작한 후 여자를 향한 욕망이 사라진 지 오래였다. 그림을 그릴수록, 여자를 만나고 커피 마시고 손잡고 옷 벗고 잠잔다는 것이 그렇게 귀찮을 수가 없었다. 물론 나에 대한 헛소문을 알고 있었다. 그러나 그 모든 소문에 일일이 변명할 수는 없는 노릇이었다.

문제는 은서였다. 그녀는 내게 덧씌워진 소문을 철석같이 믿고 그대로 행동에 옮겼다. 가령, 내가 설렁탕을 주문하면,

"선생님은 설렁탕 못 드시잖아요?"

하며 취소한 후,

"잊으셨어요? 선생님은 돌솥 비빔밥을 제일 좋아해요. 아줌마. 여기 돌솥 둘!"

하고, 내가 가장 싫어하는 돌솥비빔밥을 시켰다.

숫제, 나를 기억상실증 환자로 취급하는 것이다. 그녀의 주장에 따르자면 나는 파란색이 아니라 빨간색을 좋아하고 배구가 아니라 농구를 좋아하며 클라크 게이블이 아니라 제임스 딘을 좋아해야 한다. 부모님은 서울에 생존해 계신 것이 아니라 10년 전 교통사고로 모두 돌아가셨으며, 남동생이 하나 있는 것이 아니라 여동생이 둘 있고, 그중 막내는 프랑스 파리에 유학 중이어야 한다. 하루에 이를 두 번이 아니라 세 번 닦아야 하고 고호가 아니라 고갱을 좋아해야 한다. 솔직하게 내 취향을 말했지만 그녀는 막무가내였다. 아무리 자기를 속이려고 해도 결코 속아 넘어가지 않겠다는 것이다.

그리고 2월 마지막 날인 28일이 왔다.

은서는 아침부터 시장에 다녀온 후 김밥을 만들었다. 오후에는 청색 줄무늬가 인상적인 털 스웨터를 내밀었다.

"밤바다는 추울 거예요."

"밤바다라니?"

"언제나 2월 마지막 밤엔 밤바다를 구경하러 가시잖아요?"

"네가…… 그걸 어떻게 알지?"

사실이었다. 중학교에 입학한 후로 나는 줄곧 2월 마지막 밤엔 바다를 찾았다.

"그녀와 함께 밤바다에 갔던 거 기억 안 나세요?"

"그만! 내겐 그녀 따윈 없어. 넌 아마 작년 2월에 내가 바다로 나가는 걸 훔쳐보았을 거야."

"마음대로 생각하세요."

자기만의 비밀을 가진다는 것은 큰 기쁨이다. 사람들은 대부분 비밀 하나 없이 무방비 상태로 세상에 나가지만, 갑옷이나 방탄복 속에 비밀을 숨기고 있는 사람도 있다. 만약 그가 비밀을 들킨다면 하루아침에 벌거숭이가 되었다는 부끄러움으로 자살을 택할지도 모른다.

2월 마지막 날에 밤바다로 가는 게 내 유일한 비밀이었다. 그런데 은서는 아무렇지도 않게 비밀의 풍선을 터뜨렸다. 이제 그것은 비밀도 뭣도 아닌 것이다. 그녀와 함께 속천 밤바다로 나갈 이유가 없었다.

"오늘 밤만 함께 있어 줘요, 선생님. 3년이나 같이 지냈는데 제 소원을 뿌리치지는 않으시겠죠?"

"그럼, 내일부터는 학원에 나오지 않겠단 말이지?"

"그래요. 약속해요."

나는 마음을 돌렸다. 그녀가 학원을 떠나기만 한다면 에베레스트라도 오를 마음이었다.

은서는 정성 들여 화장을 하고 무릎까지 오는 부츠를 신었다. 검은 미니스커트에 반팔 티셔츠를 입고 그 위를 하얀 오리털 파카로 덮었다. 늦겨울 바람이 노출된 허벅지로 쌩쌩 몰아칠 것이 뻔했다. 옷을 바꿔 입으라고 말해 주려다가 그만두었다. 내가 뭐라고 충고한대도 은서는 고집을 버리지 않을 것이다.

파도가 제법 있었지만 배를 못 탈 정도는 아니었다. 은서는 방파제에 늘어선 배들 사이를 오갔다. 이윽고 가장 낡고 작은 통통배를 한 척 빌렸다.

"이왕이면……."

배는 좌우로 많이 기우뚱거렸다.

"이 정도면 둘이서 지내기엔 충분해요."

주인은 닻줄을 풀어 준 후 은서에게서 뱃삯을 받아 들고 횟집으로 사라졌다.

"함께 가는 거 아냐?"

"진해 여자라면 이 정도 배는 혼자서도 몰 줄 알아요. 그녀가 그랬듯이."

자동차 면허증도 없는 은서지만 배 하나는 능숙하게 몰았다. 나는 손으로 바닥을 더듬어 축축하지 않은 곳을 찾아 앉았다. 등대를 지나고 섬을 돌아서 30분쯤 나가는 동안, 은서는 말이 없었다. 나는 해안에서 빛나는 불빛들을 쳐다보았다. 차가운 바람이 두 뺨을 때리고 지나갔다. 배들이 사라지자 은서는 시동을 껐다. 뱃전에 부딪히는 파도소리가 불규칙하게 들렸다.

"선생님, 우리 김밥 먹어요."

김밥은 차고 딱딱했다. 언 손으로 김밥을 집을 때마다 찬 기운이 더했다. 은서가 보온병에서 커피를 따라 주지 않았다면 김밥을 다 먹진 못했을 것이다. 도시락을 완전히 비우고 커피를 두 잔 더 마셨다. 뱃속에 음식물이 그득하니 추위가 한결 덜했다. 은서가 어깨를 으쓱 올리며 말했다.

"전…… 선생님 아이를 가졌어요."

"뭐, 뭐야?"

있을 수 없는 일이었다. 나는 그녀와 입을 맞춘 적도 없다. 오금이 저려 왔다.

"선생님도 기쁘시죠? 우리 아인 선생님을 닮아 그림을 잘 그릴 거예요. 훌륭한 화가로 키우고 싶어요."

아닌 게 아니라 아랫배가 조금 불룩해 보였다.

"너 지금 제정신이야?"

"선생님! 내일 우리 결혼해요. 학원에 사람들을 모아 놓고 우리들 미래를 알리는 거예요. 선생님도 좋으시죠?"

"그만! 당장 돌아가. 더 이상 네 거짓말을 듣고 있을 수가 없어!"

은서는 흥분한 내 얼굴을 무심히 바라보았다. 그리고 조용히 오리털 파카를 벗었다.

"만약 저와 결혼하지 않으시겠다면 저 바다로 뛰어들겠어요."

"미쳤어?"

천천히 부츠마저 벗었다. 바람이 더욱 거셌다.

"지, 진정해."

"저랑 결혼하시는 거죠?"

그녀가 물러섰다.

"위험해! 이리 와."

"당신 아기란 걸 인정하시는 거죠?"

나는 몸을 날려 그녀를 붙들었다. 은서는 양손을 뿌리치며 바다로 뛰어들려고 했다. 발버둥이 워낙 심해서 자칫 잘못하다가는 두 사람이 함께 물에 빠질 지경이었다.

"인정해요?"

은서는 몸을 흔들며 큰 소리로 물었다. 나는 그녀의 두 팔을 끌어당기느라 정신이 없었다. 내 입에서 인정한다는 말이 튀어나오려는 순간 그녀의 몸부림이 멈추었다.

"그녀에겐 뭐라고 답했나요?"

나는 몸을 뒤로 빼면서 양손으로 그녀 가슴을 밀었다. 그녀의 몸이 기우뚱하더니 바다 속으로 떨어졌다. 순식간에 벌어진 일이었다. 그녀를 구하러 바다로 뛰어들고 싶었다. 그러나 애석하게도 나는 수영을 할 줄 몰랐다.

마음만 먹었다면 진해에서 태어난 은서가 헤엄을 쳐서 배로 다시 기어오르는 것은 어렵지 않았을 것이다. 하지만 그녀는 딱 한 번 물 위로 얼굴을 들이민 후 바다 속으로 사라졌다.

이틀 후 은서의 시체가 발견되었다. 밀물 때 해안으로 떠밀려 온 것이다. 나는 경찰서에서 조사를 받았다. 어찌 된 일인지 경찰은 처음부터 이 사건을 단순 자살로 여기는 눈치였다. 나는 곧 풀려났고 그제야 학원에서 유서가 발견되었다는 것을 알았다. 스케치북에 깨알 같은 글씨로 적은 그 유서에는 대학에 떨어진 것을 비관하는 내용으로 가득했다. 부검 결과 은서의 처녀막은 이상이 없었다.

속전속결의 덫

굿맨은, '재능이 없는 사람을 만날 때가 있다' 는 나의 주장에 전적으로 동의했다. 그리고 재능이 있는 사람을 만날 때도 가끔은 있다고 덧붙였다. 1년 내내 영어 회화를 배워도 간단한 인사말조차 더듬는 사람이 있는 반면 수업에 빠지기를 밥 먹듯이 해도 한 달 만에 그럴듯한 회화를 구사하는 사람도 있다는 것이다. 굿맨이 죽인 여자는 후자에 속했다.

굿맨은 그녀 이름을 기억하지 못했다. 잠자리를 함께한 여자들 이름을 절대로 기억하지 않는다는 것이 그의 철학이었다. 그래서 그는 그녀 이름을 그냥 '은서'로 하기로 했다. 그것은 내 이야기가 상당히 마음에 들었다는 뜻이기도 하다.

은서의 재능은 탁월했다. 스물두 살에 보험 회사를 다닌다고 개인 신상 기록부에 적혀 있지만 그것을 믿는 사람은 없다. 여관 주인이 들이미는 명부에 '김영삼'이나 '김대중'을 써 넣어 본 사람이라면 영어 학원의 신상 기록부에 자기 존재를 그대로 밝히는 멍청이가 없다는 사실을 알 것이다. 신상 기록부에서 굿맨이 외우는 것은 전화번호뿐이었다. 물론 가끔은 전화번호조차 엉터리인 경우도 있지만, 그래도 전화번호가 틀릴 확률은 30퍼센트 미만이었다.

오는 여자 막지 않고 가는 여자 잡지 않는다는 것이 또한 굿맨의 철학이었다. 흑인이라는 이유 때문에 피하던 여자들도 굿맨의 수업을 몇 번 들은 후에는 방어 기제를 풀었다. 그만큼 굿맨의 능청스러움은 다른 사람의 추종을 불허했다.

조금만 주위를 살피면 숫자에 집착하는 사람들이 의외로 많다는 사실을 알게 된다. 번호판 끝자리가 4인 자동차를 본 날에는 일체 외출을 하지 않는 사람도 있고 태어나서 지금까지 살아온 시간과 환갑까지 살아갈 시간을 분이나 초로 계산하는 사람도 있다. 굿맨은 함께 동침한 여자들 이름은 기억하지 못하더라도 그 숫자만큼은 정확하게 알고 있었다. 몇 번 여자와 몇 번 여자를 비교해 가며 말하는 것이 그의 유일한 취미였다. 은서는 예순여섯 번째 여자였다.

굿맨은 첫날부터 긴 머리에 가는 허리를 가진 은서에게 눈독을 들였지만 그녀와 동침하기까지는 한 달이나 걸렸다. 첫 수업을 들은 후 한 달 동안 그녀가 학원에 나오지 않았기 때문이다. 굿맨은 입맛을 쩝쩝 다시며, 그녀를 놓친 것을 아까워했다. 영어 학원에 몇 번 나왔다가 그만둔 사람치고 계속 학원에 등록하는 경우가 드물었던 것이다. 그런데 놀랍게도 은서는 다음 달 다시 굿맨의 회화반에 등록했다. 굿맨은 기회를 놓치지 않고 수업이 끝난 다음 그녀를 술집으로 데려갔다.

"그동안 우예 지냈노?"

굿맨은 높임말을 배우지 못했다. 남녀노소를 막론하고 무조건 반말이었다. 기분이 나쁜 경우도 있었지만, 묘한 친근감을 만드는 것 또한 사실이었다.

"서울 본사에 출장 갔어."

그녀 역시 반말이다.

"걱정 엄청 했다."

굿맨은 둘러가지 않았다. 속전속결 정면돌파. 굿맨은 자기 속마음을 털어놓았다. 은서는 맥주를 한 모금 마시고, 빙긋 웃었다. 네 시커먼 속셈을 누가 모를 줄 알고. 굿맨의 빈말이 이어지는 동안 그녀는 조금 술을 마시고 조금 미소를 지었다.

"굿맨, 미안하지만 난 네가 조금도 보고 싶지 않았어."

굿맨은 시애틀의 풍경과 마르틴 루터 킹 목사의 일대기를 이야기했다. 그리고 자신은 죽을 때까지 킹 목사의 사도가 되겠노라고 했다. 은서는 굿맨의 말을 한 쪽 귀로 듣고 한 쪽 귀로 흘려보냈다.

"『성문 종합 영어』에서 마틴 루터 킹 목사의 연설을 쬐끔, 아주 쬐끔 읽은 적이 있어. 그렇고 그런 이야기던데, 뭐. 한마디로 말하면 비폭력, 무저항! 간디 주장하고 비슷한 거 아냐?"

"아이다. 천지삐깔이로 다르다."

"굿맨, 네가 킹 목사의 사도로 사는 걸 말리고 싶진 않아. 근데 그게 무슨 자랑이라고 한 시간이나 넘게 떠드는 거야. 그리고 시애틀도 그래. 난 암만 네 말을 들어도 그 도시가 진해보다 더 낫다는 생각이 안 들어. 하나만 더 이야기하자면 나 같은 보험쟁이한테 마틴 루터 킹의 삶이 무슨 의미가 있을까? 단순히 위인으로 존경해야 한다면 그 정도 위인이야 한국에도 숱하게 많지. 너 원효 대사 아니?"

"우언효?"

"사명 대사나 서산 대사는 알아?"

"몰라."

"근데 내가 왜 너의 그 위대한 마틴 루터 킹이 열두 살 때 골목대장이었다는 사실을 알아야 해?"

"……."

낯선 경험이었다. 자신이 올라탄 예순다섯 명의 여자 중에서 이런 식으로 반응하는 여자는 없었다. 감히 마틴 루터 킹의 삶을 알 필요가 없다고 말하다니. 굿맨은 은근히 화가 났다. 한 시간이나 입이 아프도록 이야기한 내용들이 전혀 효과가 없는 것이다. 그때 은서가 굿맨의 어깨를 툭 치며 물었다.

"그러니까 뭐야? 나랑 자고 싶다는 거 아니니?"

"……."

말문이 막혔다. 은서는 그의 불룩 나온 볼을 손바닥으로 쓰다듬으며 마지막 일격을 가했다.

"그게 뭐 그렇게 어려운 일이라고 마틴 루터 킹까지 들먹이니! 나도 굿맨, 네가 마음에 들어. 그러니까 여기까지 따라온 거지. 불쌍하게 죽은 킹 목사님 더 팔아먹지 말고, 우리, 나가자. 내가 잘 아는 곳이 있어, 괜찮지?"

은서는 검은 피부에 대해 아무 경계심도 없었다. 그렇다고 그녀가 닳고닳은 여자라는 말은 아니다. 다만 외국인에 대한 경계심, 동경, 환상 따위를 가지고 있지 않다는 뜻이다. 술에 취한 굿맨은 겨우 두 번 그녀의 몸 속으로 들어갔다. 은서는 가타부타 말이 없었다.

"술을 너무 마이 묵어서……."

피우고 있던 담배를 끄며 은서가 말했다.

"됐네, 됐어. 변명할 필요 없어. 충분하니까."

"추웅분? 뭐가 충분하단 말이고?"

"비밀!"

은서는 굿맨의 뺨에 입을 맞춘 후 옷을 입고 먼저 여관을 빠져나갔다.

뭐가 뭔지 모르는 상황인데도 가슴을 찢고 뒷머리를 때리는 어떤 느낌…… 당했다는 느낌이 온몸을 휘감을 때가 있다. 은서가 쓰레기통에 버린 팬티스타킹을 바라보며 굿맨은 바로 그 느낌에 사로잡혔다. 처음으로 여자에게 주도권을 빼앗겼기 때문일까. 아니면 그녀가 처음부터 의도적으로 자신에게 접근했다는 추측 때문일까.

다음 날부터 은서는 비교적 충실하게 굿맨의 수업을 들었다. 앞에서도 말했듯이 그녀의 재능은 놀라웠다. 한 달 만에 웬만한 대화를 알아들었고, 두 달이 지나자 대화가 가능해졌다. 어려운 문구를 써 가며 공격했지만 그녀는 미꾸라지처럼 능숙하게 빠져나갔다.

그날 이후 그녀는 굿맨의 특강 제의를 이 핑계 저 핑계 대며 거절했다. 설득도 해 보았고 윽박도 질러 보았지만 꿈쩍하지 않았다.

"당신이 워낙 강의를 잘 해서 특별 강의 따윈 필요없어."

그렇게 다섯 달이 흘러갔고 은서의 실력은 수강생 중에서 최상급이 되었다. 그녀가 불쑥 강사실로 굿맨을 찾아왔다.

"굿맨, 시간 있어?"

굿맨은 고개를 설레설레 저었다.

"피곤하다. 니캉 말할 시간 읎다."

"그래? 이걸로 당분간 작별인가? 난 내일부터 이 학원에 나오지 않을 거야."

"뭐?"

그녀가 굿맨의 볼을 가볍게 쓰다듬었다.

"그렇게 놀라지 말고, 나가자. 내가 술 살게."

은서는 밤바다가 보고 싶다고 했다. 속천으로 갔다. 둘은 한동안 별도 달도 없는 밤하늘을 바라보며 걸었다. 방파제 끝에 이르렀을 때, 그녀가 말했다.

"굿맨, 우리 결혼해."

"뭐라꼬?"

"네 아기를 가졌어. 임신 5개월이야."

굿맨이 놀란 눈으로 다시 물었다.

"니 지금 제정신이가? 우째서 니가 밴 애가 내 새끼란 말이고?"

그녀는 잠시 하늘을 올려다보았다. 그리고 한 걸음 그에게 다가섰다. 굿맨은 저도 모르게 뒷걸음질을 쳤다. 그녀가 핸드백에서 뭔가를 꺼냈다.

"굿맨, 난 널 사랑해!"

그와 그녀가 여관문을 밀고 들어가고, 입맞춤을 하며 복도를 걷고, 침대에서 정사를 벌이는 장면이 파노라마처럼 찍힌 흑백 사진이었다. 은서가 그의 손을 꼭 잡았다.

"난 시애틀에 갈 준비 끝냈어. 얼마나 열심히 영어 공부를 했는지 몰라. 미국 음식도 서른 가지나 만들 수 있고 우리 아기에게 들려줄 자장가도 부를 수 있어. 나 시부모님께 정말 잘할게. 그리고 당신한테도."

굿맨은 그녀의 미소를 더 이상 볼 수 없었다.

"가, 가시나 니가 날 속이다니."

"집에서 쉬면서 태교를 할 작정이야. 우리 아긴 미국에서 살 테니까 팝송을 많이 들려줘야겠지?"

굿맨의 반격이 시작되었다.

"닥쳐. 내는 미국으로 안 갈 끼다. 시애틀엔 뒈져도 안

가끼다. 내는 여기서 살 끼다, 진해에서. 알겄나? 니가 애를 낳든지 말든지 내는 모린다. 그래, 어데 한 번 놔 봐라. 시커먼 아 낳고 니가 진해에서 살랑가 어데 한 번 보자."

은서의 싸늘한 웃음은 멈추지 않았다.

"진정해. 굿맨. 넌 시애틀로 가야 해."

"안 간다카이."

그녀가 핸드백에서 서류 한 장을 꺼내들었다.

"이게 뭔지 아니? 네 아기를 가진 후 공들여 빼낸 거야. 궁금해? 이건 시애틀에 사는 진짜 굿맨의 신상 기록부야. 그는 단 한 번도 시애틀 밖으로 벗어난 적이 없어. 어디 보자. 지금은 시애틀에서 세탁소를 운영하고 있군. 물론 한국엔 온 적도 없고 진해란 도시는 알지도 못해. 그러니까, 굿맨 넌 시애틀의 굿맨이 아냐. 넌 시애틀에 가 본 적도 없을걸. 내가 이 사실을 경찰서에 신고하면 어떻게 될까?"

굿맨의 이마에 땀이 송글송글 맺혔다.

"뭐, 뭘 원하노?"

"벌써 얘기했을 텐데. 시애틀로 떠날 준비를 끝냈다고."

더 이상 물러설 수 없었다. 한 걸음만 뒤로 물러서도 그대로 깜깜한 바다였다. 굿맨은 고개를 끄덕이며, 양팔을 활짝 벌렸다. 그의 검은 얼굴에 잔잔한 웃음이 맴돌았다. 은서는 단정하게 그 품으로 걸어 들어갔다.

“고마워, 굿맨!”

은서의 속삭임이 귓볼을 간지르는 순간 굿맨의 하얀 앞니 두 개가 아랫입술을 깨물었다. 눈자위가 실룩거렸다. 목과 팔뚝의 실핏줄이 검은 피부 위로 불거져 나왔다. 그의 두 팔이 천천히 위로 올라가서 그녀의 목을 감쌌다. 사랑의 밀어를 속삭이는 것처럼 굿맨의 입술이 그녀의 귓볼에 가닿았다. 그녀의 몸이 꿈틀거렸지만, 굿맨은 먹이를 삼킨 구렁이처럼 꿈쩍도 하지 않았다.

다음 날 해안에서 은서의 시체가 발견되었다. 직접적인 사인은 후두부 압박에 의한 질식이었다. 굿맨은 학원에서 그 소식을 듣자마자 곧바로 속천으로 달려갔다. 땅을 치며 통곡을 했다.

“이래 죽으믄 우야노? 내는 우예 사노.”

어젯밤 굿맨과 은서가 방파제를 거닐었다는 제보가 접수되었다. 경찰서에서 밤샘 조사를 받았지만 굿맨은 하루만에 무혐의로 풀려났다. 굿맨이 방파제를 떠나고 한참 후에 은서가 가게에 담배를 사러 왔다는 신월상회 박 씨의 증언 덕분이었다. 부검 결과 은서는 단 한 번도 임신한 적이 없었다.

"그럼, 굿맨이 박 씨를 매수한 거네."

선글라스가 오징어를 씹으며 다리를 비비 꼰다.

"이 가시나, 눈치 하나는 엄청 빠르구마."

굿맨의 팔은 이야기를 시작하던 순간부터 선글라스의 어깨를 점령하고 있다. 노란 우산은 내 손을 장남감인 양 만지작거리며 담배 연기를 빼꼼빼꼼 뱉는다. 새벽 3시가 가까워지자 방파제를 배회하던 취객도 사라진다. 파도 소리와 바람 소리, 삐걱대며 흔들리는 통통배 소리만이 속천을 감싼다. 을광은 굿맨의 이야기가 끝나자마자 화장실로 달려간다.

"저 아저씨 방광은 개구리 방광인가 봐."

선글라스와 노란 우산이 마주보며 깔깔 웃는다. 웃음이 많다는 것은 꿈과 희망이 많다는 뜻이다.

굿맨의 검은 손이 선글라스의 가슴으로 미끄러져 들어간다.

"굿맨, 난 당신의 몇 번째 여자죠?"

꼬리를 내리며 선글라스가 묻는다. 굿맨의 왼손이 그녀의 코를 가볍게 쥔다.

"처음이라믄 믿겄나?"

"그럼요. 믿고말고요."

어느새 을광이 내 곁에 앉아 있다. 나는 그의 빈 맥주잔을 채운다.

"시간 나면, 포커 한 판 어때? 스트레이트플러시가 나올 때까지 치는 거야."

"그라믄 또 직이는 기가?"

굿맨이 선글라스의 목덜미를 핥다 말고 끼어든다. 을광은 말없이 술잔을 기울인다. 그는 우리 제의를 묵살한다. 그의 시선은 멀리 방파제 입구에 머문다.

화장실 다녀온 게 아니었나?

을광이 엉거주춤 자리에서 일어선다. 그리고 방파제 입구를 향해 손을 흔든다. 선글라스의 겨드랑이에 코를 박은 굿맨만 제외하고 우리 시선이 일제히 방파제 입구로 향한다. 누군가가 우리를 향해 손을 흔들고 있다. 머리에 숄을 두른 여자. 너무 멀어서 얼굴이 잘 보이지 않는다. 무엇인가를 품에 안고 있다.

"선생니임!"

노란 우산의 손이 갑자기 내 혁대 속으로 쑥 들어온다. 나는 움찔 몸을 흔들며, 그녀 손을 뺍는다. 그녀의 초점 잃은 눈동자 속에 벌겋게 달아오른 내 얼굴이 들어 있다.

"아이, 귀여워라!"

노란 우산은 내 행동을 어린애의 앙탈쯤으로 받아들인다. 그녀가 가슴을 앞으로 디밀며 양팔로 내 허리를 꽉 낀다.

"선생님은 내 손길을 피할 수 없어. 선생님은 내 거야. 깔깔깔."

나는 의자에서 굴러떨어지지 않으려고 안간힘을 쓴다. 노란 우산의 미는 힘을 막아 내는 것도 벅차다. 평소 실력을 발휘하면 충분히 해결할 수 있는 일인데도 막상 부닥치면 실패하는 경우가 종종 있다. 세상 사람들은 여러 가지 핑계를 대지만 나는 그럴 생각이 조금도 없다. 나에게 달려들던 상대의 힘과 열정을 꺾지 못했을 뿐이다. 누구에게나 자신도 모르는 놀라운 힘과 열정이 있다. 그 힘과 열정이 폭발하는 순간을 내가 만난 것뿐이다. 재수가 없었다고 치부할 수는 있지만 내가 평소 실력을 다 발휘하지 못했기 때문은 결코 아니다.

"아악!"

여자의 핏발 선 비명 소리 하나로 굿맨과 선글라스, 노란 우산과 나의 히히덕거림은 멈춘다. 어느새 숄을 두른 여인이 우리 곁에, 정확하게 말하자면 나와 굿맨 사이에 서 있다. 나와 굿맨은 동시에 오뚝이처럼 벌떡 일어선다.

"니, 니는……."

"은서……."

을광이 그녀 품에 있는 것을 빼앗아 굿맨에게 던진다.

"으앙! 으앙!"

울음이 터진다. 아기다. 검은 피부의 아기.

굿맨은 품에 안은 아기와 을광을 번갈아 쳐다본다. 을광의 양손이 천천히 등뒤로 돌아간다. 번뜩이는 회칼 두 개가 나타난다. 을광이 한 발 앞으로 다가선다.

"열흘 전, 아내가 사내애를 낳았어. 너무 기뻤지. 그런데 의사가 아기를 한사코 보여 주지 않는 거야……. 흑인이라더군. 믿을 수 없었어……. 아내는 죽여 달라고 애원하면서 지난 일들을 죄다 털어놓았지. 네놈들과 보낸 그 지옥 같은 나날을."

선글라스와 노란 우산이 을광의 발 아래 엎드린다.

"우린 아무 죄도 없어요. 살려 주세요."

을광이 천천히 고개를 숙인다. 그녀들의 시선이 하나씩 무너진다.

"죄가 없다고? 닥쳐! 아내를 미술 학원으로 데려간 사람이 누구지? 아내에게 영어를 배우라고 꼬드긴 사람이 누구야?"

을광의 회칼이 선글라스와 노란 우산의 등에 꽂힌다. 피가 튄다. 비명 소리가 파도 소리와 바람 소리를 찢는다. 두 번, 세 번. 회칼은 잠시도 쉬지 않는다. 비명이 멎은 후에도 회칼은 열 번, 아니 스무 번이나 상하 운동을 반복한다.

"갓 뎀!"

오랜만에 굿맨이 영어로 욕을 한다. 그 순간 은서의 눈이 고양이 눈처럼 커진다. 굿맨이 아기를 바다로 던져 버린 것이다. 풍덩! 소리가 난 후 사위는 곧 잠잠해진다. 침묵이 흐른다.

"안 돼!"

그제야 은서가 미친 듯이 바다로 뛰어든다.

"허허, 헐헐허."

굿맨은 을광의 회칼 따위는 관심 밖이라는 듯이 숨을 헐떡이며 웃는다. 나는 은서를 따라서 바다로 뛰어든다. 버둥대던 은서가 수면에서 사라진다. 나는 있는 힘을 다해 팔과 다리를 휘젓는다. 죽음으로부터 벗어나는 길은 이것뿐이다.

"개자식, 죽어!"

을광의 외침이 아득하게 들려온다. 굿맨의 헐헐대던 웃음소리가 멈춘다. 나는 깊게 숨을 들여마신 다음 잠수한다. 눈을 떠도 앞이 보이지 않는다. 미끈미끈한 해초들이 자꾸 얼굴을 때린다. 허파꽈리들이 뒤틀리는 소리가 들려온다. 더 이상 참을 수 없어. 목이 잘리는 한이 있더라도 수면으로 올라가자.

을광이 나를 잡으러 바다로 뛰어들지는 않은 것 같다.

주위는 조용하고 신월상회 앞에도 을광의 모습은 보이지 않는다. 어딘가에 숨어서 내가 뭍으로 나오기만을 기다리는지도 모른다. 그러나 해가 뜨고 시체들이 사람들에게 발견되면 을광도 별 수 없이 속천을 떠날 것이다. 그때까지만 기다리면 나는 살 수 있다. 살아야 한다.

선고

감색 콤비를 말끔하게 입은 검사는 험험 헛기침을 하며 자리에서 일어섰다. 그리고 가볍게 내가 앉은 피고석까지 걸어와서 가볍게 윙크를 한 후 다시 자기 자리로 돌아갔다. 그리고 또박또박 내 진술을 반박했다.

"피고는 방금 자신을 살인마의 손길에서 탈출한 유일한 생존자라고 진술하였습니다. 그러나 애석하게도 피고의 진술은 거짓입니다.

우선 피고가 살인마라고 거듭 주장한 조을광이란 자는 가공 인물입니다. 원양 어선 어부 명단은 물론 굿맨이 강사로 재직했던 영어학원의 수강생 명단에도 조을광이란 이름은 없습니다. 또한 피고는 최은서란 여자와 그녀의 아기가 바다에 빠졌다고 했지만, 이것 역시 거짓입니다. 해양 경찰의 도움을 받아 속천 앞바다를 이잡듯이 뒤졌지만 시체는 발견되지 않았습니다. 피고가 말하는 최은서는 이미 3년 전에 실종되었으며, 그 후 진해에서 그녀를 보았다는 신고는 한 번도 들어온 적이 없습니다. 최근 3년 동안의 진해 시내 산부인과 진료 기록에도 한국 여자가 흑인 아기를 낳았다는 기록은 없었습니다. 이런 정황을 고려한다면 최은서는 이미 피고에 의해 살해되었는지도 모릅니다.

피고는 굿맨을 가끔씩 만나 술이나 마시는 친구라고 말했습니다. 하지만 피고가 굿맨으로부터 4000만 원을 빌린 사실을 끝내 진술하지 않았습니다. 그리고 두 사람이 그 문제로 심하게 싸웠다는 사실도 밝히지 않았습니다.

또한 피고는 살해당한 두 여자 즉 황영미와 최숙자를 우연히 속천에서 만났다고 했지만 이것 역시 거짓입니다. 황영미와 최숙자는 같은 해에 고등학교를 중퇴했으며 비슷한 시기에 임신 중절 수술을 받았습니다. 피고가 이미 학원에서 그녀들을 강간했기 때문입니다. 그러나 피고가 그녀들을 강간했다는 사실은 당시 끝끝내 드러나지 않았습니다. 황영미와 최숙자는 일주일 후엔 같은 예식장에서 나란히 결혼식을 올릴 예정이었습니다. 따라서 황영미와 최숙자가 그 시각에 피고를 만나 즐겼을 리 없습니다. 생각해 보십시오. 어떻게 자신을 강간했던 남자와 다정히 앉아 술을 마실

수 있겠습니까? 물론 피고는 그녀들이 유흥업소에 다녔다고 말했지만 그것은 고등학교를 중퇴한 그녀들의 호구지책이었을 뿐입니다.

자, 이미 증거물로 제출된 이 사진을 보십시오. 이것은 피고의 방에서 발견된 황영미와 최숙자의 알몸 사진입니다. 피고는 그녀들의 몸이 필요할 때마다 3년 전에 찍어 둔 이 사진을 세상에 알리겠다고 협박한 것입니다. 그러나 이번만큼은 황영미와 최숙자도 호락호락하지 않았습니다. 사랑하는 남자와 가정을 꾸린 후에도 피고의 노리개가 될 수는 없었기 때문입니다. 그래서 황영미와 최숙자는 자신들을 협박하는 피고의 목소리를 몰래 녹음했습니다. 만약 자신들 알몸을 찍은 필름을 돌려주지 않으면 피고를 경찰에 고발하겠다고 협박한 것입니다.

그날 밤 피고는 굿맨에게는 돈을 갚겠다고, 황영미와 최숙자에게는 필름을 돌려주겠다고 전화를 했던 것입니다. 자정 무렵 세 사람이 나타나자 피고는 그동안의 잘못을 사과한다는 말 따위를 하면서 그들에게 맥주를 권했습니다. 그들은 마지못해 맥주를 몇 모금 마셨고 30분도 지나지 않아 모두 곯아떨어졌습니다. 이 사실은 이번 사건의 공범인 동시에 피고를 신고한 신월상회 박치국의 진술에서 확인할 수 있습니다. 박치국은 직접 살인에 가담한 것은 아니지만 피고로부터 30만 원을 받고 맥주에 수면제를 탔습니다.

새벽 3시가 넘어 인적이 사라지자 피고는 회칼로 세 사람 몸을 난도질했습니다. 박치국의 진술에 따르자면 피고는 어린애처럼 낄낄대며 회칼을 휘둘렀다고 합니다. 만약 피고가 박치국마저 죽이고 시체들을 신월상회와 함께 불태웠다면 이번 사건은 완전 범죄가 되었을지도 모릅니다. 그러나 신은 결코 살인마를 용서하지 않았습니다. 이제 피고의 죄는 명명백백하게 밝혀졌고 본 검사는 세 사람 목숨을 빼앗은 피고의 죄를 정의의 이름으로 묻지 않을 수 없습니다. 본 검사는 피고 김탁환에게 사형을 구형합니다."

보름 후, 재판장은 나와 박치국을 일으켜 세웠다. 나는 고개를 돌려 뒤를 보고 싶었다. 그러나 좌우에서 내 옆구리를 끼고 앉은 호송 경관은 조금만 고개를 움직여도 급소를 찔러 댔다. 피가 거꾸로 흐르는 것 같은 통증이 왔다. 판사는 길게 선고문을 읽어 나갔다. 여기저기서 흐느끼는 소리가 들려왔다.

이윽고 판사는 나에게 벌을 내렸다.

"피고 김탁환, 사형!"

박치국에게는 은혜를 베풀었다.

"피고 박치국 징역 6개월, 집행유예 2년!"

박수가 터져 나왔다. 만세 삼창을 외치는 사람도 있었

다. 장내는 시장판보다 더 시끄러웠다. 그때 등 뒤에서 낯익은 목소리가 들려왔다. 귓불을 자근자근 씹어 댈 것처럼 가까운 거리였다.

"고맙네. 난 자네가 진실만을 말할 줄 알았지."

황급히 고개를 들렸다. 참을 수 없는 통증이 옆구리를 울렸지만, 나는 눈을 크게 뜨고 하얀 죄수복을 입은 채 웃는 박치국의 얼굴을 똑똑히 쳐다보았다. 조을광이었다.

(1998년)

감동의 도가니

독고영은 월요일 아침 10시에 산길을 오르는 자신이 무척 낯설었다. 이혼을 하고, 막상 서울역에 가서 표를 끊으려고 하니 모든 것이 막막했다. 그는 새삼 자신이 서울 토박이란 걸 깨달았다. 사대문 안에서 태어나 사대문 안에 있는 초중고와 대학을 졸업하고 지금도 사대문 안에서 사는 사람이 몇이나 될까. 핸드폰이 허벅지를 흔들지 않았다면 다시 택시를 타고 아내에게 돌아갔을지도 모른다.

"외삼촌께 말씀드리 놨심니더. 고개에서 내리믄, 간판은 읎지만, 백숙 하는 식당 보일 껍니더. 거어 가셔서 앵두 농장 물어보이소."

호의가 악의로 바뀌는 몇 달을 보냈다.

『감동의 도가니』가 종합 베스트셀러 1위에 올랐을 때는 하루 종일 축하 전화에 시달리기도 했다. 간곡한 편지와 함께 출간 검토를 부탁하는 원고들이 책상 아래 그득 쌓였다. 30만 부는 문제없다고 했고, 오랜만에 100만 부 터지는 걸 구경할 수 있겠다는 덕담도 싫지는 않았다.

그 밤에 독고영은 최사무엘과 함께 대취했다.

한참 술잔을 비워 나가다가 사무엘의 얼굴을 뚫어져라 노려보았다. 이마가 넓고 눈이 깊은 사내. 스물아홉 살에 홈런을 친 소설가는 성직자의 기품을 지닌 이름만큼이나 예의바르고 얌전했다. 소설에 담긴 에로틱한 발상들이 어디서 나오는지 알다가도 모를 일이다.

"왜 하필 나였어, 왜 하필?"

사무엘이 넉넉하게 웃으며 답했다.

"겨울에 처음 뵈었을 때도 같은 말씀하셨지예? '우린 문학 출판을 할 만큼 튼실하지 않습니다. 왜 하필 나한테 찾아온 겁니까, 왜 하필?'"

"그때 사무엘 자네가 뭐라 답했더라."

가물가물 떠오르지 않았다. 너무 많이 취해서 계단을 제발로 올라설 힘도 없었다. 정신을 차려 보니 집이었고 아침부터 주문이 폭주했다. 성을 상품화했다는 비난이 제기되었지만 판매 부수에 영향을 미치지는 못했다. 오히려 여자의 몸을 이토록 감미로운 문체로 훑은 작품은 일찍이 없었다는 입소문과 함께 주문량이 늘었다. 전화 주문을 받는 영업부 박과 송을 제외하곤, 사장부터 신입 사원까지 모두 창고에서 책을 묶고 차에 싣느라 바빴다. 손끝에 물집이 잡히고 허리가 뻐근했지만 불평하는 이는 없었다. 망하기 전에 원없이 책이나 묶어 보는 것이 소원이라는 독고영의 바람이 이루어지는 순간이었다. 하루 주문량이 1000부를 넘던 날, 독고영은 도매상과 거래를 텄다. 그전에도 두세 군데 도매상에 책을 보냈으나 판매 실적이 미미해서 제대로 수금도 못 하는 형편이었다. '영원 유통' 최 사장은 출판 유통계의 큰손답게 독고영의 요구 조건을 시원시원하게 들어주었다.

"나도 『감동의 도가니』 읽었소. 그런 소설 서너 작품만 더 하시오. 그럼 독고 사장은 대한민국 출판사 중에서 넘버원이 됩니다. 내가 관상을 조금 봅니다만, 좋네 좋아. 독고 사장은 초년 고생 다 끝났소. 이젠 돈을 긁어모으기만 하면 됩니다."

그리고 일단 불이 붙기 시작했으니 먼저 내지르라고 했다. 광고도 4단 통으로 힘차게 치고 기자들을 불러 모아 거하게 저녁도 사라고 충고했다. 현찰 거래만 해 오던 독고영으로선 외상으로 광고를 시작하는 것이 꺼림칙했다. 그러나 신문사 광고 담당자들이 먼저 전화를 걸어 와서 좋은 날짜와 좋은 면을 잡아 드리겠다고 했으므로 용기를 냈다. 외국 소설과 처세술 실용서들이 속속 출간되었지만, 『감동의 도가니』는 종합 베스트셀러 1위 자리를 빼앗기지 않았다. '영원 유통'에 출고하고 받은 반년짜리 어음에 적힌 액수와 광고비를 맞춰 보니, 출판사를 내려고 은행에서 빌린 돈을 갚고도 남을 정도였다. 이렇게 서너 달만 가면 사글세를 내는 반지하 사무실도 좀 더 크고 햇빛이 하루 종일 드는 곳으로 옮길 수 있을 듯했다. 사무실 이전도 기뻤지만 좋은 책을 공들여 만들 수 있어서 더욱 좋았다.

신문사 문예지 담당 기자를 그만두고 출판사를 차리겠다고 했을 때는 주변 반대가 만만치 않았다. 남편 뜻을 조용히 따라오던 아내부터 캐나다에 나가 있는 외동아들 철규의 학비 걱정을 했다. 10년 동안 문학 계간지 《문학중심》을 함께 만들다가 출판국으로 옮긴 조 부장은 사표를 던지느니 차라리 출판국으로 오라고 했다. 1년에 세 권은 재량껏 출판할 수 있도록 배려하겠다는 사족까지 달았다. 출판사 설립을 부추기는 이도 적지만 있었다. 특히 소설가 윤은 《문학중심》에 작품을 실은 시인과 소설가들로부터 한 작품씩만 받아도 30년은 편안히 출판사를 꾸려 갈 수 있으리라 장담했다. 독고영이 마흔 살을 훌쩍 넘겨 출판업을 시작할 수 있는 뒷배가 문인들의 후원과 밀약이라는 풍문이 심심치 않게 떠돈 것도 사실이다.

독고영은 자존심이 강한 사내였다.

15년 전, 신춘 문예를 통해 등단했을 때는 시어(詩語)를 찾고 다듬으며 평생을 보내겠다고 당선 소감에 쓰기도 했다. 그는 시를 짓듯 새로운 책을 만들고 싶었다. 《문학중심》이나 출판국을 통해서도 새 작가를 발굴하는 것은 가능하지만 제약 역시 존재했다. 계간지에는 네댓 명의 편집위원이 있고 출판국에는 만년 과장 위에 부장과 국장이 자리를 지켰다. 회의에서 독고영의 역할은 중용이요 중재였다. 예술 지향과 시장 지향의 극점을 끌어당겨 적당히 술도 타고 물도 타는 것이 10년 동안 그가 한 일이었다. 물론 예술 지향과 시장 지향이 내내 부딪힌 것만은 아니다. 그가 기획한 '젊은 시인을 찾아서'나 '우리 시대 문제 소설'이 2년 가까이 《문학중심》에 연재될 때는 문단의 찬사와 언론의 주목을 받았고 계간지 판매량도 다섯 배나 늘었다. 동유럽 작가들까지 총망라한 『새로운 세계 문학 전집』 기획안을 올렸을 때 출판국에서는 번역비와 인쇄비를 모두 날릴 각오를 해야 한다는 말까지 나왔다. 그러나 이 전집은 서유럽과 미국 중심의 세계 문학 전집에만 익숙해 있던 독자들 시선을 끌어모으면서 손익 분기점을 가볍게 넘었고 '올해의 책' 으로까지 선정되었다. '이야기꽃' 이라는 출판사를 차린 후에도, 그가 편집자로 참여한 《문학중심》 120권과 아르바이트 대학생들을 뽑아 일일이 교정까지 본 『새로운 세계문학 전집』은 책상 바로 옆 책장에 가지런히 꽂혀 있다. 가끔 일손을 멈추고 책들을 훑으면서 즐거운 시절을 추억하는 것이 유일한 취미였다.

자존심 강한 독고영은 '완전히' 새로운 책을 내고 싶었다. 10년 동안 시 한 수 쓰지 않았지만 여전히 그는 시인이었다. 적당히 시간을 죽이면 부장도 되고 운이 좋으면 국장까지 오를지도 모른다. 그에 따라 새로움의 순도도 60퍼센트, 70퍼센트로 높아지겠지만 그는 100퍼센트를 원했다. 그 속에는 현재 출판 시장에서 완전히 망하는 책도 포함해야 했다. 어떤 것이 완전히 망하는 책이고 어떤 것이 조금 망하는 책인지, 독고영은 몰랐다. 그는 미래에 일어날 일들까지 미리 결심하고 삶의 자세를 다듬는다는 점에서 특히 예언을 즐기는 시인이었다.

독고영이 출판사 등록을 마치고 아파트 반지하방에 사무실을 열 때 찾아온 문인은 아무도 없었다. 개업식을 생략한 것은 물론이고 개업일을 알리지도 않았던 것이다. 개업하고 두 달이 지난 후 김시습과 랭보의 삶과 시를 비교한 독특한 인문서 『견자(見者)』를 출간했다. 이 책을 쓴 강종도(姜宗道)는 정규 교육을 전혀 받지 않은 사람이었고 안면도에서 횟집을 운영하고 있었다. 김시습과 랭보와 횟집 사장. 이 어울리지 않는 조합 속에서 책은 서점 좌대에 깔리기도 전에 반품 절차를 밟기 시작했다.

《문학중심》 언저리에서 가깝게 지냈던 글쟁이 예닐곱이 찾아왔을 때 독고영은 직원 하나와 반품된 책을 사무실 구석에 쌓아 올리고 있었다. 서점에 나갔다가 곧바로 돌아온 책이지만 벌써 표지는 긁히고 종이엔 때가 끼었다. 독고영은 여의주를 닦듯 쭈그리고 앉아 수건으로 조심조심 그 책들을 훔쳤다. 그 모습이 하도 처량하여 문인들은 근처 갈비집으로 그를 끌어냈다. 술이 두어 순배 돌자, 독고영에 대한 충고 아닌 충고가 쏟아졌다. 장사는 허풍으로 하는 것이다. 가진 게 없더라도 일단 폼생폼사 멋지게 차려서 판을 벌여야 한다. 지금이라도 늦지 않았으니 개업식을 다시 하고 참석한 문인들에게 계약서를 돌려라. 열에 한둘만 성사되어도 먹고살 만할 것이다. 횟집 사장이 뭐냐 횟집 사장이. 섭섭하다, 우린 독고 사장을 문우로 알았는데 어떻게 도둑 개업을 할 수 있단 말이냐. 마지막 화살은 윤에게 돌아갔다. 우리들 중에서 그래도 윤이 지은 소설이 가장 잘 팔리니까 아예 오늘 계약서를 한 장 쓰라는 것이다.

"그러지 뭐."

윤은 선선히 작품을 주겠다고 했다. 마침 장편을 하나 끝마쳐 가는데 퇴고가 되는 대로 가져오겠다고 했다. 그 의리를 칭찬하는 객담이 한 바퀴 돈 다음 독고영이 자작하며 말했다.

"호의는 감사합니다만 윤 선생 작품은 '이야기꽃'과 어울리지 않는 것 같습니다."

그 표정이 하도 진지하여 윤도 다른 문인들도 다시 권하지 못했다. 윤의 얼굴에는 불쾌한 빛이 역력했다. 소문이 돌았고 그 후론 감히 독고영에게 작품을 주겠다는 이가 없었다. 독고영은 출판과 어울리지 않으니 곧 폐업 신고를 할 것이라고, 윤은 삼삼오오 문인들이 모인 자리마다 독고영의 뾰루퉁한 표정과 독백 투를 흉내 내며 그날의 억울함을 씻었다.

독고영이 윤 대신 택한 작가가 최사무엘이다.

그는 등단도 하지 않았고 『감동의 도가니』가 첫 장편이었다.

투고 소설 대부분이 깨끗한 A4 용지에 멋진 활자로 치장되는 것과는 달리 『감동의 도가니』는 검은 철심을 엮어 묶은 원고지에 담겨 있었다. 워낙 악필이어서 1200매 분량인 소설을 독파하는 데 일주일이나 걸렸다. 그리고 원고 말미에 적힌 주소로 편지를 보냈다. 경상남도 창원에서 올라온 최사무엘은 무뚝뚝한 경상도 사내였다. 종이컵에 담긴 커피가 식을 때까지 눈만 멀뚱멀뚱 뜨고 말이 없었다.

"우린 문학 출판을 할 만큼 튼실하지 않습니다. 왜 하필 나한테 찾아온 겁니까, 왜 하필?"

"출판할 수 없다는 말씸임니꺼?"

"욕심은 납니다만 최악의 경우 인세를 드리지 못할 수도 있습니다."

"책 안 팔리믄 돈 몬 받는 기 당연하지예."

"지금도 좋지만 이야기에 욕심을 조금 더 내면 안 되겠습니까?"

"욕심예? 더 직이는 얘기가 있단 말임니꺼?"

독고영은 성종 시절 또 하나의 대형 스캔들을 만들었던 어우동의 시선으로 세종 시절 분란을 일으킨 감동을 살피자고 제안했다. 두 여인의 삶을 겹쳐 조선 시대 성의 문제를 더 깊이 다루자는 것이다.

"우와! 그카믄 훨씬 재밌겠네예. 그래 합시더."

사무엘은 흔쾌히 독고영의 제안을 받아들였다. 독고영은 잠시 사무엘의 좁은 이마를 쳐다보았다. 《문학중심》에서 기성 작가의 소설을 받아 편집하다 보면 아쉬운 부분이 더러 눈에 띄었다. 이제 갓 문단에 나온 신인일 경우에는 점심을 사며 조심스레 보완을 요청했다. 열 중 다섯은 원고를 찾아갔고, 셋은 고쳐 보겠다고 돌아갔다가 결국 포기했으며, 나머지 둘 중 하나는 독고영이 바뀌기를 원했던 방향과는 다른 식으로 고쳐 왔다. 겨우 한 사람 정도가 작품을 보완했지만, 마감 기일을 넘겨 다음 호에나 수록되는 경우가 대부분이었다.

사무엘은 두 달 동안 출판사에서 숙식을 해결하며 소설을 고쳤다. 고등학교를 졸업한 후 소설을 읽고 쓰고 고치며 20대를 보냈다는 사무엘은 독고영이 보기에도 문단 작가들과는 확실히 달랐다. 자신이 만든 이야기보다 더 나은 이야기가 있다면 언제든지 고칠 자세가 되어 있었다. 놀라운 것은 보완 속도였다. 독고영의 품평이 끝나기가 무섭게 사무엘은 원고지 앞으로 달려갔다. 이런 방식에 익숙했던 것이다.

『감동의 도가니』가 출간되었을 때 또 다른 풍문이 돌았다.

독고영이 출판을 알기 시작한 것은 다행이지만 너무 쉽게 돈을 벌려 든다는 비난이 쏟아졌다. 그리고 신생 출판사 중에서 성을 상품화하여 책을 만들었지만 열에 아홉은 실패하였다는 사족까지 덧붙였다. 독고영의 귀에도 악평이 들려왔지만 침묵했다. 《문학중심》을 만드는 동안 독고영도 나름대로 말랑말랑한 대중 소설이 만들어지는 과정을 보아 왔다. 십 대의 감수성에 무릎 꿇거나 남자들 욕정에 기대어 집도 사고 땅도 사는 작가도 있었다. 그들은 갖가지 변명으로 자신들의 선택을 단 한 번의 일탈이라 우겼고, 그 일탈이 두 번 이상 이어지자 문학이 뭐 별거냐는 회의주의에 빠졌다. 윤의 출간 제의를 거절한 것도 그의 무릎이 점점 꺾이는 것을 진작 보아 알고 있었기 때문이었다.

독고영이 『감동의 도가니』에서 주목한 것은 인물의 내면을 파고드는 무자비한 시선이었다. 적나라한 정사(情事)가 이 소설에 많이 담긴 것은 사실이다. 그러나 또한 비열한 것은 더욱 비열하게, 아름다운 것은 더욱 아름답게, 추한 것은 더욱 추하게 그려져 있었다. 정사의 적나라함이란 무자비한 시선의 일부분에 지나지 않았다. 독고영은 소설에서 가장 중요한 것이 힘이라고 믿어 왔다. 섬세한 감성과 균형 감각도 구조를 짜고 문체를 다듬는 데 필요하지만 삶을 둘러싼 추악한 거짓을 밝히고 뜯어내기 위해서는 어떤 사건을 극한까지 밀어붙여 파헤치는 힘이 있어야 했다. 독고영이 "진정한 소설가는 새디스트다."라는 글을 《문학중심》의 편집 후기에 적은 것도 이런 맥락이었다. 등장인물을 절벽으로 밀어붙인 후 삶과 죽음을 오가는 인물의 표정과 말과 행동과 그 속마음까지 면밀히 살필 수 있는 뻔뻔함이 있어야 작가다운 작가가 될 수 있다는 뜻이다. 톨스토이나 체호프보다는 도스토옙스키를 더 자주 반복해서 읽는 이유도 여기에 있다. 독고영은 사무엘의 소설을 통독하고 자신도 모르게 짧은 품평을 했다.

"도스토옙스키네."

도스토옙스키는 야한 부분도 관념으로 써서 야하지 않게 만들었지만, 사무엘은 인물과 사건에 관념을 부여하더라도 대여섯 번은 더 그 관념을 물고 늘어졌다. 여주인공 감동은 삶과 밀착하지 않고 저 혼자 떠도는 관념을 가장 많이 비웃고 경멸했다.

『감동의 도가니』가 베스트셀러에 오르기까진 몇 가지 기적이 겹쳤다. 초기 반응은 『견자』보다도 더 형편없었다. 일간지 북리뷰에는 단 한 편도 서평이 올라오지 않았고 금요일에 서점으로 들어간 책이 다음 주 목요일에 벌써 반품으로 되돌아왔다. 독고영은 그 책들을 반품된 『견자』 옆에 쌓기 시작했다. 열 권을 쌓고 스무 권을 올리고 백 권에 이르렀을 때 독고영은 잠시 손바닥으로 눈물을 훔쳤다. 좋은 책을 몰라주는 독자에 대한 섭섭함도, 대형 출판사 책만 선호하는 서점들에 대한 원망도, 책 광고 한 번 치지 못하는 자신의 무능함에 대한 자책도 아니었다. 그 순간 저자 증정본 열다섯 권을 가지고 낙향한 사무엘의 얼굴이 떠올랐던 것이다. 반품된 책들을 사무엘에게 보이지 않은 것이 정말 다행이었다.

엄정함은 박 교수가 자랑하는 무기였다. 일흔 살이 넘은 나이에도 공중파 방송의 유일한 책 소개 프로그램에서 '박 교수가 권하는 이 달의 책'을 5년 넘게 진행한 것도 그가 어느 한 출판사나 만인 그룹에 속하지 않았기 때문이다. 그는 오로지 자신이 감동한 책만을 소개했고 자신의 감동을 세심하게 분석하고 시대 흐름에 맞추어 재규정하는 능력이 탁월했다.

책을 내고 보름쯤 지났을 때 박 교수로부터 연락이 왔다. 박 교수는 《문학중심》에 소설 월평을 1년 동안 실었기에 독고영과도 구면이었다. 박 교수는 반지하 사무실을 말없이 둘러본 후 골목길을 휘이휘이 앞서 내려갔다. 점심 손님이 한 차례 지나간 식당에서 박 교수는 따뜻한 정종 한 잔을 시켰다. 독고영은 그 자리가 내내 불편했다. 홍보용으로 비평가나 기자들에게 책을 돌리지 않는다는 게 출판사를 내면서 정한 원칙이었다. 원칙에 따라 증정본을 보내지 않았으니까 박 교수도 『견자』나 『감동의 도가니』를 읽지 않았을 것이다. 그렇다면 무슨 이야기를 꺼내야 할까. 《문학중심》을 만들던 시절이면 이 작가 저 작가 거명하며 최근 읽은 작품들을 함께 논할 수도 있었으리라. 그러나 지난 두 달 동안 독고영은 오로지 최사무엘의 소설만을 거듭 읽었다. 이것이 최고라 생각하니 다른 소설이 눈에 들어오지 않았던 것이다. 두부김치 안주에 곁들여 정종을 거푸 두 잔

비울 때까지 침묵이 이어졌다. 박 교수는 마지막 남은 두부 한 점을 털어놓은 후 젓가락을 탁 놓고 일어섰다.

"니가 무신 시인이가?"

나중에 알았지만 박 교수는 그날 아침 '박 교수가 권하는 이 달의 책'에 『감동의 도가니』를 뽑고 녹화까지 마쳤다. 15분에 걸쳐 이 역사 소설의 독특함과 무시무시한 힘에 대한 설명을 마친 후 곧바로 방송국 정문에서 택시를 잡아타고 독고영에게 왔던 것이다.

박 교수가 지적한 독특함은 '여자도 인간이다'를 넘어 '기생도 인간이다'를 지나 '만인이 침 뱉는 요녀도 또한 인간이다'에 이른 작가의 시선과 맞닿아 있었다. 가벼운 것, 아름다운 것, 잠시 반짝였다가 사라지는 재빠른 것들만 난무하는 소설계에 삶의 지독함을 다룬 묵직한 작품이 차돌멩이로 날아왔다는 것이다. '만인과 일 인의 싸움'이야말로 소설의 본령이고 감정이나 도덕에 무릎 꿇기보다는 운명을 지고 불구덩이로 뛰어드는 쪽을 택한, 신과 맞서서 인간의 인간다움을 옹호한 영웅들의 풍모를 감동에게서 찾기도 했다. 또한 이것은 어쩌면 소설의 영역이 아니라 시의 영역이며, 절대적 경지에 눈먼 자들의 무모한 시도로 읽힐 수도 있다고 덧붙였다. 박 교수의 딱딱한 눈빛과 겹친 마지막 평은 칭송이기보다는 저주에 가까웠다. 출판 시장을 읽고 독자들 흐름을 살피는 출판사라면 결코 이런 책을 내지 않는다는 뜻이니까. 독고영은 박 교수의 저주를 확인한 밤 15년 전 행운을 꺼내 읽었다. 바늘구멍으로 지나가기보다 더 어렵다는 신춘문예에 당선된 시였다. 세월 탓일까. 시가 몹시 낯설었다. 수십 번 고치고 다듬은 단어나 문장들이지만, 그것들이 만들어 낸 세상은 더 이상 그의 것이 아니었다.

신춘문예에 당선된 후 원고 청탁이 이어졌다. 5년 동안 열 편 정도를 더 쓰기도 했다. 그러나 그는 신춘문예를 끝으로 시를 더 세상에 선보이지 않았다. 개점과 동시에 폐업 신고를 한 셈이다. 왜 시를 쓰지 않느냐는 물음을 받을 때면 시가 그를 버렸다고 답했다. 사사로운 술자리에서도 기자 정신을 발휘하던 동료가 조금 더 집요하게 묻기도 했다. 그렇다면 왜 《문학중심》을 만들며 시 주위를 어슬렁거리느냐고. 실연의 상처를 다스리기 위해 옛 애인과 함께 보낸 추억들을 되씹는다고 받아쳤더니, 그깟 미련 걷어차라는 마지막 일격이 날아들었다.

독고영은 시를 발표하진 않았지만 정직한 시인이었다. 사람은 변하지만 시인은 변하지 않는다고 믿었던 것이다. 절대를 향해 기어오르던 시인이 근처 언덕에서 농사를 지으며 넉넉한 전원 풍경을 노래하기 시작하던 시절이었다. 칼과 도끼를 버리고 이제 새 소리도 듣고 시냇물에 발도 담그자고 할 때 독고영은 시를 포기했고 시인 대신 기자가 되었다. 너무 지독한 사랑이었기에 가장 아름다운 시절에 이별을 염려하고 그 이별을 맞을 자신이 없어 자살을 택하는 영화를 보고, 독고영은 자기 이야기라고 생각했다. 독고영은 자살을 시도하고도 살아남아 자신을 따라 죽은 연인의 시체와 10년이나 동침했는지도 모른다. 부활에 대한 믿음이 얼마나 어리석은가를 알면서도 밤마다 부활하라! 부활하라! 주문을 외면서, 그 부활을 앞당기려고 변하지 않은 글쟁이를 찾고 있었는지도 모른다.

두 번째 기적은 아역 배우를 거쳐 열한 편의 영화에 주연을 맡았고 지금도 비중 있는 조연으로 연기 생활을 이어가는 여배우 조가 이 책을 배경으로 인터뷰에 응한 것이다. 평소 배우는 연기로 말한다는 지론을 갖고 있으며 방송 인터뷰는 한사코 사양하던 그녀였다. 거의 20년 만에 이루어진 인터뷰는 조의 서재에서 진행되었다. '올해의 독서왕'으로 뽑힌 적도 있고 촬영장에서도 틈틈이 책을 읽는 그녀에게 딱 어울리는 장소였다. 사방 벽이 4000권의 장서로 가득 찬 서재에서 한 시간 동안 그녀는 자신의 연기 인생을 회고했다. 최근 읽고 있는 책들이 가득 꽂힌 책장을 병풍처럼 두고 촬영이 진행되었다. 『감동의 도가니』는 운 좋게도 그녀의 어깨 바로 위에 꽂혀 있었는데, 재미있는 사실은 그

책이 다른 책들과는 달리 거꾸로 꽂혔다는 점이다. 여배우 조는 말문이 막힐 때마다 '반대로'라는 말을 사용하여 가정법으로 이야기를 풀었다. 그녀가 '반대로 생각해서 부모님이 그때 연기 학원 대신 발레 학원에 절 보내셨더라면'이라거나 '반대로 그 평론가가 악평을 했더라면'이라거나 '반대로 그 남자 배우와 이혼하지 않았더라면'이라고 할 때마다 거꾸로 꽂힌 『감동의 도가니』로 시청자들 시선이 옮겨갔다.

박 교수의 책 소개가 나간 후 조금씩 주문량이 늘었다. 반품된 책까지 다시 서점으로 나가고 2쇄를 준비하던 날 여배우 조의 인터뷰가 전파를 탔다. 다음 날 아침 사무실은 연이어 울리는 주문 전화로 시끄러웠다. 그날 하루 3000권이 넘는 주문을 받았다. 2쇄 2000권이 나오기도 전에 3쇄 1만 권을 밤새워 찍었다.

마지막 결정타는 독고영 자신이 날렸다. 그를 도운 이는 최사무엘이었다.

3쇄도 일주일 만에 다 나가고 4쇄 1만 권을 발주하던 날, 여배우 조를 앞세운 기자들이 사무실로 들이닥쳤다. 시대극으로 연이어 흥행에 성공한 뒤 제작자로 변신한 감독 제갈은 열두 살 많은 여배우 조와 동거 중이었다. 제갈은 그녀가 열두 살 어린 누이 같다며 영화 한 편만 같이 만들고 성대한 결혼식을 올리겠노라 장담했다. 두 사람이 연애 시절 마지막으로 택한 작품이 『감동의 도가니』였다. 제갈은 약간 과장스럽게 웃으며 독고영의 어깨를 툭툭 치며 어서 이 행운을 받아들이라고 말했다. 독고영이 잠시 침묵하자 제갈은 책상 위에 검토를 기다리는 시나리오와 소설들이 1000편에 이른다고 너스레를 떨었다. 제갈의 손이 어깨를 감싸는 순간 독고영은 사무엘의 농담이 떠올랐다.

"혹시 말임니더. 제 소설을 영화나 드라마로 만들자 카믄 절대로 안 된다 카소."

영상 매체를 통한 소설의 변용이 활발하게 이루어졌지만 사무엘은 소설은 오직 소설로만 묶어 두고 싶다고 했다.

"나중에 딴소리 하는 거 아니지요?"

독고영은 가볍게 되물으며 영상 매체의 유혹을 물리칠 권한을 위임받았다.

둘은 계약서를 쓰지 않았다. 다시 작업하게 되면 그때 계약서를 쓰겠노라고 사무엘은 끝까지 농담을 이어 갔다.

독고영은 천천히 고개를 들었다. 제갈은 여배우 조가 감동이란 여인의 삶을 훌륭하게 연기할 것이라고 했다. 감독을 맡을 예정이냐는 기자의 질문이 날아들자 제갈은 여배우 조의 손을 꼭 잡고 결혼 발표를 하듯 엄숙한 표정을 지어보였다.

"3년 동안 감독을 쉬었습니다. 감독은 그만큼 힘들고 또한 매력적인 자리죠. 하나, 이렇게 멋진 작품이라면 누구라도 욕심이 날 겁니다."

『감동의 도가니』로 한국은 물론 아시아와 미국 시장까지 노리겠다고 했다. 그들이 준비한 각본은 여기까지였다. 플래시 세례가 끝날 즈음 구석에 있던 독고영이 천천히 일어섰다.

"『감동의 도가니』가…… 영화로 만들어지는 일은 없을 겁니다."

흥겨운 분위기가 한순간 가라앉았다. 다양한 포즈를 짓던 제갈과 조는 독고영의 거절을 원작료를 올리려는 약은 수작으로 받아들였다. 사무실로 들어선 후 독고영이 단 한 차례도 웃지 않았다는 사실이 새삼 떠올랐다. 제갈은 선심을 쓰기로 했다. 이 정도로 기자를 감동시키는 것은 흔치 않은 기회다.

"무명 작가의 처녀작이지만 최고 가격으로 계약하겠습니다."

기자들 시선이 다시 독고영에게 쏠렸다.

"그만 나가 주십시오."

독고영은 오전에 지중해 문화를 다룬 에세이를 검토할 예정이었다.

여배우 조가 화통하게 나섰다.

"액수를 말씀하세요. 얼마면 되죠?"

"계약을 하지 않겠습니다."

"반대로, 이게 어떤 기회인지 아신다면……."

"알고 싶지 않습니다. 미안합니다. 할 일이 있어서."

다음 날 제갈과 조의 당황한 얼굴과 함께 『감동의 도가니』를 영화로 볼 수 없을지도 모른다는 기사가 실렸다. 제갈은 구겨진 체면을 만회하기 위해 경상남도 창원까지 내려갔다. 친한 기자 둘이 동행했다. 백숙을 파는 허름한 식당에서 제갈은 사무엘을 기다렸다. 사무엘이 일한다는 농장은 산 중턱에 있었다. 땀을 삘삘 흘리며 산길을 올라갔다 온 비서가 뜻밖의 소식을 전했다. 사무엘이 앵두를 따느라 바빠서 제갈을 만날 여유가 없다는 것이다. 제갈은 쓰디쓴 웃음으로 울분을 눌렀다. 비서가 손등으로 이마의 땀을 훔친 후 흐릿하게 말을 이었다.

"저엉 만나고 싶다면 와서 앵두를 함께 따자고…… 일손이 딸린다고…… 했습니다."

제갈은 기가 막혔다. 기자들이 흥미로운 눈으로 수첩을 메워 나가고 있었기 때문에 이대로 돌아갈 수는 없었다. 헉헉대며 30분 정도 산길을 올랐다. 최사무엘이란 작가는 핸드폰도 없고 이메일도 사용하지 않는다고 했다. 이런 산 중턱에서 지낸다면 문명의 이기가 필요 없을 듯도 했다. 길이 평평해지는가 싶더니 좁은 길 양편으로 길게 늘어선 앵두나무들이 보였다. 주렁주렁 붉은 앵두가 달린 나무를 보는 순간 제갈도 비서도 두 기자도 저마다 탄성을 뱉어 냈다. "이햐!" 같기도 하고 "우하!" 같기도 하고 "어허어!" 같기도 하고 "퓨우!" 같기도 했다. 하얀 벚나무나 노란 은행나무는 익히 보았지만 붉디붉은 앵두나무는 모두들 처음이었다.

흰 수건을 머리에 두른 아낙들과 웃통을 벗어젖힌 사내들이 색색가지 바구니를 허리에 찬 채 나무 아래에서 턱을 치켜들고 팔을 뻗어 앵두를 땄다. 바구니가 가득 채워지면 다섯 나무마다 하나씩 놓인 나무 상자에 앵두를 쏟아 부었다. 따도 따도 붉은빛은 줄어들지 않았다.

제갈 일행이 다가가자 긴 장대를 들고 손이 닿지 않는 높은 곳의 가지를 집어 내리던 사내가 밀짚모자를 흔들었다. 최사무엘이었다.

사무엘은 제갈을 비롯한 네 사내에게 끈 달린 바구니를 하나씩 내밀었다. 제갈은 양복 윗도리를 벗고 파란 바구니를 허리에 묶었다. 사무엘이 다시 장대로 가지를 집어 제갈의 코앞까지 끌어내렸다.

"뭐 함니꺼? 퍼뜩 따소. 힘들어 죽겠꾸마."

계약 이야기는 꺼낼 겨를도 없이 제갈과 기자들은 앵두

를 따서 바구니에 담기 시작했다. 사무엘은 이 나무 저 나무 옮겨 다니며 장대를 휘둘렀다. 제갈과 기자들은 자신들에게 할당된 앵두나무 두 그루를 모두 딸 때까지 사무엘과 말을 섞을 수 없었다.

허리가 쑤시고 팔이 뻐근할 즈음 새참을 내왔다. 막걸리 한 사발을 들이켠 후 제갈이 본론을 꺼냈다.

"독고 사장은 문단에서도 알아주는 외골수라고 하더군요. 소설을 원작으로 팔고 안 팔고는 작가 마음이니까, 최 작가와 직접 계약하러 이렇게 왔습니다."

기자들이 사발을 내려 놓고 수첩을 꺼내 들었다. 사무엘은 대답 대신 고개를 들어 앵두나무를 바라보았다.

"저래 빨건빛을 낼라믄 얼마나 고생을 해야 하는 줄 아십니꺼? 외골수가 아니믄 이 짓도 몬하지예. 이야기꽃 사장님한테 다 맡겼으니 돌아가소."

"최 작가! 이걸 영화로 하면 최 작가 소설도 다섯 배 아니 열 배는 팔릴 겁니다."

"앵두 저거 돈 된다꼬 몽땅 따 삐믄 내년 농사 망침니더. 남기 둬야지예. 소설 한 편 쓰고 말 거 아이믄 천천히 천천히 독자들을 만나믄 됩니더."

제갈도 더 이상은 참을 수 없는 듯 화를 냈다.

"당신 두 사람, 대체 얼마를 내놓으라는 거야? 껄렁한 소설 하나 가지고 너무 그러지들 마. 소설은 한물갔어. 이젠 영상의 시대, 영화의 시대라고."

동행한 기자 중 한 사람은 소설가 지망생이기도 했다. 그는 '앵두나무 아래에서 영화의 시대를 논하다'라는 멋진 제목으로 사무엘과 제갈이 앵두나무 아래 앉은 풋풋한 사진과 함께 기사를 올렸다. 앵두물이 흐른 제갈의 와이셔츠는 군데군데 불그스름했고 바구니를 묶은 허리 부근은 눈에 띄게 주름이 잡혔다. 시골에 처음 간 특별시 샌님 냄새가 풀풀 났다. 그에 반해 밀짚 모자를 목 뒤로 넘긴 사무엘의 구릿빛 상체는 특별히 건강하고 매력적이었다. 돈보다 의리를 택했다는 기사와 어울려 순수하면서도 섹시한 이미지로 인터넷 포털사이트의 뉴스란을 채웠다. 제갈과 조는 다른 소설을 찾아야만 했고 『감동의 도가니』는 종합 베스트셀러 29위로 단숨에 부상했다.

그날부터 종합베스트셀러 1위까지 가는 데는 채 열흘이 걸리지 않았다. 뒤늦게 서평들이 올라왔고 사무엘을 사랑하는 모임인 '사사모'의 블로그가 포털사이트 세 곳에 개설되었다. 앵두나무 아래에서 일하는 사무엘의 사진이 여기저기로 퍼졌고 『감동의 도가니』에서 감동과 열흘 밤 열흘 낮 운우지락을 나누는 덕도(德大)라는 서생이 곧 사무엘 자신의 분신이라는 소문까지 더해졌다. 어떤 네티즌은 아예 감동과 덕도가 다시 환생하여 앵두나무 아래에서 몸을 섞는 야설을 지어 올리기도 했다. 그 야설에 댓글 형식으로 야합 중인 남녀를 스케치한 그림이 덧붙었다. 남자의 얼굴은 누가 보더라도 사무엘과 닮았다. 독고영과 사무엘은 인터뷰를 거절한 채 침묵했다. 결국 야설을 올린 네티즌이 사사모 게시판에 사과문을 올리는 것으로 사건은 마무리되었다.

그사이 사무엘은 상경하여 영등포에 방을 얻고 대입 학원에 등록했다. 독고영은 자연과학을 통해 세상을 이해하고 싶다는 사무엘의 바람을 듣고도 가타부타 첨언하지 않았다. 내년 말이나 내후년 초쯤에 새 작품을 발표하면 베스트셀러에 드는 것이 확실했지만, 독고영은 사무엘이 다음 소설을 가져올 때까지 5년이고 10년이고 기다릴 작정이었다. 두 사람은 당분간 만나지 않기로 했다. 귀찮게 따라붙은 기자들 때문이기도 했지만 9년 만에 다시 시작한 공부가 사무엘에게 벅찼던 것이다. 특히 수학과 과학은 사무엘의 뚝심으로도 넘기 힘든 벽인 듯했다. 독고영은 사무실을 옮기면서 마련한 핸드폰 전화번호를 적어 주었다. 그리고 처음으로 말을 놓았다. 사무엘은 자기 외삼촌과 독고영이 동갑이라고 했다. 가족 이야기는 거의 하지 않았지만 외삼촌에 대해서는 자신에게 글쓰기를 처음 가르쳐 준 분이라고 간단히 소개한 적이 있었다.

"외삼촌께서 권하셨나?"

"아입니더. 대학 가 봐야 소용 읎다고 오히려 말리셨지예."

"그럼 누가?"

"그런 양반이 있심니더. 합격하믄 말씀드리께에."

그리고 서울역에서 받은 전화가 처음이었다.

독고영은 서울발 창원행 새마을호를 끊었다. 종착인 마산역보다 하나 앞에서 내리면 창원역인데, 거기서 택시를 타라고 했다. 서울을 떠난 기차가 경기도, 충청도, 경상도를 지나는 동안 그는 내내 잠을 잤다. 코까지 심하게 고는 바람에 옆자리에 아가씨가 일부러 기침을 하거나 책을 꺼내 모서리로 손등을 톡 쳤다. 보름 가까이 편히 누워 잠을 청한 기억이 없었다. 천당에서 지옥으로 떨어지는데 편히 꿈나라를 노닐 사람이 어디 있겠는가.

'영원 유통'을 비롯한 두 군데 도매상의 연쇄 부도 소식이 전해진 것은 『감동의 도가니』가 5주 연속 종합베스트셀러 1위 자리를 지키던 토요일 아침이었다. 수화기를 통해 들려오는 윤의 목소리는 묘하게 들떠 있었다.

"독고 사장. 나야 윤! 소식 들었어. 영원이랑 책아름이 무너졌대. 다들 난리야. 독고 사장은 물린 거 없어?"

영원 최 사장이 끊어 준 어음을 모아 보니 2억이 넘었다. 여러 도매상으로 나누어 책을 공급하지 않고 영원으로 일원화한 것이 더 큰 피해를 낳은 것이다. 영원이 흔들리자 『감동의 도가니』의 공급도 원활하지 않게 되었다. 급히 다른 도매상과 손을 잡았으나 이번에는 인쇄소와 제본소가 문제였다. 그동안 밀린 금액을 결산해 주지 않으면 책을 더 찍지 않겠다고 했다. 당장 돈이 없으니 일단 책부터 내보내자고 설득했지만 그들은 자신들 사정도 살펴달라며 고개를 저었다. 영원에게 너무 많은 돈이 물려 이야기꽃도 곧 부도가 날 것이라는 풍문이 떠돌았던 것이다. 적금을 해약하여 외상값을 갚고 책을 찍고 나니 일주일 정도 공백이 생겼다. 그사이 주문량을 채우지 못한 탓인지 『감동의 도가니』의 기세도 한 풀 꺾였다. 그 다음 주엔 9위로 떨어지더니 곧 30위권 밖으로 밀려났다. 그리고 일간지 광고국에서 광고비 결재를 요구하기 시작했다. 석 달 후 일괄 정산하기로 구두 합의를 보았지만 담당자들은 한순간에 얼굴빛을 고쳤다. 이 모두가 열흘 만에 벌어진 일이었다.

은행을 찾아갔다. 기세가 잦아들긴 했지만 대출 담당을 맡은 팀장과 직원 모두 『감동의 도가니』를 애독한 사람들이었다. 사무실과 아파트, 그리고 출판사의 발전 가능성 등을 포괄적으로 살펴 대출금이 결정되었다. 지금까지 쓴 광고비 전체와 거의 맞먹는 수준이었다. 은행장의 마지막 승인을 받기 위해 대머리 팀장이 잠시 자리를 비웠다. 직원이 가져온 커피를 마시며 독고영은 겨우 허리를 펴고 소파에 등을 기댔다.

"너무 멀리 왔군."

독고영은 문득 그 자리가 낯설었다.

출판사를 시작할 때 자금 압박을 받을 날이 오리라 예상은 했다. 그런 날이 오더라도 은행에 찾아와서 손 내밀지는 않겠다는 결심과 함께, 몇 권의 훌륭한 책을 낸 후 독자들 호응이 없다면 조용히 사라질 생각이었던 것이다. 그런데 그는 커피를 홀짝이며 은행에서 빌려 주는 돈을 받으려고 기다리고 있다. 그 돈은 받는 즉시 신문사 광고국으로 들어갈 것이며, 『감동의 도가니』와 같은 행운이 다시 찾아들지 않는다면 그는 평생 빚을 갚느라 허리가 휠 것이다.

그래도 다시 신문 광고를 시작하지는 않겠다고 다짐했다. 이미 『감동의 도가니』는 충분히 독자들을 만났다. 도매상이 무너지지 않았다면 이 소설이 베스트셀러 집계에 머무는 기간이 조금은 더 길었으리라. 빚을 더 내면서까지 광고를 통해 그 만남을 늘이고 싶지는 않았다.

이 정도에서 마무리 짓는 것만도 다행이다. 반지하로 사무실을 옮겨야 하지만 출판사 문을 닫은 건 아니다. 탁월한 책을 다시 준비해서 내면 된다.

대머리 팀장이 벌겋게 상기된 얼굴로 돌아왔다. 검은 결재판을 열지도 않고 화부터 냈다.

"점잖은 분이 거짓말을 하시면 됩니까? 저만 바보 되었잖습니까?"

"거짓말이라니요?"

팀장이 결재판에서 팩스 한 장을 내밀었다. '청소년 유해 도서 목록'이라는 제목이 눈에 띄었다. 목록 첫머리에 『감동의 도가니』가 놓여 있었다. 비고란에 유해 도서 선정 이유가 간단히 삽입되었다.

'혼음, 동성애, 매춘 등을 적나라하게 묘사함. 모방범죄 우려.'

대머리 팀장은 대출액을 다시 조정하여 제시했다. 앞서 정한 금액의 3분의 1에도 미치지 못했다. 출판사의 성장 가능성을 완전히 무시한 것이다. 독고영은 돈이 깎였다는 것보다 회사에 대한 혹평이 더욱 서러웠다.

"대출하실 겁니까?"

대머리 팀장이 괜히 서류를 뒤지는 척하며 물었다. 조금 전까지의 친절한 미소는 사라지고 없었다. 그냥 돌아서 나오고 싶은 마음이 굴뚝같았다. 그러나 오늘 저 정도라도 가져가지 않으면 당장 형사 고발을 당할지도 몰랐다.

"주세요."

팀장이 사무적으로 컴퓨터 자판을 두드리기 시작했다. 갑자기 고개를 들고 독고영에게 물었다.

"어디 따로 돈 들어올 데 있습니까? 방금 1억이 통장으로 들어왔습니다."

송금한 곳을 추적하니 영등포였다.

독고영은 대출한 금액에 1억 원을 더하여 신문사 광고국으로 보낸 후 급히 은행을 나섰다. 택시를 타고 영등포로 향했다. 사무엘이 다닌다는 대입 학원으로 갔지만 만날 수 없었다. 이미 낸 학원비도 환불해 갔다고 했다.

영등포 거리를 훠이훠이 걸었다. 검은 가방을 어깨에 메고 힘차게 걷는 청년을 보면 자꾸 눈이 돌아갔다. 자취방을 알아놓지 않는 것이 후회스러웠다. 1억 원은 그동안 밀린 인세의 일부였다. 그마저도 연말에 결산해서 받겠다는 것을 서울 생활도 시작했고 이것저것 돈이 필요할 테니 받아두라고 억지로 안긴 것이다. 그 돈을 고스란히 돌려보내면 독고영이 자신을 찾아오리라 예상했을 것이고, 그렇다면 사무엘은 벌써 영등포를 떠났을 것이다. 당연한 추측 앞에서도 아쉬움 때문에 자꾸 걸음이 멈추었다.

"사무엘! 어디 있는 거야? 어디 있어?"

독고영은 자주 고개를 숙이고 손바닥으로 눈물을 훔쳐

냈다. 부끄러웠다. 저자 인세까지 빚을 갚는 데 쓴 자신이 한없이 부끄러웠다.

사무엘은 외삼촌이 수줍음을 많이 탄다고, 마음이 편치 않으면 조금 말을 더듬는다고 했다. 멀리 늘어선 앵두나무가 보였다. 붉은 열매는 이미 다 거두어들였고 녹색 잎만 무성히 자라 있었다. 그 나무 아래에서 감동을 상상하였고 소설의 초고를 끼적였다고 했다. 산 아래로 6차선 도로가 보였다. 빠르게 지나가는 자동차들도 여기에서 보면 냇가를 가로지르는 물방개를 닮았다고 했다. 기적 소리가 들렸다. 서너 걸음 나아가니 산비탈을 깎아 놓은 철로가 보였다. 기차가 천천히 꼬리를 보이며 사라져 갔다. 독고영은 다시 두 걸음 더 나아갔다. 어지럼증이 일었다. 발뒤꿈치를 들고 허리만 숙이면 곧장 아래로 굴러 떨어질 정도였다.

사무엘의 인세와 은행 대출금으로도 광고비는 절반도 갚을 수 없었다. 문전성시를 이루던 문인들 발길이 다시 끊어진 지도 한참이 지났다. 결국 독고영은 사채를 빌렸고 이자가 이자를 낳는 모습과 두 눈 시퍼렇게 뜨고 회사와 아파트가 다른 이에게 넘어가는 모습을 보았다.

그사이 독고영은 자주 죽음이란 단어를 만지작거렸다. 이 모든 고통을 혼자 떠안을 수만 있다면 죽음도 마다할 형편이 아니었다. 아내는 이미 약을 두 차례나 먹었고 위세척을 받은 후에야 겨우 되살아났다. 이혼 이야기를 먼저 꺼낸 쪽은 독고영이다. 이대로 두면 아내가 세 번째 자살을 시도하는 것은 시간 문제였다.

문득 그런 생각이 들었다.

내가 이 먼 창원까지 온 것은 이 순간을 위해서가 아닐까. 깨끗이 모든 일을 정리할 곳을 찾았던 건 아닐까. 빚쟁이들이 내가 서울에서 사라진 걸 알면 이곳도 안전한 곳이 못 된다. 하룻밤 묵은 후 나는 또 어디로 가야 할 것인가. 어디로 가서 숨어 산들 책을 만들지 못하는 내 삶이 무슨 의미가 있단 말인가. 끝낼까. 지금 끝내는 것이 옳지 않을까.

발뒤꿈치를 들었다.

가지 사이로 밀짚모자가 쓰윽 나왔다. 오른쪽 어깨엔 삽을 맸고 왼손엔 찌그러진 양철통을 들었다. 마침 바람이 불어와서 그 통에 내용물을 짐작하게 만들었다. 웃거름을 주고 있었던 것이다.

"도, 독고 선생이시죠?"

사내는 양철통을 놓고 모자를 벗으며 말했다. 튀어나온 광대뼈와 맑고 깊은 눈이 사무엘을 연상시켰다. 얼룩무늬 바지에 군화가 제법 어울렸다.

"자, 장임니더."

독고영의 미간이 좁아졌다. 하필 그때 다시 바람이 불어

지독한 냄새가 코를 찔렀다. 장과 독고영의 시선이 동시에 양철통으로 내려갔다. 장이 양철통을 들고 뒤돌아섰다.

사무엘은 외삼촌을 통해 게오르그 루카치와 발터 벤야민을 배웠다고 했다. 가지를 치다가 거름을 주다가 열매를 따다가 때론 댓병 소주를 마시다가 외삼촌이 그 이름들과 그들의 주장을 알기 쉽게 들려주었다는 것이다. 처음에는 그 멋진 주장들을 편 사람이 루카치인지 벤야민인지도 몰랐지만, 나중에 다른 평론에서 그 이름들과 이론들을 살피고 앵두나무 아래를 떠올렸다고 했다.

"사무엘은 어디에 있습니까?"

장이라면 알 듯도 했다. 장이 걸음을 멈추고 고개만 돌렸다.

"내, 내도 모릅니더. 대학에 들어갈 때까진 여, 연락 않기로 했심니더. 그 약속 깨고 전화를 걸어오긴 했지만, 도독고 선생 얘기만 하고 끊었심니더."

독고영은 서둘러 장의 곁으로 갔다. 둘은 이제 나란히 걸었다. 여전히 냄새가 났지만 독고영은 고개를 돌리지도 얼굴을 찡그리지도 않았다.

"많이 힘드시지예?"

장은 처음으로 말을 더듬지 않았다. 대형 도매상의 부도로 인해 베스트셀러를 내고도 위기에 빠진 출판사들 소식을 그도 아는 것이다.

발뒤꿈치 드는 걸 보았을까.

"하루만 신세 지겠습니다."

허름한 슬레이트 지붕이 나타났다. 장은 양철통과 삽을 마당 구석에 내려놓고 문을 열었다. 방 두 개가 작은 마루에 날개처럼 붙어 있었다. 장은 왼쪽 방을 눈짓으로 가리켰다.

"한숨 푸욱 주무시소. 대충 닦긴 했십니더. 사무엘이 서울 가고 나선 쓰지 않는 방이라 좀 지저분해도 이해하소. 이불 깔아 놨십더. 내는 일이 쪼매 더 남아서……."

장은 다시 군화로 문을 밀고 나갔다. 개 짖는 소리가 멀리서 들려왔다. 밤 기차를 타느라 몹시 피곤한 것도 사실이었다. 둥근 은색 손잡이를 잡아당겼다. 삐걱 소리와 함께 방문이 열렸다.

먼저 눈에 띈 것은 낮은 천장이었다. 큰 키가 아닌 독고영도 발뒤꿈치를 들면 정수리가 닿을 정도였다. 이불 위에 털썩 앉으니 사방 벽을 빙 둘러 놓인 책들이 눈에 들어왔다. 높낮이는 제각각이지만 나름대로 기준을 정해 모아 둔 티가 났다. 독고영의 손이 가장 먼저 닿은 것은 『새로운 세계 문학 전집』이었다. 한 권씩 펼쳐 보니 밑줄과 간지와 메모로 가득했다. 책 마지막 장에는 편집부에서 놓친 오자나 탈자까지 따로 정리해 두었다.

어쩐지!

사무엘의 문체는 우리 소설에 많은 영향을 미친 서유럽이나 미국 또는 러시아의 문체와는 달랐다. 남아메리카 스타일이 있는가 하면 서남아시아 쪽 상상력을 의심하게 만드는 문장도 있었고 아프리카의 세렝게티 평원을 연상시키는 장면도 등장했다. 상당히 인기를 끈 문학 전집이었으니까 구입했을 수도 있지만 전집 전체를 꼼꼼하게 읽어 나간 것은 묘한 감동을 불러일으켰다. 서른 권이 넘는 세계 문학 전집을 처음부터 끝까지 이렇듯 독파한 작가를 독고영은 일찍이 만나지 못했다.

"아!"

독고영은 저도 모르게 숨을 몰아쉬었다.

『새로운 세계 문학 전집』 맞은편 벽을 《문학중심》 120권이 차지하고 있었던 것이다. 한 호도 비지 않고 열두 권씩 열 줄이 키를 맞춘 것처럼 나란히 놓였다. 손바닥으로 가장 위에 놓인 1월호들을 차례차례 쓸었다. 이 책을 만들던 춥디추운 12월의 날들이 어제처럼 되살아났다. 『새로운 세계 문학 전집』과 마찬가지로 《문학중심》에도 군데군데 간지가 끼워져 있었다. 그 간지들을 중지로 훑어 내리다가 멈추었다. 6월호를 뽑아 맨 뒷장을 폈다. '진정한 소설가는 새디스트다' 아래에 검은 줄이 그어져 있었다. 그 옆에 '탁견'

이라는 글씨체는 분명 사무엘의 것이다.

독고영은 작정을 하고 《문학중심》을 읽어 나가기 시작했다. 열두 권 한 줄 씩을 이불 위로 빼낸 다음 간지가 끼워진 부분만 펼쳐 살폈다. 원고가 비거나 광고만으로 채울 수 없는 난이 생기면 문학 상식이나 예술가들의 생애를 짧게 요약한 글을 실었다. 10년 동안 독고영은 원고료도 받지 않고 이 귀찮은 잡일을 맡아서 했다. 원고 말미에 '영' 이라고 적는 것으로 작은 기쁨을 대신했다. 장의 필체가 분명한 메모는 주로 비평과 소설에 치중된 반면, 사무엘의 메모는 '영' 을 쫓아 어김없이 등장했다.

독고영은 3월호를 양손으로 들고 허리를 폈다. 오래 생각할 구절이 있을 때만 취하는 독특한 버릇이었다. 그 책 편집 후기에 '영' 은 다음과 같은 바람을 남겼다.

> 우리 문학은 한계에 다다랐다. 늦었지만 오늘부터라도 자연과학을 통해 세상을 이해하고 싶다.

사무엘은 그 옆에 별표를 다섯 개나 그려 두었다.

사무엘과 처음 만났을 때, 독고영은 이렇게 물었다.

"우린 문학 출판을 할 만큼 튼실하지 않습니다. 왜 하필 나한테 찾아온 겁니까, 왜 하필?"

이 방은 사무엘의 늦었지만 진솔한 답이었다.

《문학중심》과 함께한 사무엘의 습작 시절을 어루만진 후 독고영은 깍지 낀 두 팔을 베개 삼아 벌렁 누웠다. 그리고 정말 깊고 편한 잠에 빠져 들었다.

(2005년)

외계 소녀 혈루 회복기
(外界少女 血淚回復記)

나, 매설가(賣說家) 구완서에게 푸른 별을 떠나 외계 소녀와 교신하라는 명령이 두 제국 평의회에서 동시에 내려왔다. 제국을 향한 심각한 위협을 농담으로 바꿔친 매설가를 용서하지 않겠다는 의지의 표명이었다. 출성자(出星者) 명단을 작성하려다가, 20세기 생활 양식 공동체인 '아날로그'에 접속하여 타임 캡슐 전문가 김옥련 박사를 찾았다. 이 공동체에서는 내가 마지막으로 습득한 가장 원시적인 언어인 수화(手話)로만 대화를 한다. 김 박사가 창안한 아날로그식 수화는 손가락 마디마다 새로운 의미가 숨어 있다.

'바보들 아냐? 완서 씨 덕분에 우주 여행 하게 생겼네. 겁먹지 말고 하던 대로 해요.'

2105년 12월 31일, 오늘이 푸른 별에서 지내는 마지막 하루가 될 줄 알았다면 오늘까지 「혈의 누」 200주년 기념 소설을 쓰겠다고 약속하지는 않았으리라. 1906년을 배경으로 「피냐 눈물이냐」라는 흑백 영화를 만든 적은 있지만, 복고풍에 기댄 매설가가 어디 나 하나뿐인가. 「피냐 눈물이냐」의 고증 자문을 맡은 김옥련만 봐도 나보다 훨씬 그 시절을 즐겨 복식과 말투까지 흉내내다가 결국에는 '생활 양식 공동체'까지 꾸리지 않았는가.

소설 청탁에 응한 것은 두 가지 이유다. 200년 전 신문의 재질과 활자를 복원하여 특별 한정판으로 '종이' 신문을 만들겠다는 말에 솔깃했고, 청탁을 한 이가 조선일보 문화국 소속이 아니라 우주국장이라는 점이 또한 흥미로웠던 것이다. 아무리 여러 번 멸균 처리해도 여전히 유해균이 종이에 서식한다는 보고서가 한국대학교 청(靑) 교수 팀에서 발표된 후 종이 신문이 전자 신문으로 대체된 지도 반백 년이 넘었다. 종이에 대한 인간의 마지막 애착마저 말살하려는 미디어 연맹의 음해라는 풍문이 돌았지만 물증이 없었다.

"조깅은 쉬십시오. 심장 박동이 고르지 않고 몹시 우울하시니까요."

아담이 나노 운동화를 든 채 주저했다. 가정부, 주치의, 비서를 겸하는 이 로봇은 매일 아침 내가 달릴 거리를 정해 준다. 달리기를 쉬라는 권유는 녀석을 구입하고 5년 만에 처음이다. 내가 처음 산 로봇은 이브였는데, 내 집에 오고 열흘 만에 커밍아웃을 했다. 1만 대에 한 대 꼴로 자신에게 부여된 인공 에티켓 자체에 회의를 품는 로봇이 나올 수 있음을 그때 처음 알았다. 희귀성 때문에 이런 로봇은 구입가의 백 배 또는 천 배로 되팔 수 있다. 그러나 나는 남자라고 주장하는 이브를 시장에 내놓지 않고, 로봇 심리 전문 병원 '샹그릴라'의 상담을 거친 후 아담으로 바꿔 주었다. 「로봇 헌장」에 의하면, 로봇도 인간만큼 행복할 권리가 있다.

종이와 함께 땀과 눈물도 사라졌다. 균을 옮기는 액체를 미리부터 제거하여 질병을 방지하기 위함이었다. 땀 대신 체온 조절을 하고 눈물이 없어도 망막 건조를 막는 칩을 귀 밑에 부착하는 것이 의무가 되었다. 공공장소에서 땀과 눈물을 흘리는 자는 현행범으로 즉시 체포되었다. 이제 '눈물이 앞을 가린다'거나 '방울방울 땀방울'과 같은 표현을 이해하기 위해서는 21세기 이전의 삶을 영상으로 보여 주는 「고어 사전(古語辭典)」을 뒤져야 한다. 청 박사는 침까지 없애자는 논문을 발표하고 스스로 침 대신 소화를 돕는 칩을 어금니에 부착했지만, 그 논문은 평의회 승인을 얻지 못했다.

아담이 마지못해 운동화를 내려놓았다. 나는 녀석을 출

성자 명단 첫머리에 올렸다. 그냥 두고 떠나면, 아담은 틀림없이 지독한 우울증을 앓다가 끝내 인공 심장과 연결된 에너지 회로를 스스로 끊고 말 것이다.

운동화가 풍선처럼 부풀어 올랐다가 발에 가장 맞는 모양으로 바뀌었다. 어젯밤 폭설이 내린 탓에 미끄러움 방지 철심까지 박혀 있었다. 최근 유행하는 대장정 귀마개와 안경을 쓰자마자 사이버 티처(Cyber Teacher) 양귀비가 물었다.

"「마오쩌둥 어록」을 들으시겠습니까?"

요즈음 젊은이들 사이에선 「마오쩌둥 어록」을 들으면서 중국 대륙을 누비는 일이 선풍적인 인기다. 해마다 서너 명이 탈진하거나 풍토병에 걸려 목숨을 잃지만 도전은 줄어들지 않았다. 아메리카 드림에서 차이나 드림으로 꿈이 바뀐 이유는 간단하다. 두 제국이 힘의 균형을 잡으면서 오랜 평화가 이어지자 나머지 소국들은 경제적 이익을 따라 말을 옮겨 탔다. 조선만 해도 중국과 교역량이 미국의 세 배를 넘자 제1외국어가 영어에서 중국어로 바뀌었고, 다섯 배에 이르자 국제 회의 석상에서 중국의 주장에 반대하기 어려워졌다. 교역량이 열 배에 이른 지금에 와서는 중국어를 공용어로 채택하는 일도 국회의 최종 승인만 남겨 두고 있다. 중국식 발음을 능숙하게 구사하기 위해 혀를 중국인 혀로 바꾼 인구가 1000만 명이 넘었다. 아예 중국의 한 주

(州)로 들어가자는 주장까지 대두되었지만, 이번 사건이 터지는 바람에 오히려 중국 쪽에서 여유를 두고 차차 의논하자는 입장을 전해 왔다. 중국은 1592년 7년 전쟁을, 미국은 1950년 3년 전쟁을 되짚으며 혈맹을 강조했다.

"먼저 이인직 사진부터 보자. 그리고 「혈의 누」를 찾아서 읽어 주겠는가? 1906년 신소설(新小說)로 등장한 작품일세. 중국어가 아니라 한국어로! 부탁하네."

눈 쌓인 새벽길을 달리는 이는 많지 않았다. 더군다나 중국과 미국 두 제국에서 동시에 회담을 중단하고 대표단을 철수한 지도 열흘이 지났다. 비제국(非帝國) 지역을 대표하여 참석한 네 나라 대표들도 덩달아 일손을 놓았다. 90년 전, 이곳 개성에 회의장이 들어선 후 처음 있는 일이다. 푸른 별의 평화와 관련하여 하루에 처리할 의제가 500건이었으므로, 벌써 5000건의 위험이 해결되지 않은 채 쌓여 있었다. 열흘만 더 지나면 전쟁 상황에 돌입한다고 여섯 나라 과학자들이 힘을 모아 회의장 지하에 만든 피스 컴퓨터(Peace Computer)가 경고했다. 20일이면 제국 중심부에서 전쟁 준비를 끝마치기에 충분한 시간이었다. 네 나라 대표들은 공동 명의로 두 제국의 조속한 동참을 바라는 성명을 발표했지만 공식 답변이 없었다. 50년 만에 출몰한 테러는 세계를 예측 불가능의 범주로 밀어 넣었다.

호들갑스러운 아침 뉴스를 들으며, 나는 「외계 소녀의 장난」이라는 디지털 영화의 최종 편집을 마쳤다. 집에서 혼자 디지털 영화를 만들 수 있는 소프트웨어가 세상에 첫선을 보인 지 30년이 넘었다. 이야기 줄거리를 집어넣으면 그 이야기에 가장 어울리는 배우, 음향, 배경 등이 자동으로 설정되는 것이다. 물론 나는 배우들과 함께 산과 들을 돌아다니며 느릿느릿 촬영하는 방식을 즐기지만, 이 작품은 어떤 광기가 춤을 추기 전에 당장 세상에 공개될 필요가 있었다.

두 제국 중심부에서 동시에 폭발물이 발견된 것은 경악할 일이었다. 다행히 테러는 성공하지 못했지만 두 제국의 분노는 하늘을 찔렀다. 기억에도 희미한 암살의 역사가 일일이 들추어져 세계로 퍼져 나갔다. 그리고 다시 한반도가 주목받기 시작했다. 분쟁이 사라진 지 반백 년이 넘었지만, 제국 시민들은 자신들을 공격한 테러범의 흉측한 얼굴을 보고 싶어 했다. 때마침 두 제국 모두 평의회 의원 선거를 코앞에 두었기 때문에 이런 열망을 외면하기 어려웠다. 밤사이 두 제국의 중심부에 거주하던 한반도 출신 시민 1000명이 안전 조사를 이유로 체포되었다. 한반도를 떠난 비행기는 제국의 영공으로 들어가지도 못한 채 회항했다. 100년 전 미 제국을 공격했던 테러범을 끝내 체포하지 못한 것도 그들이 한반도로 숨어든 탓이라는 유언비어까지 버젓이 등장했다. 다른 소국들은 제국에게 의심받는 것이 두려웠기 때문에, 한반도로 의심이 집중되는 것을 다행이라고 여겼다. 평화와 타협의 땅이 하루 만에 테러의 진원지로 돌변한 것이다.

"춥지 않아?"

오늘도 옥련은 어김없이 박연 폭포 앞에서 합류했다. 1920년대에 등장한 짧은 치마를 나풀거리며 달려왔다. 내 무릎이 시려 왔다. 옥련이 주위를 흘끔거린 후 두 손바닥을 내보였다.

'수화로 해요. 신여성들도 추웠겠죠? 새로움을 위해서라면 이 정도쯤은 감수해야죠.'

「외계 소녀의 장난」이 주목을 끈 것은 심각한 상황을 농담으로 치환했기 때문이다. 아이디어를 준 사람이 바로 옥련이었다. 그녀의 지적은 다소 엉뚱했지만 한반도에 드리운 전쟁의 공포를 가볍게 벗겨낼 방법이기는 했다.

우선 그녀는 폭발물의 성능에 주목했다. 두 제국 모두 불발에 그쳤다는 것도 이상한 일이지만, 폭발이 이루어졌다고 해도 살상 범위가 반경 5미터에 불과한 소형 폭탄이었다. 또한 그 폭발물엔 전혀 디지털 시스템이 달려 있지 않았다. 「아날로그 무기 사전」을 찾아보니, 1880년대부터

1930년대 사이에 유행하던 도시락 폭탄 스타일이었고, 나비 매듭을 묶은 솜씨도 소녀의 단발머리처럼 단정하고 예뻤다. 또 하나는 제국의 중심부를 지키는 방어 체계에 관한 의문이다. 두 제국 모두 중심부로 폭발물이 옮겨지는 것을 막지 못한 안전 시스템의 허점을 함구하고 있었다.

옥련은 두 가지 발견으로부터 희한한 결론을 이끌어냈다. 가장 새로운 방식으로 제국의 중심부에 들어가서 가장 낡은 폭발물을 두고 온 자들은 바로 외계인이며, 섬세한 나비 매듭으로 미루어 볼 때 '외계 소녀'라는 별명이 어울린다는 것이다. 덧붙여 자국 문제를 제3국으로 옮겨 풀려는 제국의 독특한 버릇을 꼬집으면서, 1894년 청일 전쟁 때 애꿎은 평양성이 박살났듯 2106년 두 제국 사이에 낀 한반도가 전화(戰火)에 휩싸이는 것만은 막자고 했다.

나는 영화의 말미에 이제 외계 소녀와 교신하기 위해 우주로 나아가야 하며, 그 적임자는 이 영화를 만든 감독과 유익한 조언을 아끼지 않은 친구들이라고 덧붙였다. 피스 컴퓨터는 아흐레 만에 지구인의 절반이 영화를 본 것으로 집계했다. 물론 상품화하지 않는 조건으로 피스 컴퓨터에 올렸기에 돈은 벌지 못했지만, 푸른 별을 감쌌던 분노가 웃음으로 바뀐 것만 해도 다행이었다.

'오늘 밤 아홉 시에 출성하래. 창작의 자유를 탄압하지

말라고 버틸까?'

'단식 투쟁이라도 하시려고요? 그럼 너무 심각해져요. 무겁고 심각한 것을 최대한 가볍게 통통 튕겨 올리는 것이 우리 전략 아니었나요? 우선 떠나요. 이 지긋지긋한 일상을 벗어나면 새로운 농담이 떠오르겠죠. 혹시 알아요, 외계 소녀를 정말 만날지?"

옥련은 절벽 가까이에서도 반 뼘의 여유를 즐길 여자였다.

'난 아담과 함께 갈 거야.'

'저도 한 사람 데려갈게요. 동경 정치 학교 출신인데 새로운 농담을 만들려면 정치적 감각도 필요하지 않을까요?'

'그럼, 사람 셋에 로봇 하나!'

조깅을 마친 후 책상 앞에 앉았다. 제국은 내가 사용하는 유비쿼터스 시스템 전체로 감시의 손길을 뻗쳤을 것이다. 나는 어떤 디지털 매체도 사용하지 않고 낮 시간을 보내기로 했다. 소설 '쓰기'는 적절한 선택이었다. 그동안 소설은 쓰는 단계에서 치는 단계를 거쳐 혀를 놀리는 단계로 발전했다. 간혹 혀가 아프거나 목이 쉬면 컴퓨터 자판을 치는 경우는 있지만, 글을 '쓴다'는 것은 22세기 매설가들에겐 낯선 일이 아닐 수 없었다. 나는 이인직이 자신이 쓴 소설을 두고 전혀 새롭다[新]고 명명한 것이 흥미로웠다. 새로운 작품을 쓸 수는 있지만 새로운 이야기 갈래를 만드는 것은 보통 일이 아니다. 새로움을 강조한 명명법을 일본에서 배워 왔을 따름이라고 그 가치를 평가 절하 하는 논문도 있지만, 조물주가 아니고서는 어떤 새로움도 완전한 최초의 새로움은 아니다.

점심까지 걸러 가며 소설을 썼지만 문장이 채워지지 않았다. 1906년을 배경으로 골동 취미를 자극하는 이야기를 읊었다면 벌써 소설을 마쳤겠지만, 언제나 내게 가장 중요한 문제를 이야기로 옮긴다는 원칙을 어기고 싶지 않았다. 결국 출성 후에도 계속 소설을 쓰기로 했다. 분초를 다투어 마감 기한을 아슬아슬하게 지키는 것은 200년 내내 변하지 않는 매설가의 습성인 듯도 했다.

우주선은 9시 정각에 푸른 별을 떠났다.

엄중한 시기였기에 출성자에 대한 조사가 철저하리라 예상했지만 간단한 몸수색 외에는 탑승에 어려움이 없었다. 옥련과 동행한 처녀는 눈매가 날카롭고 입술이 두툼했다. 아날로그 일원답게 손을 썩 잘 놀렸다.

'국초(菊初)라고 해요. 어머니가 가을에 첫 국화를 보고 절 나으셨대요.'

어딘지 쓸쓸함이 맴도는 얼굴이다.

우주선은 빠르게 우주 과학 도시 바벨로 접근했다. 두 제국이 공동으로 관리하는 바벨에는 500명이 넘는 과학자가 거주하고 있었다. 1년에 한 차례 10명씩, 그곳에서 다양한 교육을 이수한 과학자들이 미지의 세계로 떠났다. 푸른 별처럼 생명체가 살 만한 행성을 발견하면 돌아올 계획이었지만, 귀환한 과학자는 아직 없었다. 과학자들에게 이 여행은 최고의 명예이자 긍지였다. 옥련도 매달 바벨행 지원서를 냈고, 나는 그녀가 선발되지 않았다는 소식을 들을 때까지 전전긍긍했다. 왜 꼭 그런 욕심을 부리느냐고 물었더니 대답이 걸작이었다.

"괴테가 말했던가요? 돌아오지만 않는다면 여행은 멋진 것이라고. 하나의 희망에서 또 하나의 희망으로 끝없이 나아가고 싶거든요."

아담의 얼굴이 묘하게 일그러졌다.

"이상합니다. 두 제국 평의회 의장 명의로 방금 이 우주선을 발견 즉시 폭파하라는 명령이 내려왔습니다."

국초 쪽으로 고개를 돌렸다. 그리고 내 눈을 의심했다. 그의 이마에 땀방울이 맺혀 있었던 것이다.

"넌 누구야?"

아담이 열 손가락을 실뱀처럼 길게 뻗어 국초의 팔다리를 묶었다. 옥련이 검지를 세워 입술에 댔다.

'수동 운행으로 전환해요. 착륙하면 안 돼요. 격추 명령이 내려졌으니 바벨로 들어가는 순간 우린 끝장입니다.'

내가 고개를 끄덕이자 아담이 자동 운행 장치를 끄고 수동 운행으로 전환했다.

'우리가 왜? 농담 한마디 했다고 사람을 죽여?'

'테러리스트에겐 합당한 벌이지.'

국초가 두 눈을 더욱 크게 떴다. 그 눈매를 어디선가 본 듯했다. 아침에 양귀비가 보여 준 사진 한 장이 떠올랐다. 옥련이 내 표정을 살피며 국초 뒤에 섰다. 그리고 그의 귀 밑에 붙여 두었던 투명 센서를 떼어 냈다. 국초의 얼굴에서 이목구비가 사라지면서 반들반들한 바위처럼 둥글둥글해지더니, 곧 짙은 콧수염을 기른 불혹을 넘긴 사내의 얼굴이 만들어졌다. 복식도 어느새 20세기 초에 유행하던 연미복에 나비넥타이를 목에 두른 것으로 바뀌었다.

'다, 당신은 이인직!'

그제야 나는 짓궂은 장난에 걸려들었음을 알았다. 국초는 이인직의 호가 아닌가.

'먼저 바벨로부터 벗어나도록 해요. 그럼 자초지종을 말씀드릴게요.'

아담이 인공 에티켓에 회의를 품지 않는 로봇이었다면, 벌써 우리 세 사람을 결박한 후 착륙을 시도했을 것이다. 그러나 아담은 벌써 이인직의 몸을 묶었던 손가락을 거둬들인 후 신기한 눈으로 200년 전 매설가를 쳐다보았다. 내가 고개를 끄덕이자마자, 아담은 곧 항로를 바꾸어 우주선이 오가지 않는 외딴 곳에 숨었다.

'혹시 정교하게 만든 로봇?'

나는 의심을 풀지 않았다. 옥련이 단숨에 받아쳤다.

'땀을 흘리는 로봇은 없죠.'

'정말 성공한 거야?'

'미안해요, 말씀드리지 못해서. 아직 완벽하진 않아요. 미래로 가진 못하고 과거도 300년까지만 겨우 오가는 정도죠. 2006년 소설 구상을 모두 끝내고 첫 문장을 시작하신 바로 그 밤에 날아가서 선생을 모셔왔답니다. 「혈의 누」에서 잘 나타나듯이, 20세기 내내 한반도는 미국, 중국, 러시아, 일본의 틈바구니에서 편할 날이 없었죠. 그 많은 다툼과 상처는 우리 스스로가 원했던 것이 아니었습니다. 국초 선생님께 보여 드리고 싶었어요. 개성에 있는 피스 컴퓨터를 중심으로 지구의 평화가 이루어지고 있다고. 한데 국초 선생님은 제 말을 믿지 않으셨어요. 두 제국의 속셈을 밝혀 보시겠다며 한 가지 내기를 제안하셨죠.'

'내기?'

'제국의 중심부를 흔들어 보자셨죠.'

'첨단 방어 체계를 뚫었다고?'

이인직이 끼어들었다.

'옥련 박사가 도와주었다오.'

'지극히 단순했지만 해 볼 만한 시도였죠. 국초 선생님을 무한 복제한 클론을 폭발물을 설치할 반경 5킬로미터 안에 무수히 내려 보냈어요. 모두 땀과 눈물을 흘리는 존재였습니다. 세균의 침입을 막기 위해 방어 체계가 가동되었지만, 동시다발로 너무 많은 세균 보균자가 밀어닥치는 바람에 모두를 사살하는 데 약간 시간 격차가 생겼답니다. 그 간극은 0.5초도 안 됐지만 그사이 목적한 곳에 폭발물을 놓았죠. 양이 질을 누르고 아날로그가 디지털을 넘어선 경우라고나 할까요.'

'어떤 이유에서든 테러는 옳지 않아.'

'덕분에 피스 컴퓨터로 만든 평화가 얼마나 얇고 깨어지지 쉬운가는 명확히 드러났죠.'

그런 짓을 한 후 내게 디지털 영화를 만들어 보라고 제안한 이유가 궁금했다.

'제국의 정보망은 대단해요. 지금쯤 제 연구실까지 샅샅이 뒤졌겠죠.'

나는 약간 침울해졌다.

'엄청난 짓을 했어. 우린 다시는 저 푸른 별로 돌아가지 못할 거야.'

'아뇨. 아담과 그를 아끼는 매설가는 다시 푸른 별로 귀

환할 거예요.'

'당신은?'

'저는 국초 선생님을 모셔다 드리려고요.'

언뜻 그 말을 이해하기 어려웠다. 나와 함께 지구로 돌아가지 않고 국초를 모셔다 드린다?

'아담이 조금만 도와주면 돼요.'

옥련이 오른손 약지를 내밀었다. 10년 전 교통 사고가 났을 때 손가락을 재생하는 대신 초소형 메모리를 달았다. 다른 컴퓨터들은 제국의 통제에 따르고 있기 때문에 남은 것은 아담뿐이다.

'1906년 옥련이가 일본을 거쳐 미국으로 가는 것과 비슷하다 믿어 주세요. '지금, 여기'에서 해결할 수 없다면, '지금이 아닌 과거나 미래, 여기가 아닌 거기'로 가야겠죠. 멀고먼 우주든 머나먼 기억이든.'

나는 이인직을 흘끔 보고 옥련에게 다시 물었다.

'기어이 가겠다는 건가? 국초 선생의 떳떳하지 못한 미래를 알 텐데……. 계몽의 어리석음을 김 박사가 다시 살 필요는 없잖아?'

'당신은 매설가니까, 지금도 마음만 먹으면 여기 국초 선생도 될 수 있고 또 옥련과 함께 미국으로 갔던 구완서로 변신할 수도 있잖아요? 하지만 전 과학자예요. 흉내를 내

는 게 아니라 정말 세상과 저 자신을 바꾸기 위해선 이 방법밖에 없어요. 꼭 돌아올게요.'

거짓말 없는 이별이 어디 있으리. 돌아오기란 얼마나 어려운가. 올바름도 애인도 다시 제자리도 돌아온다면, 시절을 바꾸어 암송되는 사랑과 혁명의 대서사시는 만들어지지 않았으리라.

'함께 가자고 해야 맞는 말 아냐?'

사람들은 가끔 돌이킬 수 없을 때 사랑을 들이민다. 그러고는 사랑만 무력하다 비웃는다.

'당신은 매설가니까, 지금 여기를 떠나선 살 수 없잖아요? 아무리 낯선 시대, 낯선 장소를 이야기하더라도 모두 지금 여기를 향해 있잖아요?'

그녀가 끝까지 곧게 나왔으므로 나는 빙글 원을 그리며 물러설 수밖에 없었다. 그녀 손을 쥐었다. 옥련과 나는 깊게 입 맞추었다.

'사랑하니까…… 보내 줘요. 붙잡지 말고.'

제국 평의회가 침의 제거를 승인하지 않은 것은 옳은 선택이었다. 침을 통해 치명적인 세균까지 공유하는 것이 사랑임을 그들도 알았을까.

옥련의 약지가 아담의 갈비뼈에 닿자 타임캡슐이 열렸다. 해, 피, 뉴, 이, 어! 미소를 머금고 붕어처럼 입술만 빼

금대며 새해 인사를 건넸을 때, 착각이 분명하겠지만, 그녀 두 눈에서 얼핏 붉은 눈물이 비쳤다. 내 마음의 울음인지도 몰랐다.

2106년, 새해가 열리기 1초 전 「혈의 누」 200주년 기념 소설을 조선일보에 보냈다. 1초 후 옥련이 미리 만들어 둔 유언이 피스 컴퓨터를 통해 전 세계로 퍼져 나갔다. 단독 범행임을 역설한 후 우주 공간에서 한 점 움직이는 무(無)로 돌아간다는 농담을 곁들였다. 1분 후 두 제국 평의회는 매설가 구완서에 내린 살인 허가를 취소했다. 평화는 회복되었다.

나는 잃어버린 땀과 눈물을 되찾기 위한 새 소설을 새해 첫날 연필로 꾹꾹 눌러 원고지에 쓰기로 결심했다. 여주인공은 김옥련, 배경은 1906년 모란봉 아래 평양성이며, 달려도 땀이 나지 않고 슬퍼도 눈물이 흐르지 않는 외계 소녀가 피눈물을 되찾는 과정을 코믹 터치로 다룰 예정이다. 이름하여 「외계 소녀 혈루 회복기(外界少女 血淚回復記)」. 기대하시라, 개설 박두(開說迫頭)!

(2005년)

대한민국 교사의 죽음

불꽃놀이가 시작된 것은 남강을 중간쯤 건널 때였다.

부교에 오른 시민들은 일제히 고개를 들고 손뼉을 치거나 휘파람을 불며 기쁨에 겨운 고함을 질렀다. 검은 강을 훑으면서 "천 리 길을 내 어이 왔던고 촉석루엔 달빛만 나무 기둥을 얼싸안고." 하고 읊조리는 사람은 강 교무뿐이다. 눈 질끈 감고 일을 치르기에는 구경꾼이 너무 많다. 안전 사고에 대비하여 모터 보트 두 대와 건장한 안전 요원들까지 배치되어 있었다. 무엇보다도 그의 손을 꼭 쥐고 밤하늘을 두리번거리는 아내를 놀라게 하고 싶지 않았다. 쇳소리 섞인 비명을 들으며 사라질 자신은 없었다.

"응? 와예?"

손에 힘이 들어갔던 모양이다. 강 교무는 두툼한 볼 살이 흔들릴 만큼 앞니를 드러내며 웃어 보였다.

금강산에서 돌아온 것이 어젯밤이다. 도내 우수 교사로 나란히 선정되어 2박 3일 유람을 다녀온 것이다. 젊은 교사들에게 뒤처지지 않으려 기를 쓰고 굽이굽이 절경을 구경한 탓일까, 출근해서 업무를 보는 내내 등과 허벅지가 쑤시고 종아리가 당겼다. 아내는 금강산에서도 가뿐가뿐 걷더니 돌아와서도 아픈 기색이 없다.

강 교무는 저녁상을 물린 뒤 세상에서 가장 편한 자세로 누워 일일 연속극과 뉴스를 보다가 잠들 작정이었다. 아내는 여기저기 전화를 넣어 무사 귀환을 알린 후 세수를 하고 간단한 화장을 마치고선 외출복으로 갈아입었다.

낌새를 알아차린 강 교무는 눈을 꼭 감고 베개에 코를 묻은 채 자는 척했다. 피곤하기도 했지만 아내 동창생들과 말을 섞고 싶지 않았다. 아내보다 두 살 많은 강 교무는 사범 학교 후배이자 직장 동료인 그녀들의 수다가 영 불편하고 마뜩잖았다. 양말을 코앞에 내려놓고 서둘러 옷을 챙겨 입으라고 독촉할 때가 지났는데도 아내는 다가오지 않았다. 기다리다 못해 강 교무가 고개를 돌려 실눈을 떴다. 아내 얼굴에 눈물이 가득 고여 있었다.

"와 우노? 퍼뜩 가자. 가믄 될 거 아이가."

부교를 건너자마자 얼굴들이 튀어나왔다. 아내는 그녀들과 일일이 손을 맞잡고 눈웃음을 지었다. 그 웃음이 배꽃처럼 희고 사과처럼 시다고 적었던 봄날이 떠올랐다.

간이식당들이 강을 따라 물뱀처럼 늘어서 있었다. 각지에서 구경 온 이들은 유행가 가락이 시끄럽게 울려 퍼지고 사람 모양 풍선이 두 팔을 흔들어 대는 가게에 자리를 잡기도 했다. 그러나 촉석루에서 낮잠을 깨고 의암을 뛰어 건널까 망설여 본 시민이라면 성문 아래 숨어 있는 장어집을 찾는 법이다. 일주일에 이틀은 대머리에 맺힌 땀을 닦으며 장어구이를 즐기는 강 교무지만 오늘은 꼬리 하나도 부담스럽다. 끝내 식당 앞에서 속마음을 드러냈다.

"처언천히 놀다 온나."

강 교무와 같은 학교에 근무하는 참견쟁이 황이 나섰다.

"교무주임 셈예. 요까지 왔는데 쪼매만 들고 가지예?"

아내는 두 눈을 크게 뜨고 쳐다보기만 했다. 강 교무는 지갑에서 카드를 꺼내 아내 손에 쥐어 주었다.

"한 시간만 있다 가께예."

황이 다시 끼어들었다.

"어데! 20세기 마지막 개천 예술제 아이가. 짱어 묵고 노래방까지 갈라믄 한 시간은 택도 읎다. 교무 주임 셈예. 어부인 기다리지 말고 먼저 침소 드시소, 호호."

그 봄에도 저랬지.

어렵게 아내에게 말을 붙일 때마다 그녀들이 까르르 웃으며 막아섰던 것이다. 열일곱 살, 귀밑머리 푸른 여자 후배들은 이마까지 벌겋게 달아오른 선배를 커피 사 달라 과자 사 달라 조르며 잘도 놀려 댔다.

강 교무는 열 걸음쯤 걷다가 다시 돌아섰다. 아내랑 아내 동창들이 신발을 벗고 막 식당 마루로 올라서던 참이었다. 그래도 저치들이 있어 다행이라는 생각이 들었다. 대전에 있는 아들이나 서울에 있는 딸보다는 꿈 많은 소녀 시절을 함께 보낸 친구들이 더 큰 위로가 되리라.

베란다에서 담배를 피워 물고 아이스박스에 걸터앉았다. 불혹에 당뇨 판정을 받고는 재떨이부터 내다 버렸는데 16년 만에 다시 니코틴을 찾게 되었다. 건강에 관한 일이라면 조금도 양보 않는 아내였지만 그 일이 있고부터는 하루에 다섯 개비를 베란다에서만 피는 조건으로 허락해 주었다. 흡연량은 금방 늘었다. 아내에게는 두 개비, 세 개비, 네 개비, 마음 내키는 대로 답했지만 많은 날은 하루에 두 갑, 적은 날도 한 갑을 넘어선 지 오래였다.

담배를 끄고 아이스박스를 열었다. 간단한 낚시 도구들이 눈에 띄었다. 삼천포로 밤낚시를 나간 지도 반년이 넘었다. 낚시라면 치를 떨던 막내딸 현애도 서울에서 전화까지 걸어 섬에라도 다녀오시라 권했다.

내 인생이 낚이게 생겼는데 낚시라니.

그 순간은 귓바퀴까지 아내를 쏙 빼닮은 딸이 야속했다.

걸레로 쓰는 마른 헝겊을 걷어내고 열흘 전 전파상에서 산 전깃줄을 꺼냈다. 쭈그리고 앉아서 양손으로 둥근 매듭을 넉넉하게 벌인 뒤 목에 걸었다. 넥타이를 매듯 매듭을 서서히 좁혔다.

팔자에도 없는 금강산 유람만 아니었다면 벌써 끝났겠지.

헛웃음이 나왔다. 매듭이 울대뼈까지 조이자 기침이 쏟아졌다. 입을 막고 가슴을 쓸며 기침을 가라앉히는데 햇볕에 그을린 손목이 눈에 들어왔다. 답답한 건 싫은데, 지금이라도 손목을 긋는 게 낫지 않을까. 무릎을 두드리며 일어섰다. 비 오기 전날이면 무릎과 허리가 쿡쿡 쑤신 지도 한참이었다. 약을 먹을까. 수면제를 왕창 먹고 잠들면 쉽게 끝나지 않을까. 창문을 반쯤 열고 고개를 내밀었다. 12층. 여기서 그냥 뛰어내려?

맞은편 다용도실에서 사내가 손을 흔들며 알은체를 한다. 사내에게도 그곳이 단골 흡연실인 듯하다. 강 교무는 손을 들려다가 말고 목에 건 전깃줄부터 급히 풀었다. 부정행위를 들킨 수험생처럼 입이 바짝바짝 타 들어갔다. 전깃줄을 아이스박스에 챙겨 넣고 부엌으로 와서 얼음물을 들이켰다.

서재로 갔다. 의자에 앉아 컴퓨터 전원을 켜고 화면이 뜨는 동안 발 아래 쌓인 하드커버 논문을 꺼내 들었다. 지난겨울부터 새벽 시간을 아껴 완성한 석사 논문이었다. 벌써 지인들에게 보냈어야 하는데 차일피일 미루다가 가을에 닿은 것이다.

「초등학교 독서 능력 향상에 관한 연구」.

교감 승진을 위한 마지막 관문인 교육대학원에 진학한 지도 벌써 다섯 학기가 흘렀다. 젊어서부터 점수에 신경을 쓴 동기들은 벌써 교감을 거쳐 교장까지 바라보고 있었다. 강 교무는 불혹에 이르기까지 자기 점수를 계산한 적이 없었다. 동료들이 주임 자리를 탐내고 연구 수업에 열을 낼 때도 그는 먼저 뜻이 없음을 밝히거나 선선히 양보했다.

평교사로 끝내기보다는 교감이라도 하자 싶어 뒤늦게 챙겨 보니 점수가 한참 부족했다. 오지 근무를 자원했다. 아내와 함께 섬에서 섬으로 떠도는 것은 보람도 크고 낭만도 있었지만 정우와 현애에게 늘 미안했다. 두 아이는 고아 아닌 고아처럼 부모와 떨어져 진주에서 중고등학교를 마쳤다.

첫 장을 펴 "강정우에게"라고 썼다. 다시 한 권을 꺼내 "강현애에게"라고 적었다. 어려서부터 두 아이에게 책 선물은 곧잘 했지만 자신이 직접 쓴 글을 선사하긴 처음이었다.

강 교무는 다시 논문을 꺼내 펴고 잠시 컴퓨터 화면을 들여다보았다. 힘이 넘치는 산자락. 디지털 카메라로 찍어 온 금강산을 아내가 어느새 바탕 화면에 올려 놓은 것이다. 화면 오른쪽 하단에 서 있는 사내는 강 교무가 분명했다. 모자를 벗어 왼손에 쥐고 난간 아래를 내려다보는 꼴이, 여기서 그냥 뛰어내릴까, 망설이는 듯했다.

趙南德 先生 淸案(조남덕 선생 청안)
姜動植 拜上(강동식 배상)

금강산행을 권한 것은 대학 동기이자 도교육청 장학사인 조남덕이었다. 내가 지금 유람이나 갈 상황이냐고, 혹시 내 뜻을 돌리려고 잔꾀 부리는 것 아니냐고 따져 물었다. 조남덕은 근무 경력 15년 이상 평교사 중에서 근무 성적을 바탕으로 엄선하였다며 펄쩍 뛰었다. 자네 심정 모르는 바는 아니나 어떤 흑심도 없으니 안심하고 다녀오라는 것이다. 우연인지 필연인지 아내까지 우수 교사로 뽑혔다. 작년 봄 마른하늘에 날벼락이 치지 않았다면, 조남덕은 지금쯤 강 교무를 강 교감으로 만들려고 나서서 운동할 사람이었다. 교육대학원 진학에 편의를 살펴 준 이도 그였다. 장학사를 마치면 교장 자리가 보장되어 있지만, 굼벵이 강 교무

를 강 교감으로 만들기 전에는 장학사 자릴 비울 수 없다고 큰소리까지 쳤다

변한 것은 조남덕뿐만이 아니었다. 교직에서 사귄 많은 동료들이 조금씩 태도를 바꾸었다. 열 중 아홉은 무관심으로 돌았고 겨우 하나 정도만 서먹서먹 다가와 위로를 건넬 따름이었다. 달라진 것은 그들이 아니라 강 교무 자신인지도 몰랐다. 국가에서 강동식을 범법자로 낙인 찍었으니 그만큼 경계하는 것도 새삼스러운 일이 아니었다.

강 교무는 바탕 화면에 떠 있는 '사람들' 이란 파일을 클릭했다. 미리 표로 정리한 주소록이 화면에 떴다. 누런 사각 봉투에 차례대로 이름을 옮긴 후 검지로 만지작거리며 작별 인사를 건넸다. "행복하거래이." 속삭이기도 했고, "뱃살 뺄라믄 운동도 하고." 코웃음도 쳐 보였다. "최 선생은 아침에 지각 좀 하지 말거래이." "올핸 결혼해야제? 중매 서 준다는 약속 몬 지켜 미안하구마." "공 선생, 자넨 촌지 받지 말거래이. 그 카다가 인생 망친다. 대한민국 교사가 그라믄 안 되지."

이름을 모두 적은 후엔 주소를 쓰고 논문을 넣었다. 책상 아래에 스무 권씩 줄을 맞추어 쌓고 나니 겨드랑이와 등이 온통 땀투성이였다. 땀 냄새를 맡는 것도 오늘 밤이 마지막이다. 담배 생각이 간절했지만 할 일이 하나 더 남아

있었다. 다시 바탕 화면에서 '내 문서'를 클릭하고 들어가 '바다'라는 파일을 열었다. 암호를 입력하라는 창이 떴다. '정우현애'라고 빈칸을 채웠다. 깊게 숨을 들이마신 후 첫 머리를 또박또박 읽었다. 유, 언, 장.

조남덕이 금강산행을 권하던 즈음 작성해 둔 글이었다. 강 교무는 다시 파일을 닫고 나가 단숨에 파일을 삭제한 후 휴지통까지 말끔히 비웠다. 금강산으로 떠날 때만 해도 주저리주저리 남길 말이 많았지만 지금은 침묵 편이었다. 내일이면 유언장에 담아 두었던 것보다 훨씬 많은 말들이 그의 침묵을 감싸리라. 이미 침묵을 택한 그가 죽음 이후까지 규정하는 것은 우스꽝스럽다. 죽음에 대해 떠드는 일은 산 자의 몫으로 남겨 두자.

책장 위에 올려놓은 낡은 라면 박스를 꺼냈다. 교직에 입문한 후부터 사용한 교사 수첩을 모아 놓은 것이다. 겉장 하단 똑같은 자리에 똑같은 크기로 '대한민국 교사 강동식' 아홉 글자가 선명하다. 강 교무는 이 땅에서 교사로 사는 자부심을 '대한민국'이라는 수식어로 곧잘 살려냈다. "대한민국 교사가 그칸다믄." "대한민국 교사로서 생각해 보믄." 그는 늘 그렇게 서두를 열었다.

악어 무늬 검정부터 짙은 흙빛과 옅은 파랑까지 색깔도 다르고 크기도 제각각이지만 수첩을 빽빽이 채운 그의 손길은 한결같았다. 첫 장부터 셋째 장까지는 그동안 담임을 맡은 학생들의 증명 사진이 세로로 고드름처럼 붙었다. 모기 대가리만 한 글씨로 성격과 신체 발달 상황, 가족 관계와 특이 사항을 적어 두었다. 그날그날 교무회의에서 거론된 심심한 안건들 역시 하나도 빼놓지 않았다. 머리가 세고 눈도 침침해져 길거리에서 반갑게 인사하는 제자들 얼굴이 낯설어도, 이 수첩만 펴 들면 그때 그 시절 그 학교 풍광과 동료들, 학생들을 기억해 낼 수 있었다.

풍금 건반을 쓸 듯 수첩들을 손등으로 훑었다.

다시 베란다로 나와 담배를 피운 다음 욕실에서 이를 닦고 샤워를 했다. 머리카락이 빠질까 봐 사흘에 한 번 그것도 물을 받아 놓고 살살살살 감아 왔지만 오늘은 그냥 샴푸를 듬뿍 바른 후 샤워기로 힘차게 씻어냈다. 바디클린저로 사타구니에서 거품을 만들어 온몸을 닦아 내니 졸음이 밀려들었다. 벌써 자정이 넘었다. 안방으로 와서 텔레비전도 켜지 않고 누웠다.

털컥. 현관문 열리는 소리가 들렸다. 일어나서 거실로 나갈까 하다가 그만두었다. 노래방까지 갔다면 술도 몇 잔 걸쳤을 텐데 아내를 멋쩍게 하고 싶지 않았다. 요즈음 젊은 여교사들은 소주병으로 나발도 분다. 몸부림을 치는 척하며 벽을 향해 돌아누웠다.

아내는 안방 불도 켜지 않고 외출복을 갈아입었다. 강 교무는 반바지에 러닝셔츠 차림으로 잠자리에 들었지만 아내는 레이스 달린 잠옷을 꼭꼭 챙겨 입었다. 어렸을 때부터 버릇이라고 했다. 귀한 외동딸 외지에 보내기 싫어 사범학교에 넣었다는 장인어른 말씀이 귓전을 후벼 팠다.

방문을 열고 나가려던 아내 발소리가 강 교무 쪽으로 가까워졌다. 손바닥이 이마에 닿았다.

"가여분 양반!"

돌처럼 굳어 이마로 전해 오는 온기만을 받아들였다. 아내는 먼저 손을 뻗어 강 교무의 몸을 만진 적이 단 한 번도 없었다. 눈물 두 방울이 연이어 이마에 떨어졌다. 당장 몸을 일으켜 아내를 안고 위로하고 싶었다. 울지 말라고, 내일부터 잘하겠다고. 그러나 강 교무는 눈을 뜨지도 손을 뻗지도 못했다. 이미 침묵의 편에 선 그에게 미래는 없었다.

사범학교를 졸업하고 1년이 지나서야 교단에 설 수 있었다. 급성 신장염에 걸리는 바람에 졸업식에도 참석하지 못하고 병치레부터 해야 했다. 보름 입원 후 석 달 남짓 통원 치료를 받고 있을 때 아버지가 고혈압으로 쓰러졌다. 졸지에 가장이 된 그는 급한 마음에 버스 회사에 취직했다. 두어 달 생활비를 번 후 가을 학기부터 교사 생활을 시작할 계획이었다.

때 이른 장마가 들이닥친 저녁이었다.

운행을 마친 후 장부에 사인을 하고 퇴근하려는데 반장이 불콰한 얼굴로 술 냄새를 풍기며 기사 대기실로 들어왔다. 나이도 제일 위고 전쟁이 끝난 직후부터 이 회사에 근무한 왕고참이었다. 실밥 터진 소파에 벌렁 드러누우며 한마디 했다.

"강 선생! 막차로 한 번만 더 나갔다 오슈. 내일 새벽엔 내가 강 선생 것까지 다 하리다."

사범학교 졸업생인 것이 알려진 후 기사들은 모두 그를 강 선생이라 불렀다.

밤비 속에서 다시 운전대를 잡았다. 평소에 이것저것 챙겨 주고 처음 입사했을 때 버스 노선까지 일일이 가르쳐 준 빚을 갚는 셈 쳤다. 내일 늦잠은 덤으로 얻은 행복이었다.

막차인 탓에 손님이 드물었다. 이런 빗길에 거리로 나서는 사람이 없는 것도 당연했다.

진주성에서 승차한 사내는 왼발을 조금 절었다. 오른팔도 불편한지 가방을 왼 어깨에 두르고 왼손으로 우산을 들었다. 백미러로 사내가 출구 바로 뒷자리에 앉는 것을 확인하고 문을 닫는 것과 동시에 액셀러레이터를 밟았다. 순간 검은 물체가 인도로 펄쩍 뛰어들었다. 버스가 끼이이익 소리를 내며 멈췄다. 창문을 열고 내다보니 송아지만 한 황구였다.

골목으로 사라지는 개를 보며 깊은 숨을 내쉬었다. 집 없는 개들이 진주성으로 종종 몰려다닌다더니 그 중 하나인 듯했다.

사고는 뜻하지 않은 곳에서 터졌다. 혹시나 싶어 손님들을 살폈는데 사내가 보이지 않았다. 신음만 끊어질 듯 끊어질 듯 이어졌다. 그가 브레이크를 밟을 때, 사내의 몸이 한 바퀴 공중제비를 돌며 열린 문 틈에 낀 것이다. 상체는 전부 빠져나가고 왼 다리만 겨우 차 문에 걸렸다. 문을 열고 달려가서 부축해 일으켰다. 사내는 비명을 내지르며 오른팔을 들어 보였다. 은빛 갈고리가 번쩍거렸다.

그리고 끔찍한 일들이 줄을 이었다.

사내는 8주 진단서를 냈고 그는 곧 경찰서로 끌려가서 철창에 갇혔다. 개문 발차는 구속이라며 형사들이 혀를 끌끌 차 댔다. 사내는 합의금으로 버스 한 대 값을 요구했다. 낙동강 전투에서 다친 허리와 다리가 재발해서 이제 걷는 것조차 힘들다고 했다. 하루 이틀 침 맞고 뜸 뜨면 거뜬히 일어날 경미한 안전 사고였지만 사내는 중환자실에 누워 면회도 거절했다. 어머니는 집을 팔겠다고 했지만 그는 감옥에 가는 한이 있더라도 터무니없는 요구를 들어줄 수 없다고 버텼다. 마지막 남은 재산을 허무하게 날릴 수는 없었다. 재판을 받았다. 징역 1년에 집행 유예 2년.

석방 후 집에서 쉬고 있는데 교육청에서 직원이 찾아왔다. 봄 학기부터 강단에 서야 한다며 각서까지 내밀었다. 그동안 들이닥친 불행을 간략하게 설명한 후 집행 유예 기간 중에 임용되는 것이 불법은 아닌지 물었다. 직원은 강 선생이 교단에 설 수 없다면 자신이 여기까지 찾아왔겠느냐며, 교사가 쉰 명이나 부족하다며 책임지고 행정 처리를 다 끝내 놓겠으니 출근 준비를 서두르라고 했다. 개소주를 두 병이나 마시고서야 겨우 기력을 회복했다. 첫 발령지는 산청이었다.

그리고 지금까지 교사를 천직으로 알고 살았다.

아내는 열한 번, 그는 열세 번 학교를 옮겼고, 정우와 현애도 대학 입학까지 네 번이나 전학을 다녀야만 했다. 둘 중 하나는 교직을 이어받았으면 했지만 강권하지 않았다. 아이들은 기대보다도 훨씬 더 잘 자라 주었다. 법대를 나온 정우는 고시에 붙어 대전 지방 법원 판사가 되었고 영문과를 나온 현애는 동화 전문 번역가로 벌써 책을 아홉 권이나 냈다. 오빠보다 먼저 시집간 현애는 아들딸 쌍둥이를 낳은 후에도 번역 일을 게을리하지 않고 있다. 어려서부터 악착같고 욕심 많은 아이였다.

올 여름 석사 학위를 받는 것으로 필요한 점수를 모두

채운 후 교감으로 승진하면 미뤄 두었던 정우 혼사부터 치를 예정이었다. 교제하는 아이가 의사 집안이라고 하니 속된 말로 교감 정도는 되어야 어울릴 성싶었다. 작년 봄 날벼락만 치지 않았다면 그렇게 자식 농사도 평교사 생활도 조용히 마무리 지을 수 있었을 것이다.

강 교무는 교장실에서 이 질긴 싸움의 원인이 된 공문을 받아 읽었다. '강동식' 이라는 이름과 '해임 및 임용 취소 예정' 이라는 글씨만 유난히 굵었다. 그 아래 빛바랜 사건 하나가 무뚝뚝하게 적혀 있었다. 집행 유예 기간과 교사 임용 날짜에 붉은 줄이 그여 범법 사실을 분명히 밝히고 있었다.

핸드폰을 들고 운동장 옆 화단으로 나와 정우에게 전화를 걸었다. 석방 후 단 한 번도 거론한 적이 없기에 자식들도 모르는 사건이었다. 강 교무는 동료 교사 일이라고 둘러대며 도움을 청했다. 정우는 설명을 듣자마자 법률 조항을 딱딱하게 외웠다. 서울에서 법대를 다닌 후로는 사투리까지 고쳤다.

"아하, 그거요. 아버지! 국가 공무원법 33조를 보면, 금고 이상의 형을 받고 집행 유예 기간이 완료된 날로부터 2년을 경과하지 아니한 사람은 공무원에 임용될 수 없어요. 한데 그 선생님은 집행 유예 기간이 끝나기도 전에 교사로 나갔으니 당연히 위법이죠. 임용 취소와 해임이 당연합니다."
강 교무는 왼 주먹을 쥐며 겨우 목소리를 진정시켰다.
"팽생 팽교사로 헌신한 사람이그든. 시말서 한 번 쓴 적 읎고, 결석도 그 오랜 세월 동안 단 하루도 안 했는데……."
"그런 거 다 소용없어요. 임용 전 결격 사유가 있으면 당연 무효니까요. 최초 임용 일자로 소급 적용해서 임용을 취소해야 합니다. 며칠 전 뉴스에서도 행정자치부 장관이 결격 사유가 있는 공무원들을 모두 찾아 해임하겠다고 하지 않았습니까?"
"소, 소급 적용이라꼬? 팽생 선생 노릇 한 기 도로아미타불 된다 이기가? 우째 그런 일이 있을 수 인노?"
정우는 곧 재판이 있다며 서둘러 전화를 끊었다.
교무실로 들어서는데 핸드폰이 울렸다. 아내였다.
"곧바로 집으로 오이소. 알았지예?"
벌써 소식이 닿은 것이다. 조남덕의 얼굴이 눈앞을 스치고 지나갔다.
"회식 있다 안 했나?"
"지금 회식이 문젭니꺼? 바로 오이소. 아아들도 다 오라 캤어예."
"정우도? 정우한테 뭐라 캤는데?"

벌컥 화를 냈다. 아내 목소리도 덩달아 높아졌다.

"머라 카긴예, 니 아부지 짤리게 생겼다 했지예."

"그딴 소린 와 하노?"

잔뜩 찌푸린 정우 얼굴이 떠올랐다. 괜히 일을 크게 만든다는 생각부터 들었다. 평생 아이들만 가르친 나를 왜 갑자기 쫓아낸단 말인가. 교사로 임용된 것부터가 잘못이었다는 불명예까지 덧씌우다니. 착오겠지. 그때 분명히 따져 묻지 않았던가. 집행 유예 기간인데도 교사로 나가는 데 문제가 없느냐고. 한데 이제 와서 내 인생 전부를 망가뜨릴 이유가 무엇인가.

강 교무보다 동료 교사들이 그 일을 더 심각하게 받아들였다. 회식에 참석하겠다는 강 교무를 억지로 돌려보낸 것이다. 회식비만 겨우 쥐어 주고 돌아오는 길이 편치 않았다. 각기 다른 교원 단체에 속해 만나기만 하면 으르렁거리는 교사들의 화합을 위해 특별히 마련한 자리였다. 1차 저녁 식사는 물론 2차 노래방까지는 책임져야 하는데, 자리를 비운 동안 혹여 마찰이나 생기지 않을까 염려스러웠다.

현애가 현관문을 열어 주었다. 아내와 정우도 종종걸음으로 나와 섰다. 강 교무는 왼쪽 벽에 큼지막하게 붙은 사진을 바라보았다. 정우가 고시에 합격하던 날 정장을 뽑아 입고 찍은 가족 사진이었다.

"바쁠 텐데 우얀 일고? 현애 니는 비행기 타고 왔나? 요새 비행기 삯이 얼만데……."

"아부지! 지금 비행기 삯이 문젭니꺼?"

현애는 오빠보다도 더 오래 서울 생활을 하고도 사투리를 버리지 않았다.

"쌍둥이는 우야고?"

"어머님이 봐 주시기로 했어예."

"안사돈이 힘드시겠구마. 이레 폐를 끼쳐서 우야노……."

"아부지!"

현애는 말을 자른 후 강 교무 등을 떠밀었다.

침묵이 흘렀다. 강 교무는 둘러앉은 식구들의 숨소리를 듣기가 힘들었다. 오늘도 침묵을 깬 것은, 그들 부부가 조금이라도 힘든 기색이면 먼저 웃고 노래하던 딸아이였다.

"이대로 있으믄 안 됩니더. 제가 물어물어 알아보이 아부지처럼 임용 취소될 처지에 놓인 교사가 2000명이 훨씬 넘는다 합니더. 다른 도에선 벌써 싸우기 시작했어예. 아부지도 싸우이소."

정우가 현애를 나무랐다.

"가만있어. 날뛴다고 해결될 일이 아니야."

현애가 정우의 말꼬리를 물었다.

"날뛰가 해결 안 되믄 우예야 하는데? 오빠 말은 앉아서 그냥 당해라 이기가?"

"누가 그냥 당하래? 흥분해서 날뛴다고 이로울 게 없단 소리지."

"지금 안 날뛰게 된나? 울 아부지가 누고? 학교뿌이 모르고 평생 아아들만 가르치며 지내 오신 분 아이가? 그란데 이제 와서 아부지를 범법자로 몰다니, 그게 할 짓이가? 내는 오빠만큼 법은 모르지만 이라믄 안 된다. 이건 국가가 할 짓이 아인 기라."

아내가 현애 역성을 들고 나섰다.

"안 되지. 안 되고말고. 딴 사람은 몰라도 니 아부지한테 이카믄 안 되는 기다. 이제 와서 와 이런 짓을 하는 기고? 대통령 바뀌고 나라가 뒤집히도 넘어갔던 옛날 일을 와 몽땅 뜯어내서 이카는 긴데?"

강 교무도 그것이 궁금했다. 정우가 그들 부부를 쳐다보며 짧게 답했다.

"IMF 때문입니다."

"알긴 아는구마."

정우가 현애를 노려본 후 말을 이었다.

"나라 형편이 어려운 건 아시죠? 외환 보유고가 부족해서 IMF 자금을 빌려 쓴 것도 아실 거구요. 기업은 물론이고 강남 노른자위 땅도 외국에 속속 팔려 나가고 있습니다."

아내가 고개를 갸웃거렸다.

"금 모으기 할 때 나도 반지캉 목걸이캉 내긴 했지. 그란데 IMF캉 니 아부지 일이 무신 상관이 인노? 답답하구마."

"나라에선 긴축 재정을 할 수밖에 없는 겁니다. 공무원 수를 대폭 줄이고 있지요. 구조 조정으로 불필요한 인원을 정리하고, 또 애초에 공무원 부적격자였던 사람들을 가려내 해임하기로 정한 겁니다."

현애가 제 가슴을 치며 화를 냈다.

"나라 갱제 말아먹은 놈이 눈데, 종로에서 뺨 맞고 와 울 아부지한테 화풀이고? 오빠 니는 그걸 다 알고도 싸우지 말라 카나?"

정우는 바위 같은 아이였다. 승산 없는 싸움은 시작하는 법이 없다.

"주변 정황을 살피면 그렇단 말이지. 법으론 전혀 하자가 없어. 넌 아버지가 전교조 사람들처럼 길바닥에 나앉으셔야 한다는 게야?"

그건 정우 지적이 옳았다. 강 교무는 전교조에 속한 젊은 교사들을 비판적으로 대해 왔다. 특히 교사들이 노동자처럼 단체 행동을 하고 학생들을 가르쳐야 할 시간에 거리로 나서는 것은 인정할 수 없었다. 교사가 있어야 할 자리는 누가 뭐라고 해도 학생들이 있는 교실이다. 정우는 강 교무가 내놓은 공문을 흘끔 내려본 후 물었다.

"다른 통보는 없었습니까?"

황당한 소식이 여기에 그치지 않는단 말인가. 강 교무가 천천히 고개를 저었다.

"아마도 처결하는 기관이 달라 그런 것 같습니다. 며칠 내에 공무원 연금 관리 공단에서 비슷한 공문이 내려올 겁니다."

"공무원 연금 관리 공단? 그건 또 머냐? 호, 혹시?"

아내의 아랫입술이 파르르 떨렸다. 정우가 불길한 예감을 사실로 확인해 줬다.

"본인이 납부한 기여금을 제외하곤 퇴직금을 거의 받지 못할 겁니다. 임용 취소의 경우엔 임용 시점부터 공무원 신분이 아니니까, 공무원 연금법 적용 대상에서 제외되는 것이지요."

현애가 확인하듯 물었다.

"그 말은 먼데? 퇴직금도 몬 준다 이기가? 연금도 읎다 이기가? 이런 도둑놈들이 어데 인노? 나라가 도둑질을 하믄 도둑놈은 누가 잡노?"

아내가 마른침을 삼킨 후 이어서 따졌다.

"돈을 안 주겠다는 건 돈만 안 주겠다는 기 아이다. 희망을 짓밟는 짓인기라. 퇴직 후엔 연금이 얼마 나온다, 일시불로는 얼마다 친절하게 설명한 안내장을 받아 들 때, 그 행복 너거는 모를 끼다. 퇴직 후엔 니 아부지하고 내 앞으로 나오는 연금 가지고 너거들 신세 안 지고 또 편안히 여행도 다니고 그라자고 다짐하고 또 다짐했는데. 인자 와서 돈을 몬 주겠다꼬."

"지난 12일 서울고법에서 결격 공무원에 대한 임용 취소는 정당하며 퇴직금은 지급할 의무가 없다는 판결이 났습니다. 지금으로선 공무원 연금법의 적용을 받는 건 불가능합니다."

"청천벽력이 따로 읎네. 마른하늘에 날벼락이여. 나쁜 짓 한 번 안 하고 바르게만 살아온 양반한테, 대한민국이 이칼 수는 읎다. 이래 대한민국 교사를 직일 순……."

기어이 아내는 정신을 놓았다. 정우와 현애가 급히 아내를 종합 병원으로 옮겼다.

강 교무는 처음으로 이틀을 연달아 결근했다. 새벽에 정우와 현애를 대전과 서울로 각각 올려 보냈던 것이다. 정우는 재판 일정 때문에 어차피 올라갈 처지였지만 현애는 사나흘 더 간병을 하겠다고 고집을 부렸다. 강 교무는 사돈에게까지 일이 알려지는 것을 원치 않았다. 자신에게 덧씌워진 불행이 정우와 현애에게 옮겨 가는 것만은 막고 싶었다.

아내의 병명은 급성 갑상선염이었다. 가족력을 아무리 살펴도 갑상선염을 앓은 사람은 없었다. 의사는 갑작스러운 스트레스 때문에 병이 나는 경우도 있다고 했다. 진정제를 먹고 곤히 잠든 아내의 머리맡에서 강 교무는 처음으로 눈물을 흘렸다. 아내가 깰까 봐 양손으로 입을 막고 소리를 삼키며 가늘게 울었다.

고개를 들어 머리맡에 있는 야광 탁상시계를 살폈다. 4시 30분.

그날부터 아내는 새벽잠이 늘었다. 결혼 후 새벽밥을 짓는 것은 아내 몫이었는데, 이제 새벽 운동을 마친 후 채식 위주로 식탁을 꾸미는 것은 강 교무 차지였다. 아내는 졸린 눈을 비비며 "지가 해야 하는데예, 지가 해야 하는데예." 하며 안타까워했다. 그때마다 강 교무는 아내를 이불 속으로 밀어 넣으며 "인자부턴 내가 할게." 하며 눈으로 웃었다. 아내는 7시 30분이 넘어서야 겨우 눈을 뜨고 정신을 차렸다. 마침 학교가 걸어서 3분 거리였기에 늦잠을 자고도 출근 시간을 맞출 수 있었다.

아내 이마를 손바닥으로 짚었다. 눈가 주름이 손끝에 걸렸다. 깊은 상심의 증거였다.

"으응!"

아내가 실눈을 떴다. 강 교무는 이마로 흘러내린 머리카락을 쓸어 올린 후 이불을 고쳐 덮어 주었다.

"더 자그라."

아내 입가에 옅은 미소가 번졌다가 이내 잠 속으로 사라졌다.

건넌방으로 가서 조심조심 양복을 꺼내 입었다. 아내가 미리 다려 놓은 와이셔츠의 곧은 어깨선에 잠시 뺨을 대 보았다.

두 달 전부터 새벽 운동을 시작했으니 소리를 내더라도 아내는 의심하지 않을 것이다. 그래도 강 교무는 고양이 걸음으로 베란다까지 가서 전깃줄을 챙겨 들고 현관으로 나왔다. 구두를 신고 현관문을 열었다. 턱, 무엇인가가 밟혔다. 벌써 조간 신문이 온 것이다. 신문을 옆구리에 꼈다.

수소문 끝에 찾은 낡은 주공 아파트에서도 이렇게 조간 신문부터 집어 든 적이 있었다.

그때 쌓인 신문은 다섯 부가 넘었다. 적어도 닷새는 바깥 출입을 하지 않은 것이다.

이름 석 자만 가지고 직원을 찾는 것은 쉽지 않았다. 그가 벌써 20년도 전에 직장을 그만둔 탓이기도 했다. 초인종을 눌러도 감감무소식이었다. 문을 두드리며 소리쳤다.

"윤재남 씨! 윤재남 씨, 기십니꺼?"

잠시 후 겨우 문이 반쯤 열렸다. 흔들리는 눈동자가 말쑥한 양복 차림의 강 교무를 아래위로 훑어내렸다.

"저 강동식임니더. 기억하시겠심니꺼?"

사내 눈동자는 여전히 불안했다.

"오래전에 상봉동 제 집에 오시지 않았심니꺼? 아름드리 느티나무 뒤에……."

사내가 왼팔을 쭉 뻗어 신문부터 빼앗았다. 오른 다리를 심하게 절고 허리띠를 붙든 오른팔은 심하게 휘었다. 입을 열 때마다 대나무 잎처럼 갈라진 흰 수염 사이로 침이 흘렀다.

"여긴…… 어쩐 일……이슈?"

다행히 강 교무를 알아보았다.

"부탁드릴 일이 있어서, 요래 왔심니더."

20년 전 실직도 중풍 때문인 듯했다. 윤재남은 손바닥으로 침을 닦은 후 왼편으로 비켜섰다.

"들……어오……슈."

강 교무는 오렌지 주스 세트를 신장 옆에 놓고 거실로 들어섰다. 낡은 교자상 위에 라면과 김치가 놓여 있었다. 윤재남은 왼 뺨을 심하게 일그러뜨리며 웃었다.

"부탁…… 뭡니까?"

강 교무는 믿기 힘든 불행을 간략하게 털어놓았다. 윤재남은 설명이 다 끝나기도 전에 피식 웃었다.

"그, 참, 미친 놈들이네…… 단군 할배 적 일을…… 그래서?"

"확인서 한 장만 써 주이소. 그때 교사가 부족해가 집행유예 기간인 줄 알면서도 교직을 권유했다는 내용이믄 됩니더."

윤재남은 왼눈을 크게 뜨고 강 교무를 노려보았다. 오른눈꺼풀이 눈동자를 반도 넘게 가리는 바람에 왼눈이 더욱 커 보였다. 거절해도 별다른 도리가 없었다. 윤재남은 이미 교육계를 떠났고 아픈 몸을 다스리기에도 벅차 보였다. 왼눈이 작아지면서 입 초리가 따라서 올라갔다. 승낙의 웃음인지 거절의 비웃음인지 가늠하기 어려웠다.

"그, 그럽시다……. 안됐우."

재남이 써 준 확인서를 들고 교육청으로 찾아갔다. 강 교무는 표정이 한결 밝아졌다. 이 확인서만 내면 교육청이 어떻게 자신을 임용했는가가 명백히 밝혀질 것이고 불행의 먹구름도 걷히리라. 자신이 결코 범법자가 아님을 인정해 주리라.

교육청에서 그를 맞이한 조남덕은 확인서를 읽으려고도 하지 않고 강 교무를 휴게실로 끌고 나왔다. 혀를 끌끌 차며 꾸짖기부터 했다.

"이런 거 가져와서 뭘 어쩌자고? 책상 위에 벌써 소명서가 그득 쌓여 있다네. 자네보다 딱한 사람이 한둘인 줄 아는가? 괜히 밉보이지 말고 가만히 있게. 내 따로 연락함세."

"그캐도, 그캐도!"

교육청에서는 처음부터 소명 따윌 받아들일 의지가 없었다.

평소 오가는 산책길 대신 북쪽 길을 택했다. 말쑥한 양복 차림으로 산을 오르는 모습을 이웃들에게 들키기라도 하면 의심을 살 것이다. 전깃줄로 신문을 둘둘 말아 뒤춤에 꽂았다.

그 후 일 년 반은 숨이 턱턱턱 막히는 나날이었다.

강 교무가 처음부터 집회에 참석한 것은 아니었다. 시내에서 마련된 대책위 모임에 참석하라는 연락도 세 번이나 받았지만 나가지 않았다. 다른 도에서는 곧바로 해직에 들어간다는 소문이 돌았으나 아직 이곳은 별다른 통보가 없었다. 그사이 임용 취소 공무원들의 복직을 불허한다는 당정 협의회의 엄포도 나왔고 임용 취소 후 구제 방안을 찾아보라는 국무총리의 당근 얘기도 들렸다. 그러나 임용을 취소하겠다는 결정만은 불변이었다.

초여름 열기가 시작될 즈음 강 교무는 서울에서 열린 전국 모임에 처음으로 참석했다. 도별로 흩어져 항의하고 싸우는 데 한계를 절감한 대책위가 단합을 위해 마련한 자리였다. 조남덕은 그 모임에 참석하지 말라는 전화를 두 번이나 걸어 왔다. 조남덕이 왜 구태여 고생하러 가느냐고 묻자 강 교무는 딱 한마디 읊조렸다.

"괭이를 물 자신은 읎지만…… 꿈틀거리기라도 해야 안 되것나?"

저녁 집회를 하고 낯선 대학 강당에서 하룻밤을 보냈다. 팔도 사투리가 섞인 모임을 마치고 스티로폼을 깔아서 임시로 마련한 잠자리에 눕자마자 여기저기서 코고는 소리가 들려왔다.

"평택에서 온 황명수요. 대책위 총무를 맡고 있우다."

곁에 누운 사내가 통성명을 해 왔다. 눈이 부리부리하고 광대뼈가 튀어나와 붙임성이 좋아 보였다.

"진주에서 온 강동식임니더."

"난 쉰여섯이오만……."

"동갑임니더."

"그렇군요. 나랑 엇비슷하다 보았소. 한데 무슨 일로 범법자가 되셨소?"

황명수는 '범법자'란 단어에 코맹맹이 소리를 덧붙였다. 강 교무가 웃으며 선선히 답했다. 어차피 여기 모인 교사들은 모두 범법자로 낙인 찍힌 자들이다.

"버스 운전을 했심니더. 안전 사고를 냈는데, 일이 잘못

돼서 징역 1년 집행 유예 2년 받았심더."

"집행 유예 기간이 나랑 같구먼."

"황 신생도 그럼?"

"아니오. 난 닭서리를 하다 걸렸다오."

"닭서리라꼬예?"

"철부지 시절에 친구들이랑 옆 마을로 닭서리를 갔다오. 두 마리를 훔쳐 나오다가 나만 딱 잡혔소. 한데 주인 곰보 영감이 고약한 양반이라 그동안 없어진 닭 서른 마리랑 소 두 마리 값을 내라고 했다오. 못 낸다고 버텼더니 징역 1년에 집행 유예 2년이 떨어지더군. 석방되고 한 달 만에 자리가 나서 갔소이다. 기억에도 가물가물한 시절 닭 두 마리 슬쩍한 일이 내 인생을 이렇게 망쳐 놓을 줄 누가 알았겠소? 코미디요 정말."

행정자치부 장관 면담은 이루어지지 않았다. 형평성 문제라고 했다. 이번에 적발된 부적격자 중에는 교육 공무원뿐만 아니라 일반 공무원들도 상당수 있는데, 교육 공무원만 특별히 구제할 수 없다는 이상한 논리였다. 행정자치부 앞에서 구호를 외치며 항의했지만 전투 경찰의 억센 힘을 당할 수 없었다.

귀향한 강 교무는 저녁마다 두 시간 남짓 따로 시간을 냈다.

대책위에서 그의 별명은 '청소반장'이었다. 일곱 시쯤 대책위 사무실로 와서 대부분의 시간을 청소와 정리정돈으로 보냈다. 흩어진 문건을 챙겨 파일에 넣고 그날그날 특이사항을 기록하는 일 역시 자연스럽게 강 교무가 맡았다. 매주 월요일과 수요일 정기 모임 때면 둘러앉은 교사들이 시끄럽게 정부를 성토했지만 강 교무는 수첩을 펼쳐 들고 몇몇 단어를 옮겨 적는 것이 고작이었다. 일부러 발언권을 줘도 할 말이 없다며 사양했다. 모임이 끝나면 일지를 쓴 후 빗자루를 찾아 들었다.

유월이 끝날 즈음, 반가운 소식이 찾아들었다. 국회의원 151명이 임용 취소 위기에 처한 공무원들을 구제하기 위해 입법 청원을 했다는 것이다. 그러나 특별법이 제정되기도 전에 각 도 소관으로 임용 취소와 해직이 시작되었다. 특별법이 만들어질 때까지라도 임용 취소를 미뤄 달라는 호소문을 띄웠지만 행정자치부는 각 도로 책임을 돌렸고 도는 또 행정자치부로 화살 방향을 바꾸었다.

소나무 가지가 뚝뚝 부러졌다.

어떤 놈은 이미 하얗게 죽어 새끼손가락만 대도 떨어져 내렸다. 눈으로 가늠할 때는 20분이면 충분하리라 여겼다. 벌써 30분을 넘어섰지만 오르막길은 여전했다. 숨이 가빴다. 한 걸음 한 걸음 오르기는 힘들지만 굴러 떨어지는 것은 순식간이라고 했던가.

팔월, 1년 넘게 끌어오던 특별법이 제정되었다. 그 밤도 강 교무는 대책위에서 청소를 하고 있었는데 조남덕이 환하게 웃으며 찾아왔다. 소주잔이 두어 순배 돈 후 조남덕이 먼저 입을 열었다.

"아직 확정된 건 아니네만, 10년 이상 근무한 교사는 임용 취소와 동시에 모두 특별 채용할 방침일세. 자네 고생도 이제 끝이야."

강 교무가 잔을 비웠다. 조남덕이 강 교무 잔에 소주를 부으며 덧붙였다.

"경력도 대폭 인정해 줄 방침일세. 65퍼센트 정돈 될 거야. 퇴직금도 그 정돈 나올 테고."

강 교무가 낮게 되물었다.

"35퍼센트는 범법자란 소리가? 아니믄 100퍼센트 범법잔데 가여부서 65퍼센트는 용서해 준단 소리가?"

조남덕이 자기 앞에 놓인 잔을 내려다보며 인자한 표정을 지어 보였다.

"강 교무 마음 내 다 알아. 35퍼센트가 깎이면 교감 되긴 어렵겠지. 그래도 앞으로 근무할 날을 따져 보게. 해직에 비하면 천당이야 천당!"

강 교무는 잔을 비우고 자리에서 일어섰다. 조남덕이 팔목을 붙들었지만 강 교무는 손바닥을 두어 번 휘저은 후 술자리를 벗어났다.

며칠 뒤 전체 모임이 열렸다. 경과 보고가 끝난 후 이제 시 단위 모임은 정리하자는 쪽으로 의견이 모였다. 35퍼센트 깎이는 것이 억울하긴 해도 그동안 열심히 싸운 덕분에 특별 채용을 이끌어냈다는 자화자찬이 이어졌다. 강 교무는 이날도 제일 뒷자리에 앉아 교사들 이야기를 듣고 있었다. 사무실도 부동산에 내놓고 비상 연락망만 유지하기로 정할 무렵 강 교무가 조용히 자리에서 일어섰다. 시선이 일제히 강 교무의 떨리는 아랫입술로 모였다.

"이런 건 타협하는 기 아입니더. 잘못한 기 읎는데 임용 취소를 감수할 까닭이 읎습니더. 35퍼센트 삭감을 받아들일 이유도 읎습니더. 정부가 임용 취소를 철회할 때까지 싸워야 합니더."

만장일치로 모임을 정리하려던 바람은 이루어지지 못했다. 몇몇 교사들이 강 교무의 이상론을 반대하며 현실적 이익을 강조하는 발언을 덧붙였다.

강 교무는 대책위가 해체된 후에도 매일 저녁 두 시간을 그 사무실에서 보냈다. 교사들 회비로 내던 월세를 강 교무 혼자 부담한다는 풍문이 돌았다. 처음에는 몇몇 교사들이 와서 설득도 하고 위로도 했다. 하지만 강 교무가 끝내 황소고집을 부리자 어느 날부턴가 발길이 끊어졌다.

이제 모든 것이 강 교무 몫이었다. 잠긴 문을 열고 들어가 형광등을 켠 후 창문을 열고 환기를 시키고 문건을 만들고 대자보를 쓰고 전화를 통해 다른 시도와 연락을 주고받고 청소를 한 후 문을 잠그고 나올 때까지 아무도 그를 도와주지 않았다. 강 교무는 침묵 속에서 바쁘게 움직였다. 숨이 가쁠 때도 있었지만 일을 멈추진 않았다.

오르막이 끝나고 넓은 공터가 나타났다. 긴 한숨과 함께 손바닥으로 이마의 땀을 훔쳤다.

벌써 주위가 훤히 밝아 오고 있었다.

공터를 지나 소나무 숲으로 곧장 들어갔다. 넝쿨 속에 숨겨 둔 나무 의자를 꺼내 어깨에 걸고 미리 보아 두었던 나무 아래로 갔다. 고개를 들고 가지를 살폈다. 그를 마지막 순간으로 이끌 가지는 강 교무가 똑바로 선 채 뻗은 손끝보다 1미터 30센티미터쯤 더 높은 곳에 있었다. 강 교무는 전깃줄을 어깨에 걸고 신문을 땅에 내려놓았다. 그리고 베란다에서 연습한 대로 익숙하게 둥근 매듭을 지은 후 의자를 놓고 올라섰다. 줄이 풀리지 않도록 가지에 단단히 묶었다. 목이 들어갈 둥근 허공이 달처럼 눈앞에 어른거렸다. 강 교무는 가볍게 턱을 들어 허공에 걸었다. 서늘한 기운이 발끝에서 턱을 지나 정수리까지 밀고 올라왔다. 후우, 숨을 내쉬며 눈을 감았다. 낯익은 얼굴 하나가 어둠 속에서 걸어 나왔다.

"아버지, 그만 하세요."

정우는 이번에도 강 교무를 말렸다.

"니도 천당 운운할 기가?"

"아버지 혼자 대책위 활동을 계속하신다는 소식을 듣고 처음엔 놀랐습니다. 하나 아버지라면 그러실 수도 있겠구나 하는 생각이 들었답니다. 아버진 항상 전부를 던지는 방식으로 지금까지 살아오셨으니까요. 남들보다 한두 걸음 늦을 수는 있지만 마음을 정하면 그 뜻을 이룰 때까지 끝까지 가실 분입니다. 하지만 이젠 됐습니다. 지금까지 하신 것만으로도 충분합니다."

강 교무 목소리가 높아졌다.

"니도 내가 틀렸다는 기가?"

정우가 고개를 가로저었다.

"독일이나 미국에서라면 아버지가 옳습니다. 그 나라에선 소급해서 임용을 취소할 수 없는 법이 있으니까요. 독일이 1년, 미국이 3년이더군요. 국가는 그 기간 동안 공무원 자질을 검토해야 합니다. 국가가 그 의무를 다하지 못해 문제가 생기면 당연히 국가가 책임을 져야 한다는 겁니다. 아버지, 하지만 여긴 독일도 아니고 미국도 아니고 한국입니다. 우리 법에는 소급 임용 취소를 금하는 법이 아직 없습니다. 차차 만들어야겠지만 지금은 아닙니다. 그러니 제발 이제 무거운 짐 내려놓으세요."

강 교무가 정우를 향해 눈으로만 웃어 보였다.

"정우야! 미국이나 독일에선 옳고 한국에선 옳지 안는 일이란 읎다. 사람 된 도리는 미국이든 독일이든 한국이든 마찬가지다. 애비는 고래 믿고 지금꺼정 살아왔다. 그 믿음이 무너지믄 학생들 얼굴을 우예 보노?"

"그래도 아버지만 이렇게까지 하실 필욘 없잖아요?"

"누가 하느냐는 중요하지 않다. 이게 대충 손 잡고 은근슬쩍 넘어갈 문제가 아니란 걸 밝히믄 돼."

"아버지!"

"고맙다. 그캐도 이 애비 걱정이 돼싸서 독일 법 미국 법을 뒤지 보았구나. 됐다. 고마 가거라."

강 교무는 턱을 들고 의자에서 내려왔다.

넥타이를 고쳐 맨 후 천천히 신문을 폈다. 왼 무릎을 꿇고 앉아 신문 위에 구두와 손목시계, 그리고 1999년도 교사수첩을 놓았다. 바람 속 흙먼지가 교사 수첩을 덮었다. 교, 사, 수, 첩. 넉 자를 검지로 짚은 후 일어섰다. 다섯 걸음 나아가서 나무 의자에 올라 목을 걸면 준비한 순서가 끝나는 것이다.

한 걸음, 두 걸음, 세 걸음 나아가던 강 교무가 갑자기 멈춰 섰다.

뒷걸음질 쳐서 쪼그려 앉은 후 교사 수첩에 가려진 사회면 하단 기사를 읽었다.

임용 취소 교사 자살.

신문을 들고 일어섰다.

평택의 한 초등학교 교사 황 모 씨(57세)가 임용 취소 완전 무효화를 주장하며 10월 4일 학교 뒤 야산에서 스스로 목을 매 숨졌다.

강 교무는 신문을 아기 어르듯 품에 안았다. 황명수의 부리부리한 눈이 또렷하게 떠올랐다. 모래성이 무너지듯 두 무릎이 꺾였다. 굵은 눈물이 뺨을 타고 턱끝에서 뚝뚝 떨어졌다. 번데기처럼 허리를 숙이고 벗어 놓은 구두에 이마를 박은 채 격한 울음을 터뜨렸다. 죽음을 독촉하는 원이 허공에서 홀로 흔들렸다.

(2005)

진해로부터 29년

아버지는 명태 대가리를 그냥 버렸다고 밤새 어머니를 닦달하는 그런 사내였다.

"네 아버지는 어떤 분이니?"
국민학교 1학년 때 나는 이렇게 대답했다.
"간첩이에요."

"며느리 사랑은 시아버지라는데……."
아내는 시아버지의 부재를 아쉬워한다. 어머니는 종종

아내에게 아버지와 보낸 행복했던 한때를 스쳐 지나듯 말한다. 나는 슬그머니 그 자리를 벗어난다. 고부간 대화가 길어진다.

"그래서요?"

아내는 눈동자를 반짝이며 어머니를 재촉한다.

"그래서……."

어머니는 사진첩을 내오기도 하고 아버지의 육성 기도가 담긴 카세트 테이프를 틀기도 한다.

나는 스물여덟 봄에 해군 장교로 입대했다. 스물일곱 봄에 결혼을 했고, 스물여섯 봄에 소설가가 되기로 마음먹었다. 스물다섯 봄에는 노동자 문화 교실 강사 자리를 그만두었다. 그때 처음 나는 내가 할 말이 많은 사람이란 걸 알았다. 아버지에 대한 이야기들이 가슴에 가득 쌓여 있었다.

마산시 창원군 연덕동에서 평안도 말씨를 구사하는 사람은 아버지와 평안의원 원장 아줌마뿐이었다. 평안의원 원장 아줌마는 흥남 부두에서 배를 타던 이야기를 자주 했다.

"기냥 남아 있을걸 그래서!"

그냥 남아 있었다면 머리에 기다란 뿔이 난 빨갱이가 되었을 것이다. 나는 아줌마와 아버지의 머리를 유심히 살폈다. 뿔을 떼어낸 흔적은 없었다.

아버지의 낮잠은 참으로 길고 지루했다. 점심을 먹고 아버지는 한 시간 내내 왼쪽으로 누워 잤다. 아버지의 잠든 모습을 한참 동안 바라보다가 마당으로 나왔다. 뜨거운 오후의 태양이 머리 위에 떠 있었다.

아버지는 취미가 바둑이었다. '강한 1급'으로 통했다. 외할아버지도 1급이었는데, 아버지는 판판이 외할아버지에게 졌다. 그런데 아버지가 손쉽게 이기는 상대한테 외할아버지가 불계패하는 것을 여러 번 보았다.

"상대적이니까 기래."

나는 '상대적'이란 말을 이해하지 못했다. 그저 아버지가 '일부러' 져 준다고 생각했다.

영화 감상이 아버지의 또 다른 취미였다.

지금 생각하면, 영화 감상은 아버지의 또 다른 삶이었다.

아버지는 닥치는 대로 영화를 보았다. 주말의 명화에서부터 시작해서 「전투」 같은 텔레비전 시리즈물은 기본이었고, 나와 함께 「마징가 Z」, 「아톰」 따위의 만화 영화도 보았다.

아버지는 아무런 말도 없이, 저녁을 먹고 훌쩍 사라졌다가 자정이 가까워서야 상기된 얼굴로 돌아왔다. 어머니는 몇 시간이나 바위처럼 꼼짝도 않고 기다렸다. 그렇다고 어머니가 영화관에 함께 가자고 조른 적은 없다. 어머니는 단지, 영화관에 갈 때는 간다고 말하고, 영화 한 편을 서너 번씩 보지 말고, 적어도 밤 10시까지는 귀가해 달라고 했을 뿐이다. 그 요구는 번번이 묵살되었다.

영화를 시작하기에는 너무 늦었다는 생각을 자주 한다. 아버지도 언젠가 나처럼 체념했던 게 아닐까? 늦었다는 것을 안 이후에는 변두리를 두리번거리는 것 외에 다른 방도가 없다.

촬영 감독과 편집자, 영화 음악가까지 세세히 기억하는 아내가 부럽다. 나는 아버지를 닮아서 주연 배우 이름 말고는 모른다. 동유럽 영화인 경우 주연 배우 이름도 틀리게 외우는 경우가 많다.

전인권은 '언제나 영화처럼, 언제나 영화처럼, 언제나 영화처럼, 언제나 영화처럼, 언제나 영화처럼, 언제나 영화처럼, 언제나 영화처럼' 만 노래했다. 나는 아버지를 석고상처럼 세워 둔다. 사자(死者)에게 생명을 불어넣고 말하고 춤추고 노래하게 하기에는 너무 많은 희생이 따른다. 만약 내가 영화의 한 인물이 된다면……. 나는 영화처럼 아버지를 추억할 것이다. 그러나 나는 '언제나' 영화 밖에 있고 싶다. 관객 자리에 꼼짝 않고 앉아서 졸거나 몽상하고 싶다.

아버지의 키는 177센티미터다. 줄자로 재거나 아버지로부터 직접 들은 적은 없지만 나는 늘 아버지 키가 177센티미터라고 믿었다. 스무 살에 징병 검사를 받았을 때 내 키는 175센티미터였다.

"어쩜, 네 아버지보다 딱 2센티미터가 작구나."

어머니 말을 듣고는 내 믿음이 사실이었음을 알았다.

아버지는 큰 키만큼이나 빨리 걸었다. 모처럼 마산 시내로 외식을 하러 나오면 아버지는 성큼성큼 앞서 걸었고 나는 아버지를 뒤쫓아 종종걸음을 치면서 자꾸 뒤를 돌아보았다. 어머니와 거리가 점점 멀어졌지만 아버지는 결코 걸음을 늦추거나 뒤돌아보지 않았다. 신기한 것은 아무리 어머니가 뒤처진다고 하더라도 아버지와 나를 찾지 못한 적이 단 한 번도 없다는 사실이다. 어머니는 아버지의 행로를 훤하게 아는 것처럼 느릿느릿 걸음을 옮겼다.

아이 양손을 엄마, 아빠가 나란히 잡고 걸어간다. 고개를 돌려 외면한다. 우리 가족은 경보 경주를 하는 것처럼 곧장 앞만 보고 걸었다.

해군 장교 지원서를 내기 위해 진해로 내려왔을 때, 생면부지들이 손을 꼭 잡고 눈물을 글썽이거나 필요 이상으로 힘을 줘서 내 어깨를 지그시 눌렀다.

"어머님을 잘 위해 드리게."

"자네 춘부장은 멋진 사람이었지!"

세 이모를 통해 나는 어머니의 젊은 날을 다소나마 알고 있었다. 그러나 큰아버지와 두 삼촌은 한 번도 아버지의 젊은 날을 말해 주지 않았다. 오히려 진해에서 처음 만난 사람들에게서 나보다도 어린 아버지의 젊은 날을 보았다.

스무 살엔 가슴속에 자기만의 대륙을 만들어야 한다.

나는 진해시 충무동 28번지의 다다미방에서 태어났다. 내가 태어나고 얼마 되지 않아, 아버지와 어머니는 서울 생활을 청산하고 낙향했다. 그때까지 아버지는 영등포에 있는 도루코 면도날 회사에 다녔는데, 외할아버지의 동생(나는 그를 '일본 할배' 라고 불렀다.)이 창원군 연덕동에 공장을 차리면서 아버지에게 도움을 요청한 것이다. 아버지는 평사원에서 단번에 상무 이사가 되었다. 서른도 채 되기 전 일이었다. 오랜 시간이 지난 후 아버지가 사업을 시작하면서 사람들이 아버지를 '김 사장' 이라고 부르는 것을 들었다. 그때마다 아버지는 부끄러운 듯 고개를 숙이고 웃었다.

아버지가 '김 상무' 로 불리는 동안 우리 가족은 회사 사택에서 지냈다. 회사 이름은 한흥산업주식회사였고 주로 수출용 개목걸이를 만들었다. 동네 사람들은 회사를 '개구리 공장' 이라고 불렀다. '개목걸이' 가 '개걸이' 가 되고, 다시 '개고리' 가 되었다가 마지막으로 '개구리' 로 변한 것이다.

일본 할배는 젊은 날 야쿠자였다. 팔뚝에 칼자국이 어지럽게 나 있었다. 아버지는 일본 할배 말을 따랐다. 일본 할배에게 대든 사람은 어머니뿐이었다. 일본 할배가 마산에 현지처를 두고 있다는 사실을 안 후 어머니는 일본 할배가 묵는 호텔로 찾아갔다. 이상한 건 나를 데리고 간 것이다. 일본 할배는 냉장고에서 박카스를 두 병 꺼내 내밀었다.

"숙모는 어떻게 하고 이러시는 거예요?"

일본 할매는 일본 여자였다.

"시끄, 네가 뭘 안다고……."

일본 할배는 역정을 냈다.

"그래도 이러시는 게 아니지요."

아버지는 밤을 꼬박 새워 어머니를 꾸짖었다. 일본 할배 앞에서는 그렇게 당당하던 어머니가 아버지 앞에서는 아무 말도 못 했다. 아버지는 내일 당장 만나 뵙고 사과를 드리라고 했다. 어머니는 그러겠다고 선선히 대답했다. 다음 날 어머니는 아침부터 저녁까지 밀린 빨래만 해 댔다.

사택은 방이 두 개에 부엌과 수세식 화장실이 딸려 있었다. 방과 방 사이에는 여닫이문이 있었다. 흑백 텔레비전은 안방에 있었다. 밤 9시가 되면 아버지는 여닫이문을 닫고 주말의 명화나 일일 드라마를 보았다. 나와 동생은 잠든 체하며 숨을 죽이고 문틈으로 들려오는 소리에 귀를 기울였다. 소리를 들으며 텔레비전 화면을 상상했다. 그러다가 스르르 잠이 들면 그 밤 내내 꿈을 꾸었다. 텔레비전에서 드라큘라 영화를 방영한 날, 나는 가위에 눌려 식은땀을 뻘뻘 흘리며 헛소리를 했다. 크리스마스 전날에는 장발의 삼손이 되는 꿈을 꾸기도 했다.

아버지는 고등학교 동기생들과 횃불회라는 친목 단체를 만들었다. 회원들 간에 기쁨과 슬픔을 함께 나누기 위해 매달 회비를 거두었다. 아버지의 죽음은 횃불회가 맞은 첫 번째 상사(喪事)였다.

"너도 술 많이 먹지?"

아버지처럼?

"……."

상공회의소 소장인 최 사장 역시 횃불회 멤버였다.

"술을 먹더라도 항상 이것만은 명심해라. 네 할아버지도 술고래셨다. 그러다가 풍을 맞았지. 네 아버지도 마찬가지고. 그러니까…….”

나도?

“…….”

술과 풍과 죽음을 곱씹으며 최 사장과 헤어졌다. 참으로 위험한 가계라는 생각이 들었다.

아버지는 맥주를 좋아했다. 술을 마신 후에도 전혀 티를 내지 않았다. 취한 아버지를 본 적이 없다. 댓병 소주를 끼고 진해 생활을 시작한 할아버지는 늘 술에 절어 시장통을 어슬렁거렸다는데……. 어머니 기억이 정확하다면 아버지는 할아버지와는 다른 방식으로 술을 마신 게 분명하다.

나는 고등학교 1학년 때부터 술을 마시기 시작했다. 국문학과에 진학한 후 학부 4년과 대학원 4년 내내 술을 마셨다. 책을 읽은 시간보다 술을 마신 시간이 곱절은 길었다. 어머니는 할아버지와 아버지의 죽음을 들이대며 나를 협박했다. 그러나 1980년대 후반에 스무 살로 접어든 내가 술을 마시지 않고 문학을 할 수 있으리라는 것은 어머니의 지나친 바람이었다.

1990년대가 올 때까지 우리는 막걸리와 소주만 마셨다. 맥주는 사치요 부패요 부르주아의 상징이었다. 1990년대가 되어 맥주를 마신 후부터 내가 아버지를 많이 닮았다는 소리를 듣기 시작했다.

대전에서 조폐 공사에 다니는 박 부장은 아버지의 대학 동기였다. 아버지는 한양대학교 공과 대학을 나왔다. 박 부장은 아버지가 대학에 입학하고 1년이 지나서야 술을 마시기 시작했노라고 말했다.

"찌는 듯한 여름이었어. 실습한답시고, 실험실에서 다섯 시간을 비비적거렸지. 돌아 버리겠더라고. 학교를 나오자마자 술집으로 달려갔지. 생맥주를 벌컥벌컥 마셔 댔어. 그리고 신나게 노래를 불렀지."

노래……. 아버지는 지독한 음치였다. 어머니가 모아 둔 사진첩에는 아버지가 마이크를 잡고 노래하는 사진이 딱

한 장 있다. 그 사진을 곰곰이 들여다본다. 아버지도 노래를 불렀다는 사실이 놀랍다. 나는 교회에서 주기도문을 외우지 않았고 아버지는 찬송을 부르지 않았다. 둘 다 그저 입만 벙긋벙긋할 뿐이었다.

아버지는 담배를 피우지 않았다. 친구 집에 놀러가서 가장 놀란 것은 거실에 유리로 만든 재떨이가 있다는 사실이었다. 우리 집에는 재떨이가 없다, 지금도.

아버지는 군것질을 좋아하지 않았다. 대신 밥을 많이 아주 많이 먹었다. 특히 국수를 좋아했는데, 아버지의 국수 그릇은 세숫대야만큼 컸다.

나는 고등학교에 입학하자마자 담배를 배웠다.

담배를 피우면 당장 퇴학이라고 학생 담당 교사가 협박하는데도 흡연자들 숫자는 하루가 다르게 늘어갔다.

"이건 마약도 아니잖아?"

FM 라디오와 함께 밤을 지내던 시절이었다. 지미 핸드

릭스, 짐 모리슨, 제니스 조플린이 마약을 하다가 죽었다는 사실을 알았다. 록 음악과 마약은 떼려야 뗄 수 없는 관계였다. 마약 대신 담배를 피우면서 록 음악을 들었다. 아무리 추운 날이라도 자기 전에는 창문을 활짝 열고 담배 연기를 모두 밖으로 내보냈다. 꽁초와 재는 원고지에 둘둘 싸서 가방 깊숙이 감추었다.

학교 뒷산에 함께 모여 담배를 피우면서 「축복합니다」 같은 노래를 부르기도 했다.

아내는 대학 1학년부터 담배를 피우기 시작했다. 국문과 여학생이 담배를 피우는 건 흔한 일이었다. 아내는 시어머니에게 흡연 사실을 들킬까 걱정을 많이 했다. 그러면서도 결코 담배를 끊지는 않았다.

"애 가질 때쯤 담밸 끊을게요."

"6개월 전에는 끊어야 한다는데……."

아내는 서울에 남았고 나는 낙향했다.

아내는 대학원에서 미학을 전공하고 싶어 했다. 아내가 소설 쓰기를 원했던 나는 아내의 대학원행을 우회로로 받아들였다. 어머니는 아내가 서울에 혼자 남는 것을 싫어했다.

"뭘 할 거냐?"

어머니는 구체적으로 무얼 할 작정인지를 물었다.

"그냥. 아직 좀 더……. 돌아다녀 보구요."

아내는 구도의 길을 원했다.

해군 장교 훈련 기간은 14주였다. 14주 내내 하루에 10킬로미터가량을 뛰었다. 완전 군장을 하고 구보를 시작하면 흘러내리는 땀과 후들거리는 무릎에 신경이 쓰였다. 그러다가 30분이 넘으면 육체적 고통은 점점 사라지고 멍한 상태로 돌입했다. 그때, 생각나는 게 바로 담배였다. 훈련 기간 동안은 절대 금연이었고 흡연을 하다 적발되면 훈련생 총원이 팬티만 입고 바다 속으로 뛰어들어야 했다. 3월의 진해 바다는 살갗을 찢을 것처럼 차고 날카로웠다.

결혼 1년 만에 다시 자취 생활을 시작했다. 가끔씩 어머니가 와서 맥주 캔이나 우유 팩에 가득 든 담배 꽁초를 버렸다. 무슨 말을 할까……. 기다렸지만 어머니는 나의 흡연에 대해 아무 말도 하지 않았다. 단지, "넌 폐가 나쁘니……." 하고 말끝을 흐렸다. 그리고 아무 데나 재를 떨지 말라며 바닥에 닻이 그려진 유리 재떨이를 사 주었다. 재를 떨려고 재떨이를 꺼내면 어머니 얼굴에 재를 터는 것만 같았다. 나는 계속 우유 팩이나 맥주 캔에 재를 털었다.

어머니는 떨어져 지낼 거면 결혼은 왜 했느냐고 물었다. 어머니는 아버지가 군대를 끝마칠 때까지, 1964년부터 1967년까지 3년을 기다렸다.

"3년이 지나면 서른인걸요. 서른까지 기다리라고 할 순 없습니다."

"그깟 3년도 못 기다리냐?"

아내도 기다릴 수는 있을 것이다. 문제는 아내가 아니라 나 자신이었다. 3년 동안 나는 또 얼마나 변할 것인가? 서른에 누군가를 새로 만나는 것은 가능하지 않다. 이런 생각으로 나는 그녀를 어르기도 하고 협박하기도 했다. 내가 군대를 만만하게 본 탓도 물론 있었다.

한 여자의 지아비가 연병장을 개처럼 기고 있다는 생각 때문에 나는 14주 내내 괴로웠다.

"여기가 김 중위님 댁이냐?"

앉은뱅이는 양손으로 동시에 땅을 밀며 다가왔다.

"……그렇지?"

아홉 살인 나는 앉은뱅이가 어디서부터 저렇게 땅을 밀며 왔을까 궁금했다. 태양이 뜨겁게 내리쬐는 여름이었다. 어머니는 일본 할배를 위해 삼각 김밥을 말아서 사장실로 나갔고 아버지는 예의 그 낮잠을 즐기고 있었다. 아버지 낮잠을 방해할 수는 없었다.

"2시까지 기다려야……."

"낮잠? 그럼 여기서 기다리지."

앉은뱅이는 몸뚱이를 털썩 떨어뜨렸다.

"미치게, 정말 미치게 찌는구먼. 씨팔! 물이나 한 잔 갖다 줄래?"

아버지는 육군 학군단 출신으로 최전방에서 소대장으로 근무했다. 앉은뱅이는 아버지 부하였다.

앉은뱅이는 얼룩무늬 잠바를 입고 있었다. 그는 안주머니에서 단도를 꺼냈다. 햇빛에 반사되어 날이 번뜩번뜩거렸다. 골을 후벼 파는 느낌이었다. 앉은뱅이는 손바닥에 단도를 딱 붙이고는 냅다 하늘을 향해 던졌다. 그러고는 내 눈동자를 똑바로 바라보면서 떨어지는 단도를 능숙하게 다시 자기 손바닥에 붙였다.

"해 볼래?"

앉은뱅이는 단도를 던질 것처럼 팔을 뒤로 휙 젖혔다. 그에게 다가가 단도를 받아 쥐었다. 그리고 고개를 들어 하늘을 쳐다보았다. 푸른 하늘이었다.

"저기, 태양을 맞혀서 떨어뜨리는 거야. 알겠지?"

나는 하늘을 향해 힘껏 단도를 던졌다. 어느 틈에 깨어난 아버지가 떨어지는 단도를 능숙하게 받았다.

"장난은 여전하구먼."

"추우웅서엉!"

아버지는 소대원을 이끌고 지뢰 해체 작업을 나갔다. 해체를 끝내고 돌아오는 길에 강 병장은 태양을 향해 단도를 던졌고 단도는 아카시아 숲으로 사라졌다. 강 병장이 단도를 찾아 숲으로 달려가는 순간, 퍼엉, 지뢰가 터졌다. 아버지 발 앞에 강 병장의 두 다리가 피를 뿌리며 툭 떨어졌다. 아버지는 강 병장을 업고 미친 듯이 달렸다. 다행히 목숨은 건졌지만 그는 영원히 두 팔로 땅을 밀며 살게 되었다.

"떨어진 것은 태양이 아니라 강 병장의 두 다리였다."

이렇게 시작하는 단편 소설을 '소설 창작론'의 학기말 과제물로 제출했다. 담당 교수는 평점과 함께 소감을 이렇게 적어 놓았다. "표절하지 말고 자신의 문체를 찾을 것. F."

그 소설의 제목은 「희생」이었다.

아버지는 자주 헛웃음을 웃었다. 원한 살 일은 미리미리 피했다. 딱 한 번 누군가가 우리 집 유리창을 돌로 깼다. 자정이 훨씬 지난 시각이었다. 깜짝 놀란 어머니는 부엌으로 피했다. 아버지는 주먹만 한 돌멩이와 깨진 유리창을 바라보며 헛웃음을 웃었다……. 기다렸지만 돌멩이를 던진 주인공은 나서지 않았다. 아버지는 어둠을 쳐다보며 꿈쩍도 하지 않았다.

아버지가 군인이었다는 것을, 그것도 최전방 지뢰 해체반 소대장이었다는 것을 믿을 수 없었다. 아버지는 지난날을 떠벌리고 다니는 소설가 지망생이 아니었던 것이다. 오늘 사진첩에서 두 다리가 멀쩡한 강 병장과 아버지가 나란히 군복을 입고 철모를 쓰고 총을 어깨에 걸친 채 진지한 표정으로 뚫어지게 하늘을 쳐다보는 사진을 찾았다. 역광이어서 배경이 하얗게 변했지만 두 사람의 눈동자만은 이글이글거렸다.

어머니가 기다리는 동안 아버지는 지뢰를 몇 개나 해체했을까?

아버지는 비비안 리나 잉그리드 버그만을 좋아했다. 나는 소피 마르소나 피비 케이츠를 바라보며 자위 행위를 시작했다. 아버지도 그랬을까?

아버지는 오입을 했을까? 아버지는 바람을 피웠을까? 아버지는 첫사랑을 했을까? 아버지는 서울에서 어떤 여자들을 만났을까? 아버지는 결혼 생활을 후회한 적이 없을까? 아버지는 할아버지에게 이런 질문들을 던졌을까?

질문을 하다 보면 어머니는 눈물을 훔친다. 괜히 머쓱해

진다. 어머니는 여기저기서 아버지의 흔적들을 끄집어낸다. 시간의 먼지가 소복이 앉은 그 흔적들을 쳐다보며 나는 더 많은 물음을 던진다. 그러나 오늘은 그만……. 어머니는 내 얼굴을 그윽이 바라보며 아버지를 꿈꾼다. 이럴 때는 아무 말 없이, 가만히, 어머니의 몽상을 도와야 한다.

아버지는 경상도 사투리를 썼다. 그러나 갑자기 화가 치밀어 오르면 이렇게 말하는 것이었다.

"뭐이 어드래?"

"뭐어야?"

그는 잔뜩 눈살을 찌푸리며 이렇게 말하곤 그만이었다. 늘 그렇게 공산주의를 이해했으며 소비에트의 몰락을 이해했고 노동자의 순결을 이해했다. 부모님이 지어 준 멋진 이름이 있었지만 그냥 '그'라고만 불러 달라고 했다. 대명사가 어울리던 시절이었다. 힘들면 노래를 불렀다. 감방에서 나왔을 때 그는, 전인권의 「여자」를 잘 불렀지만, 전인권과 결별을 선언했고 그 후로는 따분한 혁명 가요만 불러 젖혔다. 내가 지루해하면 그는 눈살을 찌푸리며 이렇게 말하곤 그만이었다.

"뭐어야?"

누가 주인이고 누가 노예인가를 따지면서부터 우리의 스무 살은 시작되었다. 쓸데없는 짓이었다. 대학의 주인은 사천만 민중이라는 것과 사천만 민중이 대학의 주인이라는 것은 차이가 없었다. 그러나 우리는 그 사이에 건널 수 없는 심연이 있다고 믿었다. 아무도 그것이 믿음인 줄 몰랐다.

아버지는 「잠언」을 읽으며 종종 밤을 보냈다.

몇 번, 아버지가 죽기 전에, 교회에서 아버지 기도를 들은 적이 있다. 평안도와 경상도 억양이 뒤섞인 채로 아버지는 더듬거리며 기도를 했다. 눈을 질끈 감고 기도를 했는데 눈가의 주름과 이마의 주름이 아버지를 더욱 나이 들게 만들었다. 아버지가 참 늙었다는 생각을 하기 시작한 것도 그 맘때 즈음이다. 갓 마흔을 넘긴 아버지가 왜 그렇게 늙어 보였던 걸까?

아내는 나에게 눈을 치켜뜨지 말라고 협박한다. 이마에 주름이 진다는 것이다. 나는, 허허, 웃으며, 아버지 얼굴을 떠올린다. 코나 턱의 생김새는 잘 기억이 나지 않지만 이마만은 선명하다. 깊게 세 줄로 파인 좁은 이마. 대학에 들어온 후 나는 한동안 머리를 길러 이마를 덮고 다녔다. 입대와 함께 머리를 짧게 자르자마자 내 이마에 그인 세 줄 주름이 너무나도 선명했다.

아버지의 글씨체는 평범했다. 그 대신 아버지가 쓴 숫자와 수학 기호들은 너무나도 날렵해서 보기만 해도 탄성이 터져 나왔다. 그는 존경받는 수학 선생이 될 수도 있었을 것이다.

국민학교 6학년 때 마산으로 전학을 왔다. 아버지는 내게 피아노를 사 주었다.

아버지가 내게 직접 무엇인가를 말했던 적은 없다. 어머니가 앞서서 말하고, 아버지는 늘 그림자처럼 뒤에 있었다.

가끔씩 몸을 흔들며……. 아버지는 가훈이나 좌우명 따위에는 관심이 없었다. 아버지가 술을 많이 마시고 왁자지껄 떠드는 모습을 상상해 보면, 저절로 웃음이 나온다.

진해 고등학교 교무 주임 선생은 지금도 아버지를 기억하고 있다. 그는 아버지보다 두 해 먼저 이 학교를 졸업했다.

"내려왔다는 말은 들었지!"

소문은 무섭다. 아직 만나지 않은 많은 사람들이 나의 낙향을 알고 있다는 것이 두렵다. 그들은 박쥐처럼 숨어 있다가 결정적인 순간에 내 발목을 잡아챌지도 모른다.

그는 창고에 가서 먼지투성이 장부를 하나 들고 왔다. 생활 기록부에서 쉽게 아버지를 찾았다. 나보다 10년 젊은 까까머리 고교생, 아버지가 나를 보며 웃고 있었다. 교모 아래 짙은 눈썹이 인상적이었다.

'근면 성실, 반공 정신이 투철함.'

아버지는 3년 동안 결석을 한 번도 하지 않았다. 석차는 전교 10등 내외였다. 취미는 영화 감상, 특기는 탁구, 장래 희망은 교사였다.

교사! 아버지는 교사가 되지 못했다. 공과 대학을 나온 후, 기계 곁에서 숨쉬고 씨름하다가 죽었다.

스물아홉 4월에 벚꽃 놀이를 나섰다. 스물여덟 4월에는 교육 사령부에서 훈련을 받느라 축제 분위기를 느낄 새가 없었다. 그때는 원산폭격 하는 자세로 땅에 머리를 박은 채 하늘에서 떨어지는 불꽃들을 보아야 했다. 1년이 지나 같은 자리에서 하늘로 솟아오르는 불꽃을 보고 있자니 감개무량했다. 누가 내 어깨를 툭툭 쳤다. 검은 안경을 쓰고 지팡이를 든 오십 대 중반의 맹인이었다.

"무슨 소리요?"

"불꽃놀이예요."

"아름답소?"

"무척!"

그에게 저 불꽃의 아름다움을 설명할 방법이 없었다. 나는 움푹 파인 그의 눈자위를 가만히 들여다보았다.

"이 동네 분은 아닌 것 같은데요?"

"허허……. 벚꽃놀이가 하도 좋다기에 김포에서 구경 왔소."

맹인이 도대체 벚꽃나무 아래에서 무엇을 구경할 수 있단 말인가? 저 함박눈처럼 날리는 꽃잎을 보지도 못하면서 벚꽃놀이라니!

"젊은이, 부탁이 하나 있소."

"뭡니까?"

"사진 한 장만 찍어 주겠소?"

나는 엉겁결에 사진기를 받아 들었다. 그는 가만히 왼손을 앞으로 내밀어 꽃잎이 손바닥에 떨어져 내릴 때까지 기다렸다. 그러다가 갑자기 고개를 설레설레 저었다.

"안 되겠어. 이 나무엔 꽃이 별로구먼."

한참 만에 그는 활짝 핀 나무 아래 섰다.

"잘 찍어! 아무렇게나 찍지 말고."

눈 뜨고도 세상을 똑바로 보기란 얼마나 어려운가?

아버지는 정치에 무관심했다. 그렇다고 아버지가 무조건 여당에 표를 준 것은 아니었다. 어머니가 여당 입당 원서를 가져왔을 때 아버지는 불같이 화를 냈다.

"당원이 되어서 뭘 어떻게 하겠다는 거야?"

아버지의 웃음은 소리가 없다. 아버지는 껄껄껄 소리 내어 웃지 않는다. 따라서 한참 웃고 나서야 아버지의 웃음은 발견된다. 아버지는 그런 남자였다.

사진첩을 보면서 이야기하는 아내와 어머니의 목소리가 들려온다.

"……마지못해 그 남자랑 영화를 보고 나오는데 갑자기 우악스러운 손이 내 어깨를 확 잡아챘지. 얼마나 놀랐던지. 네 시아버지였어. 내가 그 남자랑 영화관으로 들어가는 걸 보고 두 시간이나 밖에서 기다렸던 거야. 내가 무슨 변명이라도 하려고 하는데 네 시아버지는 날 앞질러 휙 달려가 버렸어. 얼마나 미안한지……."

"그래서요?"

"그 후로 다시는 딴 남자랑 영화를 보러 가지 않았단다."

스무 살이 넘은 후 어머니랑 영화관에 간 적이 없다. 몇 번 함께 가자고 권했지만 어머니는 설레설레 고개를 저었다. 어머니에게는 나도 '딴 남자'에 속하는 것일까.

아버지의 죽음.

나는 자율 학습을 마치고, 집으로 돌아가기 위해 시내버스를 기다리고 있었다. 20분 만에 나타난 버스는 내 존재를 무시하고 전속력으로 내달렸다. 정류장에 우두커니 서서 하늘을 바라보는데 갑자기 가슴이 뜨끔 했다. 섬뜩함이랄까……. 대문을 들어서기 전에 나는 가족 중 누군가가 죽어 가고 있음을 알았다. 아버지였다. 아버지는 안방에 누워 거친 숨을 몰아쉬고 있었다. 저녁 밥상머리에 앉아 수저를 들다가 모로 쓰러진 것이다. 어머니는 한약방에 전화를 했다. 왜 병원으로 옮기지 않는 것일까. 친척들은 풍을 맞은 사람이 갑자기 움직이면 그 바람이 심장을 찌를 수도 있다며 병원행을 반대했다. 새벽에 아버지는 죽었다.

"커어억!"

가래 끓는 소리를 내지르고는 그만이었다. 건넌방에서 잠에 취해 있던 나는 어머니 손에 이끌려 안방으로 갔다. 아버지는 죽어 있었다.

"넌 왜 운전면허를 따지 않는 거냐? 네 아버지는 얼마나 운전을 잘했는데. 평생 딱지 한 번 떼지 않았지."

어머니 기억은 정확하지 않다. 아버지가 능숙하게 운전을 잘한 것은 사실이지만 딱지는 여러 번 뗐다.

시속 100킬로미터로 질주하던 차가 갑자기 멈췄다. 아버지는 뭔가 알 수 없는 단어들을 입 안에서 씹고 있었다. 교통 경찰이 다가오자, 비굴하게 웃으며 만 원짜리 한 장을 건네 주었다. 교통 경찰은 고개를 설레설레 저으며 그 돈을 집어넣은 후 가장 싼 딱지를 뗐다. 그날 아버지도 다른 남자들처럼 세상을 산다는 걸 알았다.

고2, 내가 국문학과에 가겠다고 했을 때 아버지는 아무 말도 하지 않았다.

"법관이 될 팔자랬는데……."

어머니는 몇 마디 토를 달다가 곧 내 편이 되었다. 아버지는 내가 상대에 가서 아버지가 하는 사업을 이어받기를 기대했던 것이다. 시작한 지 6년 만에 아버지 사업은 꽤 기반을 잡아 가고 있었다. 만약 그때 아버지가 내게 상대 진학을 강하게 권유했다면 어떻게 되었을까? 아마도…… 나는 상대에 진학하기로 결심을 바꾸었을 것이다. 그때까지만 해도 문학이란 내게 허영에 불과했으니까.

내가 대학에 입학하기 전, 김세진, 이재호, 박혜정, 박종철이 죽었다.

술을 진탕 마시고 옆 사람과 어깨동무를 한 채 "어두운 죽음의 시대……."를 부르면, 세상이 온통 어두워졌다. 그의 눈물을 보았던 것도 그런 모임에서였다.

"등에 죽음이란 놈이 찰거머리처럼 붙어 있는 느낌이야."

"보들레르, 『파리의 우울』!"

"개새끼!"

아내는 열사의 추모곡들을 곧잘 불렀다. 아내의 부족한 성량이 처량함을 더했다.

"아버지는 내가 상대에 가길 원하셨어."

"어머. 그랬으면 우린 만나지도 못했겠네요."

"다른 생을 원해?"

"다른 생이 또 있나요?"

"난 가끔 코끼리가 되고 싶어. 코를 길게 늘어뜨리고 쿵쿵쿵쿵 평원을 달리고 싶거든."

"코끼리는 너무 몸집이 커요. 차라리 날렵한 표범이 어때요?"

"표범은 싫어."

죽음의 시대만큼 무거워지고 싶었다.

스물여덟 8월에 그가 휴가를 얻어 진해에 왔다. 우리는 진해역에서 만나자마자 한참을 웃었다. 스무 살 더벅머리가 생각나서였다.

"넌 그래도 머리카락이 많이 길구나."

"그럼, 장교가 방위처럼 머릴 짧게 깎을 순 없지."

우리는 속천에서 소주를 곁들여 회를 먹었다. 그는 인터넷에 미쳐 있었다.

"얼마나 많은 정보가 들어 있는 줄 아니? 아프리카 우간다에서 만든 노래를 골방에서 벌렁 드러누워 듣는다고 상상해 봐."

그가 내뱉는 전문 용어들을 이해할 수 없었다. 그는 내가 인터넷 정도는 당연히 하고 있으리라 짐작하고 있었다. 그러나 나는 아직 모뎀도 달지 않은 상태였다. 내게는 처음 일을 시작하는 것에 대한 두려움이 있었다. 이 두려움이 그와 나 사이를 가르는 강이었다. 저녁에는 노래방에 갔다. 우리는 비틀즈 노래를 한 시간 반 동안 불렀다. 「이매진」을 세 번이나 불렀다.

그는 앵무새 일곱 마리를 기른다고 했다.

"내가 만든 노래를 가르치고 있어."

다음 날 나는 금붕어를 샀다. 일주일을 버티는 놈이 없었다. 이유를 몰랐다. 짜증이 났다.

코끼리는 죽은 동료의 시체를 흙으로 덮는다. 어떤 식으로든 죽음에 반응하는 것이다. 그렇다. 죽음은 인간만이 인식하는 것이 아니다. 코끼리는 죽음이 무엇이라고 생각하는 것일까? 거대한 몸뚱이를 대지에 뉘고 끝없는 휴식으로 빠져 드는 행위……. 아니다. 이건 너무나 낭만적인 생각이다. 죽음은 누구에게나 고통일 수밖에 없다. 사람이든 짐승이든.

'산 사람은 살아야 한다.' 라는 동어반복에는 죽음을 되도록 빨리 잊으려는 욕망이 숨어 있다. 그러나 애석하게도 그 말은 산 사람에게 아무 위로도 주지 못한다. 하루, 한 주일, 혹은 일 년 만에 일상으로 돌아가는 사람도 있지만, 어머니처럼 평생토록 일상으로 회귀하지 못하고 죽은 사람 곁에 머무르는 경우도 있다. 그때 산 사람은 산 사람이 아니다. 시간은 거꾸로 돌고 추억은 추억을 낳는다. 나는 그게 정말 싫었다. 어머니처럼, 죽은 사람 곁에서 추억을 더듬으며 살기에는 내게 남은 날이 너무 길었다. 편지지에 아무리 이런 글을 쓰고 쓰고 또 고쳐 써도 어머니는 달라지지 않았다.

혼자서 추억한다는 것은 혼자서 죽어 가는 것만큼 외롭고 쓸쓸한 일이다. 지독한 일이다.

소위 계급장을 달고 해군 사관학교에서 국어를 가르치게 되리라고는 꿈도 꾸지 않았다. 그러나 모든 일은 순식간에 이루어졌다. 그가 입대하자마자 내게 마지막 독촉장처럼 영장이 날아들었다. 30년 전 공군 사관학교에서 4년 동안 국어를 가르친 지도 교수는 내가 사관학교로 가기를 바랐다. 공사와 육사에는 자리가 없었다. 내가 가야 할 길은 이미 정해져 있었다.

국어를 가르치기가 두렵다. 내가 아직 정확하게 국문법을 모른다는 사실부터 표준어를 구사하지 못한다는 열패감, 그리고 쓰기보다 말하기가 월등히 떨어진다는 자괴감까지 여러 가지가 겹친다. 소설이나 시에 대해서는 이런 저런 넋두리를 할 수 있지만, 국어라니. 도대체 국어가 뭘까? 뭘까? 뭘까?

해군 사관 생도들이 오와 열을 맞춰 연병장을 가로지르는 걸 본다. 문득 떠오르는 시 한 구절. 이것은 소리 없는 아우성.

어머니는 함께 살기를 원치 않았다.

"내가 아침밥을 또 해 줘야겠어? 이 어미도 이제 편하게 살고 싶구나."

대학원 공부를 끝내지 않은 아내는 당장 낙향하지 못하는 것을 미안해했다. 아무래도 좋았다. 혼자 자취방에 남겨졌을 때 나는 그와 함께 밤새워 정태춘과 동물원의 노래를 부르던 신림동 자취방을 생각했다. 담배 꽁초가 수북이 쌓인 우유팩, 먹다 남은 소주병, 출처가 불분명한 문건들, 문에 붙은 마야코프스키 담배 피우는 사진, 몇 권의 책, 몇 개의 테이프…….

어머니에게 진해라는 도시는 추억들이 가득했다. 아버지와 자주 가던 흑백 다방, 탁구장, 탑산, 도서관, 우체국. 어머니는 자취방에 널부러진 나를 데리고 "네 아버지와 다니던" 곳을 찾아다녔다. 나는 잔뜩 허리를 구부리고 오십 대 남자처럼 어머니 뒤를 따랐다.

어머니의 추억은 '언제나 영화처럼' 멋있다. 그러나 어머니는 엄앵란이 아니고 아버지도 신성일이 아니다.

아내는 밤늦게 전화를 걸어 불쑥 이렇게 물었다.

"대중적인 것하고 통속적인 것하고 어떻게 다르죠?"

"대중적인 것은 대중적인 거고, 통속적인 것은 통속적인 거지, 뭐."

"지금 장난치는 거예요? 내일까지 리포트를 내야 한다구요."

대학원은 그런 곳이다. 어떤? 내일까지 리포트를 내기 위해 오늘 밤을 새우게 하는 곳. 조금만 리듬감을 잃으면 곧바로 한 학기가 날아가는 곳. 아내는 꽤 잘 버티고 있다. 팝아트에 관한 리포트만 끝내면, 대학원을 수료한다. 도움을 주고 싶지만, 모르는 건 모르는 거다. 개념에 관해 생각했던 때가 벌써 1년이 넘었다. 아내는 내가 군대에 있다는 사실을 전혀 인정하지 않는다.

"부자지간이라고 쓰든지 사제지간이라고 쓰든지 그도 아니면 이웃사촌 간이라고 써야 학점이 나온다구요, 알겠어요?"

모르겠어. 도대체 내가 아는 게 뭘까? 어머니는 아버지에 관해 내가 몰랐던 것을 가르쳐 주고, 아내는 개념을 묻고, 생도들은 희생의 가치를 따지고 든다. 모르겠어. 내가 왜 그런 걸 정확하게 알아야 할까.

포장마차, 포장된 마차, 장기판의 말들, 포, 장, 마, 차.

국수를 먹으러 포장마차에 간다. 국수만 먹고 돌아오겠다고 몇 번이나 다짐하지만 포장마차에 앉는 순간 내 입에서는 '국수' 대신 '소주'가 튀어나온다. 소주를 마시고 포장마차를 발로 걷어차며 나오면, 흙바람이 불어온다. 그렇다. 여기는 서부다. 양키 포, 장, 마, 차가 인디언 전사와 전투를 벌이는 곳.

제니스 조플린이 부르는 「섬머타임」을 생도들에게 들려줬더니, 숨 막혀 한다. 땡볕에 솜옷을 입고 앉아 있는 기분이 듭니다……. 등줄기를 타고 비 오듯 땀이 흘러내리는 나날. 조 카커와 짐 모리슨의 노래도 준비해 갔지만 그쯤에서 수업을 끝낸다. 그들에게 이런 세계를 가르친다는 것이 무슨 의미가 있을까? 교양을 위해? 그러나 이 세계는 교양을 익혀야 하는 세계가 아니라 몰입해야 하는 세계다. 그러나 그들은 이런 세계로 몰입해서는 안 된다. 사관학교와 대학은 차이가…… 별로 없는 것 같지만, 때로는 엄청나다. 나는 그들에게 문화 충격을 줄 것인가 아닌가의 기로에서 고민한다. 군대는 책임 소재를 분명히 하는 곳이다.

아버지가 죽자 많은 것이 변했다. 어머니는 완전히 기독교에 빠져 들었고 나는 더 많은 자유를 얻었다.

아버지와 나는 물과 기름처럼 지냈는지도 모른다. 남자 대 남자로서 대화를 나눈 적은 단 한 번도 없다. 아버지와 아들로서 대화를 나눈 적도 없다. 아버지와 나는 대화를 나눈 적이 없다. 그렇다. 이것이 진실이다. 아버지는 가끔씩 내 등 뒤에서 알 수 없는 말들을 던질 뿐이다. 내가 아버지에게 말을 건 적은 없다. 이런 식으로 우리는 17년을 함께 지냈다.

아내가 시아버지에 관해 물어 오면 마땅히 해 줄 말이 없다. 나는 아버지의 사상, 아버지의 인생관을 모른다. 아버지의 야망, 절망감 역시 모른다. 내가 아내에게 들려주는 말은 지나치게 추상적이거나 구체적이다. 아내는 알아들을 수 있도록 이야기를 해 달라고 조른다. 점심 식사 후 모로 누워 잠든 아버지의 모습을 아내가 볼 수 있다면 얼마나 좋을까? 그러나 수천 장의 사진 중에서 그런 사진은 단 한 장도 없다. 아버지의 낮잠은 내 머릿속에서만 인화되었을 뿐이다.

아버지는 책을 별로 읽지 않았다. 아버지가 가장 재미있게 읽은 책은 고우영의 『만화 삼국지』였다. 국민학교 시절 나는 고우영의 그림을 통해 관우와 제갈량과 조조를 알았다. 대학에 입학한 후 여러 작가가 쓴 삼국지를 읽었지만 나는 그 인물들을 고우영의 그림 속에서만 이해하였다. 야하거나 끔찍한 장면에는 철망처럼 가위표가 무수히 그어져 있었다. 철망 뒤의 그림을 상상하는 것이 즐거웠다. 포르노 소설이나 영화를 본 적도 있지만 그 시절의 고우영 만화만큼 자극적인 것은 없었다. 보이지 않는 것의 관능이라고나 할까.

아내와 잠자리에 들 때마다 가끔씩 아버지를 생각한다. 아버지도 이랬을까?

진해 도서관으로 박 주사를 찾아갔다. 첫눈이 내리고 있었다. 박 주사는 담배를 꼬나물고 돋보기 안경 너머로 막 들어온 신간들을 정리하고 있었다. 그는 아버지와 고등학교, 대학교 동창이었다. 아버지와 함께 학군단 훈련을 받던 중 무좀 때문에 중도 탈락했다. 무좀이 얼마나 지독했던지 오른쪽 엄지발가락을 절단했다. 자판기에서 커피를 빼 들고 오는 그의 오른발이 조금씩 흔들렸다.

"내가 전화한 건 자네에게 줄 게 있어서네."

"뭐죠?"

"자네 선친 편지야. 그 친구가 죽은 다음 날 이 편지가 도착했지."

그러니까 이 편지는 살아생전 아버지가 마지막으로 쓴 글이다.

……그놈은 그 길을 가겠다는 것이네. 그 길이 어떤 길인지 알기나 하는지. 나는 그놈을 설득하지는 않았네. 내가 설득을 해서 만약 그놈이 생각을 바꾼다면 또 한 번 실망할 걸세. 차라리 그놈을 그냥 두고 지켜보는 편이 나을 거야. 적어도 나처럼 살지는 않을 거라고 믿네. 만약 그놈에게 재능이 조금이라도 있다면 도와줘야겠지. 그놈이 뭘 알겠나. 그 길을 간다면 적어도 앞으로 15년은 고생할 것 같네. 15

년. 생각해 보게. 15년은 짧은 기간이 아니야. 난 그놈이 중도에 스스로 물러나는 것을 보고 싶지 않네. 우리가 함께 사 둔 것이 언젠가는 그놈을 위해 쓰일 수도 있을 거야. 하지만 아직은 아냐. 난 그놈이 그 길을 웬만큼 갔다고 생각되면 그것을 슬쩍 그놈에게 줄 생각이네. 생각해 보게. 멋지지 않나! 그놈은 잘할 거야. 나보다는 훨씬 집착하거든. 어느 책에선가 읽었네. 예술가란 아름다움에 집착하는 족속이라며? 걱정이 있다면, 혹시 그놈이 날, 아비인 날 제 소설의 주인공으로 삼지나 않을까 하는 점이네. 소설가란 곧잘 제 아비나 어미를 팔아 글을 쓴다질 않나. 난 소설 주인공이 되고 싶은 생각이 전혀 없네. 무엇보다도 내가 그놈 눈에 어떻게 비치는지 알고 싶지 않아, 영원히!

박 주사는 주식을 팔았다며 봉투를 내밀었다. 아버지가 나를 위해 준비한 돈이었다. 봉투에는 100만 원짜리 수표 열두 장이 들었다. 어느새 첫눈이 겨울비로 변했다. 나는 추적추적 내리는 비를 맞으며 거리를 걸었다. 삼류 소설에서나 나올 지극히 통속적인 이야기였다. 하지만 아버지는, 아버지의 편지는 나를 울렸다. 나는 통속적인 울음을 울면서 집으로 돌아왔다. 그리고 형광등도 켜지 않고 그대로 책장에 등을 기대고 앉아 소주를 마셨다. 한 병, 두 병, 세 병,

네 병 다섯 병. 나는 취했고 방바닥에 개처럼 쓰러졌다.

그리고, 스물아홉이 되었다.

아내는 낙향을 두려워했다.

"당신이 출근한 후 그 좁아터진 동네에서 도대체 난 무얼 하죠?"

"현모양처가 되는 거지."

"그렇게 썩는 게 아닐까 두렵네요. 논문도 쓰지 못하고."

약속이 틀렸다. 아내는 대학원을 수료하는 대로 낙향할 계획이었다. 때로는 생활이 그리움을 이기기도 하는 법이다. 이번만은 나도 고집을 부렸다. 아내에게 내 아버지와 어머니가 연애하던, 그리고 내가 태어난 도시를 보여 주고 싶었다.

이사를 했다. 아내는 전세금이 조금 모자란다고 투덜댔다. 나는 지체없이 아버지가 남겨 둔 1200만 원을 내밀었다. 아내는 내가 그 돈을 갖게 된 사연을 알고 싶어 했다.

나는 다음에, 다음에 하면서 빙그레 웃었다.

스물아홉 봄, 아내와 함께 아버지 무덤을 찾아갔다. 아내는 얼굴도 모르는 아버지 무덤을 향해 두 번 절을 했다. 나는 소주병을 어금니로 따서 무덤가에 뿌렸다.

성적이 꽤 우수했던 사관생도 K가 퇴교를 했다. 마지막 인사를 한다며 내 방에 들렀다. 나는 그에게 무엇인가를 말해야 했지만 아무 말도 하지 않았다. 아버지라면 중도에 탈락하는 것을 몹시도 싫어했을 것이다. K의 아버지도 마찬가지리라. K는 내가 쓴 소설을 열심히 사서 읽겠다는 말을 남기고 떠났다. 나는 아무것도 책임질 수 없었다.

그에게서 전화가 왔다. 드디어 제대를 했다며 웃었다.

"축하해."

그는 상경을 포기하고 대구에서 레코드 가게를 차릴 작정이라고 했다. 생활이 꿈을 누른 것인가?

"앵무새는?"

모두 식중독에 걸려 죽었다고 했다. 대신 요즘에는 강아지 일곱 마리를 훈련시키는 중이라고 덧붙였다.

"넌 어때?"

삼류 소설이나 끄적이고 있다고 대답했다.

"제대로 잘 써 봐. 애꿎은 친구들 팔아먹지 말고."

"당신도 이런 깨달음을 얻은 건가요?"

아내는 불쑥 책을 디밀었다. 6년 전, 스물세 살 때 내가 밑줄 그은 구절이 눈에 띄었다.

> 이제는 갈수록 긴 책들이 싫어진다. 짧고 맛있는 그런 책들이 마음을 끈다. 두껍기만 하고 읽고 나서도 무엇을 읽었는지 분명하지 않은 책들을 읽다가 짧은 책들을 발견하면 기쁘다. 바르트의 어떤 책들, 그리고 푸코의 『마그리트론』……. 바르트가 단장으로 자꾸 끌려간 이유를 알 만하다.

스물아홉 여름, 중위로 진급했다. 봉급이 3만 원 올랐다. 두 해가 지나면 다시 서울로 올라갈 것이다. 그때까지 얼마나 많은 아버지의 흔적들과 만날 것인가. 애초에 끝없는 글쓰기를 시작했던 것이다. 그러나 이쯤에서 아버지의 삶과 죽음에 관한 생각들을 접겠다. 이제는 내 표정과 걸음걸이와 말투에서 아버지의 흔적을 발견한다고 해도 두려워하지 않겠다. 아버지는 간첩도 아니고 삶의 패배자도 아니다. 아버지는 그냥 아버지일 뿐이다.

언젠가는 나도 아버지가 될 것이다. 내 삶이 묻어나는 도시가 없어서 아쉽다. 대신 나는 아이가 철들 무렵 이 글을 보여 주겠다. 스물아홉까지 겨우 나는 이렇게 살았다. '언제나 영화처럼' 살고 싶어 했던 한 남자를 그리워하며.

(1996년)

아내와 나

가슴이 울릴 때가 있다. 「가족」이라는 짧은 시를 읽었을 때도 그랬다.

밖에선
그토록 빛나고
아름다운 것
집에만 가져가면
꽃들이
화분이
다 죽었다

진해에서 내가 느끼는 욕망은 단순하다. 군항제가 열리는 동안 나는 타인이고 싶고, 군항제가 사라진 동안 나는 군항제를 그리워한다.

"어떤 여자가 있었더랬어."

"그녈 사랑했나요?"

"왜 내가 여자 이야기만 하면 그녈 사랑했느냐고 묻는 거야?"

"기억은 사랑이니까요."

아내가 단학을 배우기 시작했다. 기(氣)를 만지며 춤을 추는 아내의 모습이 낯설다. 그녀는 어머니를 따라 교회 가는 것을 끔찍하게 여기던 무신론자였다.

이 자그마한 도시도 쉴 새 없이 변하고 있다.

'좋은 친구들' 이란 까페가 '흑백 다방' 옆에 생겼다. 어머니와 아버지가 함께 다니던 탁구장이 헐렸다. 기초 공사가 한창인 그 앞에서, 나는 단정해지려 애쓴다.

내가 두려워하는 것은 이곳의 변화가 아니다. 나는 이곳이 바뀌는 것만큼 달라졌을 서울 신림동의 풍경이 무서운 것이다.

"작가의 아내로 사는 건 어떨 것 같아?"

아내의 두 볼이 뿌루퉁해진다.

"나는 나예요!"

아내는 매일 자가용을 몰고 창원대학교에 간다. 그곳에서 아내의 친구이자 내 대학 후배인 S와 함께 도서관을 기웃거린다. 판사의 아내인 S와 아내는 학창 시절 그렇게 친했던 것 같지는 않다. 지금 둘은 자석처럼 붙어다닌다. 남편들을 직장에 보내 놓고, 대학 도서관 앞 벤치에 나란히 앉아서 책도 읽고 잡담도 한다. 무슨 얘길 했느냐고 습관처럼 물으면 멋있는 아내의 답.

"우리가 이곳에서 이 모양 이 꼴로 만나게 될 줄 꿈에나 생각했느냐고, 이러고 웃죠, 뭐."

아내는 동물 다큐멘터리를 꼭 한 시간 넘게 시청한다. 아내가 좋아하는 동물은 호랑이, 사자, 표범, 늑대 따위다. 파충류와 곤충은 싫어한다.

아내는 야구 중계나 가요 순위 프로그램을 보자고 조르는 나를 더욱 싫어한다.

매주 토요일 아내와 나는 마산으로 간다. 그리고 어머니와 함께 저녁을 먹는다.

어머니는 적적함도 달랠 겸 외할아버지와 함께 지낸다. 토요일 오전이면 어머니는 집 청소를 하고 외할아버지는 목욕을 다녀온다고 한다.

미래는 오래 지속된다고 주장한 마르크스주의자도 있었고, 미래는 오지 않는 과거라고 속삭인 시인도 있었다. "미래가 없다!"라는 선언은 얼마나 무서운가. 그런 말은 하지 않는 편이, 홀로 두려움에 떠는 편이 낫다.

1997년. 나는 서른, 아내는 스물아홉. 아내는 세대 차이가 느껴진단다. 나는 아내에게 누구처럼 자살하진 않을 테니까 걱정하지 말라며 위로한다. 아직 나는 아내에게 남겨줄 것이 아무것도 없다. 이렇게 죽을 수는 없다.

아내와 함께 각자의 백일 사진을 꺼내 놓고 한참 웃었다. 아내는 장모님을 많이 닮았고 나는 어머니와 비슷했다. 아내가 말했다.

"어쩜, 당신이랑 나랑 똑같은 양말을 신고 있어요."

사실이었다. 그땐 털이 달린 흰 양말이 유행이었나 보다. 그러나 아내는 그것을 단순한 우연으로 치부하기 싫어하는 눈치다.

고전 소설은 사건의 원인뿐만 아니라 결과까지도 서사가 시작되기 전에 결정되어 있다. 그렇다면 구태여 소설을 읽을 필요가 없을 것인데도, 소설은 그 나름대로 재미를 준다. 그것은 어떻게 끝이 날까 하는 궁금함이 아니라, 미리 결정되어 있는 결말로부터 벗어나서는 안 되는데 하는 불안함이다.

그래서 고전 소설만 읽으면 어느 선배가 들려준 이상야

릇한 말들이 완전히 이해된다.

"너 아니? 시한부 인생만큼 알찬 삶이 없다는 걸!"

내 인생이 언제 어떻게 마무리된다는 것을 알게 되면……. 그건 공포일까, 축복일까?

밑둥까지 싹둑싹뚝 잘려 나간 플라타너스.

40년도 넘은 나무들이 한순간에 사라졌다. 대신 작고 앙증맞은 야자수들이 들어섰다.

낯선 풍경이다. 교정의 나무들이 바로 그 학교의 역사란 것을 모르는 자들이 저지른 만행이다.

그냥 '그' 로만 불리고 싶었던 사내가 음반을 냈다.

거금 만 원을 주고 CD를 샀다.

다시 대선이 다가온다. 나는 앞서 두 번의 대선에서 백기완 선생을 따라다녔다. 이번에는 아무도 따라다니지 않고, 텔레비전 앞에만 앉아 있다. 진해에 떨어져 있기 때문이야! 애써 자위해 보지만, 내가 서울에 있었다고 하더라도 권영길 씨를 따라다녔을 것 같지는 않다.

그래도 아내는 내게 권영길을 찍으라고 한다.

초발심(初發心). 그의 비평을 읽을 때면 나는 늘 이 단어를 떠올린다. 그리고 괜히 자판기 커피를 마시고 싶고 공중전화기에 매달리고 싶다. 그의 비평은 내게 쓰디쓴 자판기 커피나 늘 비어 있는 공중전화 부스를 떠올리게 한다.

초발심으로 이끄는 다른 단어들. 들국화, 이제하, 퀸, 고갱, 그리고 돌리틀 선생 항해기.

"사랑해!"

"그래요?"

나는 그 물음에 답할 수 없다. 내 사랑은 늘 비유거나 상징이고 아내의 사랑은 단도직입적인 반문이다.

"다음 세상에서 우리 만나지 마요……."라는 사랑 노래가 있다. 얼마나 상처받았으면, 이승에서는 물론이고 저승에 가서도 만나지 않기를 기원하는 것일까?

노래방을 나오는데 아내가 문득 말한다.

"헤어질까 봐 결혼을 미루는 연인도 있대요."

그래서 나는 '잊어야 한다는 마음으로'와 '사랑한다는 이유로'가 자꾸 헷갈렸는가 보다.

처음부터 끝까지 하나도 합리적이지 않은 소설을 쓰고 싶다고 했더니, 아내는 피식 웃으며 "그럼, 최악의 소설이겠네요."라고 한다.

최악의 소설!

그것은 최선의 소설을 쓰는 것만큼 힘들다. 누가 자기 열정을 쏟아부은 작품들이 시궁창쥐같이 대접받기를 좋아하겠는가. 그러므로 최악은 늘 조건일 수밖에 없을 것이다. 그럼에도 나는 가끔씩 최악의 소설을 꿈꾼다. 아침에 일어나서 신문을 보는데 곧 달이 뜨고 막 내 아버지가 태어났다는 소식을 듣고 어머니에게 축전을 띄우는 이야기…… 또한 즐겁지 아니한가.

정말 쓰고 싶은 글을 쓰지 못하고 비잉빙 돌 때가 있다. 나는 벌써 10년 넘게 은유에만 익숙해지고 있다. 이러다간 내 욕망의 중심으로 다가설 수 없을지도 모른다. 결심하기도 전에 이승을 떠난 사람이 얼마나 많은가.

레닌의 약한 고리론이 자꾸 기억나는 요즈음이다. 지금 세계 자본주의 경제 체제에서 약한 고리는 아시아다. 그러나 그 고리를 끊고 혁명을 일으키는 세력은 없다. 다만 그 약한 고리로 신음하는 국가에 돈을 빌려 주는 고리대금업자만 득실댄다. 바로 이런 꼴을 보다 못해 레닌이 나선 것이리라.

무엇이든지 정리한다는 것은 힘겹다. 이제 서서히 이곳 생활을 접고 서울로 갈 준비를 해야 한다. 서울에서 나는 어떻게 생활했던가……. 기억나지 않는다, 아니 기억하고 싶지 않다.

여자는, 아니 아내는 남편보다 늘 현실적이다. 그래서

나는 안도하고 또한 걱정한다.

"작년에 어땠어요?"

"작년?"

나는 아내의 질문을 알면서도 되묻는다. 작년에 나는 서른 살이었고 만 스물아홉 살이라며 우기고 다녔다.

"잊었어."

나는 벌써 서른이라는 숫자에 체념했다. 체념하지 않고 어떻게 남은 9년을 버틸 수 있을까? 그러나 아내는 서른하나가 될 때까지 결코 포기하지 않을 것이다.

"20대는 축제고 30대는 생활이래."

"거짓말!"

아내는 아기를 갖고 싶어 한다.

"적어도 하나는 둬야죠."

그럴 때…… 나는 오래 살아야겠다는 생각과 함께, '죽음' 이란 단어를 떠올린다.

시간이 갑자기 꺾일 때가 있다.

군항제가 끝나고부터 나는 정처 없이 생활의 바깥을 맴돌고 도심을 쏘다녔다. 내가 태어난 평안의원 옆에도 가고 본적지인 충무동 28번지도 더듬었다. 1995년 여름부터 1996년 여름까지 지낸 자취방(지금은 선녀 무당 내외가 산다. 꽤 용하다는 소문이다.) 앞을 서성거렸다.

"곧장 퇴근하지 않고 뭘 했어요?"

"여기저기 다녔어."

아내는 눈치가 빠르다.

"설마 이곳에 대한 소설을 쓰려는 건 아닐 테죠?"

"왜? 안 돼?"

아내는 피식 웃는다.

"좀 더 아낄 필요가 있지 않겠어요?"

"난 신림동이 싫어."

"왜죠?"

"만감이 교차하는 곳으로 돌아가고 싶지 않아. 도대체 10년 전에도 내가 있었던 곳으로 돌아가서 뭘 어떻게 하겠다는 거야?"

"편안한 곳이에요, 오아시스같이. 이 나이에 다른 곳을 찾는다는 건 무리예요."

"기억이 두렵지도 않아?"

"두려운 게 어디 기억뿐이겠어요?"

그리고 아내는 임신을 했다.

나는 도스토옙스키를 읽다 말고 아내 주위를 어슬렁거린다.

"이왕이면 군항제 기간에 진해에서 애를 낳으려고 했는데……."

아내는 아쉬움이 크다.

"그때 다시 내려오면 되잖아?"

나는 괜히 트집을 잡는다.

"부자연스러운 건 싫어요. 그래도 이곳에서 애를 가진 것만으로도 축복이죠."

축복?

……아내를 만난 후 그녀가 축복이란 단어를 만든 적이 있었던가? 기억에 없다. 어떻게 반응해야 할지 망설여진다.

입덧이 심한 아내를 진주에 데려다 놓고 나 혼자 전셋집을 구하러 상경했다. 아내는 못 미더운지 몇 번이나 다짐을 받았다.

"불안한 건 싫어요. 신림동으로 해요."

내가 졌다. 나는 만감이 교차하는 곳에서 다시 삶을 이어 갈 운명인가 보다. 이러다가 언젠가는 또다시 진해로 내려가는 게 아닐까. 전라도나 충청도나 강원도에 정착할 기회는 없는 걸까.

"이젠 버릴 건 버려요."

"뭘?"

"저 사회과학 책들 말이에요."

"싫어. 저걸로 기찬 소설을 쓸 거라니까. 두고 봐."

'허섭쓰레기' 라는 단어가 자꾸 가슴을 친다. 나랑 닮아서일까.

신림동에 전세로 아파트를 얻었다. 그곳으로 돌아가기는 싫었지만, 그곳 외에는 갈 곳도 없었다. 아내는 기뻐했고 나는 아무래도 좋다고 생각했다.

아내는 여전히 진주에 있고 나는 신림동 아파트에서 홀로 소설을 고친다. 이런 건 바다를 보면서 고쳐야 하는데…… 겨우 보름이 지났을 뿐인데도 진해 앞바다가 떠오르지 않았다. 고치다가 졸리면 자고 일어나면 또 고쳤다. 끼니는 적당히 고시원 식당에서 고시생 흉내를 내며 때웠다.

아내는 소설에 관해 묻지 않았다.

대신 진주 생활이 무척 따분하다고 했다. 신림동으로 오면 뭔가 신나는 일이 있을 것이라고 했다. 1980년대의 막바지, 그때라면 하루하루가 감당하기 벅찰 정도로 넘쳐흘렀지만, 지금은 아니다. 그러나 나는 아내를 실망시키고 싶지 않아서 맞장구를 쳤다.

"학교엔 가 봤어요?"

나는 적당히 거짓말을 한다.

"그럼!"

"어때요?"

"그냥 그렇지 뭐."

"사람들은 만났어요?"

"아니……."

"……."

"왜?"

"당신, 학교에 안 갔군요. 언제까지 숨어 지낼 건가요?"

이젠 아내를 속이는 게 힘에 부친다. 언제까지 숨어 지낼까, 언제까지.

1998년 6월 30일, 해군 사관학교에서 제대 신고를 했다. 곧바로 서울로 올라왔다. 그를 만났다. 그룹사운드를 그만두고 다큐멘터리 영화를 찍는다고 했다. 카페에서 함께 동물원의 노래를 들었다. "어딘가 있을 무언가를 찾고 있다 했지."

소설을 탈고하고 아내가 돌아오고 나는 모교의 시간 강사가 되었다. 나보다 열한 살이나 어린 학생들 앞에서 나는 계속 머뭇거렸다.

"황지우 아시죠?"

"잘 몰라요."

"이성복은요?"

"시인인가요?"

"풀빛에서 나온 박노해 시집 읽은 적 있습니까? 판화가 두 장 곁들여 있는……."

"선생님! 풀빛이 아니고 해냄 아닌가요?"

아내와 함께 신림동 나들이를 나갔다. 아내는 안도하는 눈치였다. 나는 건물 앞에 설 때마다 이미 사라지고 없는 가게 이름들이 겹쳐 읽혔다. 낯익은 사람들과 마주치기도 했는데 아내와 나는 사소한 실랑이를 벌였다.

"'箱 84'에서 카운터 보던 사범대생이잖아요?"

"당신이 틀렸어. '열린글방'에서 몇 번 마주쳤던 가정대생이 확실해."

의사가 초음파 화면을 가리키며 말했다.

"이게 손가락이구요, 이게 턱이에요. 보이세요?"

"……예!"

"저런! 하품을 하는군요. 보이시죠?"

"……예!"

"등도 곧고 엉덩이도 적당하고, 모든 게 정상입니다. 그렇죠?"

"……예!"

솔직히 잘 보이지 않았다. 검은 점과 면들이 파도처럼 출렁거릴 뿐이었다. 의사에게 확실히 보이는 것이 왜 내게는 보이지 않는 걸까. 벌거벗은 임금님 생각이 났다.

시간은 모든 사실을 불확실하게 만든다. 글을 쓸 때 나는 이 불확실함을 즐기지만 아내와 맞설 때 나는 이걸 참지 못한다.

1990년 가을부터 1994년 겨울까지, 4년 넘게 웅크리고 고전 소설을 읽던 연구실. 그곳에서 나와 똑같은 자세의 후배들을 만난다.

"형! 진해에서 뭐 했어요? 군항제 구경 실컷 했죠?"

군항제! 나는 너스레를 떤다.

"군항제가 뭐야?"

진해에서 군항제 구경도 하지 않고 쓴 소설을 출간했다. 나는 바다에 대해 이야기하고 싶은데 사람들은 자꾸 나의 이데올로기나 전략만을 캐묻는다. 전략! 그런 게 없는 건 아니지만 바다를 바라보며 소설을 쓰는 와중에 다 버렸다. 기억하고 싶지 않다.

신림동만 벗어나면 무력하고 불안해진다. 그래서 나는 신림동을 완전히 떠나 버리고 싶은 것이다.

아내의 배가 점점 불러 온다. 그렇지만 신림동의 아내는 활기가 넘친다. 친구들을 불러 집들이를 하고 웃고 떠든다. 그 속엔 눈부신 스무 살 아내가 있다.

아내는 결코 나의 초고를 읽는 법이 없다. 이번에도 마찬가지다. 출간된 책을 이리저리 뒤적인 후 아내는 근엄한 표정으로 한마디 한다.

"당신이 이런 사람이었나요?"

"내가 뭐?"

"여리고 약한 줄 알았는데 터무니없이 강한 면도 있군요."

아내를 속일 수 없다. 역사 소설을 쓰기 시작하면서부터 나도 똑같은 생각을 했다. 이미지, 기억, 상처, 슬픔과는 다른 글쓰기가 어떻게 가능했던가.

아내는 나보다 훨씬 많은 고전을 훨씬 깊게 읽었다. 삼성출판사판 문고본 소설들을 중고등학교 시절에 독파했던 것이다. 아내는 특히 『개선문』과 『적과 흑』을 좋아한다. 나는 아직 이 두 소설을 읽지 못했다. 아내가 『개선문』의 탁월함을 강변하는 순간 나는 벙어리가 된다.

첫눈 내리는 날 그를 만났다. 음악과 영화는 그에게 둘이면서 하나였다.

"페미니즘 호러 무비를 만들었지."

그는 벌써 단편 영화 「괴물」을 영화제에 출품했다. 흡혈귀 이야기다.

"흡혈귀들의 사랑? 뭐, 새로운 것도 아니군."

송곳니로 목을 찌르는 에로스는 이미 낡은 이미지다. 하지만 그는 전혀 상처받지 않았다.

"새롭지 않은 걸 완전히 새롭게 찍었지. 돈이 부족해서 깨끗하게 찍진 못했지만 어쨌든 첫 출발치곤 괜찮다는 평이야."

카페에서 나오니 함박눈이 펑펑 내렸다. 차도가 꽁꽁 얼어붙어 자동차들이 제멋대로 미끄러졌다. 우리는 언덕을 내려갈 때까지 조금 걷기로 했다.

"영화가 종착진가?"

그가 고개를 돌렸다.

"출발점이지!"

우문현답. 갑자기 그가 멀리 있지 않다는 확신이 들었다.

서울을 떠나고 싶은 욕망이 점점 더 커진다. 쓸 것은 많은데 시간이 부족하다. 아니, 부족한 건 시간이 아니라 여유다. 경제적 여유가 아니라 두루마리 화장지처럼 긴 시간을 내 마음대로 배분할 수 있는 여유가 필요하다. 서울은 나를 갈가리 찢어 놓는다. 이 도피 욕망은 비겁함인가? 비겁함이다. 계속 쓸 수만 있다면…… 나는 비겁해도 괜찮다.

충청도의 K대학에 우편으로 원서를 보냈다. 충청도! 서울에서 마산으로 내려갈 때 잠시 들렀던 금강 휴게소에 대한 기억이 내가 아는 충청도의 전부다. 인간은 때론 지나치게 무모하고 지나치게 단순하다.

이번에도 아내는 담담하고 단단하다.

"당신이 소설을 계속 쓸 수 있는 곳이라면 독도도 괜찮아요."

아내의 손이 두 배로 부풀어 올랐다. 열 달이 지난 것이다. 아내를 위해 한 일이 별로 없다는 생각이 들었다. 제대를 하고 책을 내고 서울 생활에 적응하느라 바쁘긴 했지만 역시 그딴 일들은 모두 핑계이다. 흘러간 시간을 돌이킬 수 없어서 아쉽지만 남은 시간 역시 아내를 위해 무엇인가 할 자신이 없다.

때 늦은 태몽.

전혀 다른 꿈인데 모두 호랑이가 등장한다. 첫 번째 꿈은 새끼 호랑이 한 마리가 물통에 빠져 허우적거리는 걸 내가 끄집어 냈다. 두 번째 꿈은 수많은 새끼 호랑이들이 해군 사관학교 연병장을 질주했다. 호랑이라면 아들인데 새끼 호랑이니까 약간 변수가 있을 듯하다. 아내는 틀림없이 아들이라고 믿는 눈치다.

"선물로 뭘 사 줄까?"
"장미, 아주 많은 장미!"

그 소설을 다시 읽었다. 밑줄을 긋지 않은 부분을 보며 혀를 찼다. 왜 내가 이걸 놓쳤을까.

절망이나 죽음이 아닌 희망에 관한 소설을 쓰고 싶다.

아기가 너무 자라서 정상 분만이 어렵다고 한다. 제왕절개를 결정한 후 어머니에게 전화를 넣었다. 어머니는 당장 상경하였다. 어머니가 택한 길일은 12월 8일이다.
"예수쟁이가 날짜를 받는 게 꺼림칙하지 않으세요?"
나는 괜히 심술을 부렸다. 어머니는 단숨에 나를 제압했다.
"이왕이면 좋은 게 좋은 게지. 하나님도 다 이해하실 거야."

아내는 음악을 듣고 어머니는 기도를 하고 나는 소설을 쓰는 밤. 오래전부터 그래 왔다는 듯이 전혀 낯설지 않다.

"2050년에도 우리가 살아 있을까?"

"어쩌면!"

"2100년에는?"

"그때까지 살아서 뭐 하게요?"

"그냥 사라지는 게 두렵지 않아?"

"아뇨. 난 내세가 있을까 더 걱정돼요. 또 다른 삶을 살아야 한다는 게 싫거든요. 딱 한 번이 적당하죠."

아내는 마르크스를 읽기 훨씬 전부터 무신론자였다.

12월 7일.

날씨가 추워졌다. 아내는 어머니 도움으로 머리를 감았다.

아내가 딸을 낳았다. 장미 다발을 아내 머리맡에 놓아두었다.

그 밤 나는 고속버스를 타고 논산으로 내려왔다. 다음 날 있을 K대학 면접에 참석하기 위해서였다. 육군이었다면 이곳 훈련소에 왔을 법도 한데 해군인 나로서는 참으로 낯선 도시였다. 이제 갓 세상에 태어난 딸과 해산의 고통으로 축 늘어져 있는 아내를 둔 채 고속버스를 타는 기분이 좋지만은 않았다. 10시를 넘겨 버스에서 내렸다. 황량하다는 느낌, 주위를 둘러보았지만 여관이 눈에 잘 띄지 않았다. 귓불을 쓸며 네온 불빛을 찾아 걸어 내려갔다.

태어난 지 사흘 만에 딸 아이 이름이 생겼다. 어머니가 작명소에서 10만 원을 주고 지어 온 이름은 예영이었다. 어머니는 '예수님의 영광'으로 생각하는 눈치였고, 나는 '예술이여 영원하라' 정도로 받아들였다. 아내도 좋다고 했다.

논산의 옛 이름은 놀뫼다. 노을이 아름다운 뫼!

예감대로 K대학에 취직이 되었다. 2월 초 서둘러 이사를 했다. 제대 후 겨우 한 학기 동안 서울에 머무른 것이다. 학교에서 가장 가까운 아파트를 구했다. 과장하자면 아파트와 학교 사이에는 아무것도 없었다. 창문을 열고 고함을 지르면 학교까지 가 닿을 것만 같았다. 초등학교 졸업 이후 처음으로 도보로 학교까지 갈 수 있다는 사실이 마음에 들었다. 아내는 조금 쓸쓸하고 적막하다고 했다.

저물 무렵, 노을을 바라보며 정처 없이 돌아다니는 버릇이 생겼다. 이렇게 노을이 아름다운 줄은 처음 알았다. 강은교의 「저물 무렵」이란 시를 찾아 읽었다.

대한민국과 같은 나라에서 '무엇'을 하기 위해서는 서울에 있어야 한다. 나처럼 골방에서 글을 쓰는 사람은 예외지만 아내처럼 세상과 호흡하고 싶은 사람에겐 서울이 최적의 장소가 아닐 수 없다. 당분간 아내는 육아에 힘쓰며 차분히 준비할 생각이란다.

또래 친구들 삶을 돌아보니 크게 두 가지로 나뉜다. 하나는 서울에 남아 세상과 호흡하는 이들이고 또 하나는 경향 각지로 흩어져 준비하는 이들이다.

그렇다면 나는? 나는 세상과 뺨을 맞대며 호흡하지도 않고 준비하지도 않는다. 지금 생각하니 처음부터 그랬다. 나는 늘 여행 중이었고 술에 취해 있었다. 예술가에 대한 이런 낭만주의적 사고는 거짓이지만 나를 편안하게 만든다. 이젠 이런 낭만으로부터 구태여 벗어나려고 안달할 마음도 없다. 편안하고 게으른 만큼, 소심하고 실수투성이인 만큼, 글에 대한 강박을 가져야 한다. 하나를 위해 전부를 포기하는 것은 '이기적'이지만, 이기적이지 않고서야 어찌 터무니없는 욕망을 이룰 수 있으리. 착하게 사는 것은 처음부터 나와 맞지 않는 이상이었다. 나는 숨어서 세상을 비웃을 것이고 씹어 삼킬 것이고 퉥퉥 뱉어 댈 것이다.

3월 말 군항제에 다녀오고 싶었는데 가지 못했다. 작년과 재작년과 재재작년과…… 내 기억이 미치는 모든 군항제를 안주 삼아 소주를 마셨다. 이제 쉽게 군항제 구경을 갈 수 없다는 생각이 들었다. 내가 군항제에 가지 않는 만큼 군항제는 사라질 것이다.

쓰기보다 버리기가 더 어렵다. 내가 써 둔 몇몇 단편들을 버려야 하는데도, 여전히 나는 미련이 남는다. 서른두 살의 내가 스물다섯 살의 나를 바라보면, 너무 부족하고 엉성해 보인다. 그렇지만 내게는 소중한 기억들이 아닌가. 소설을 쓰는 데도 다 시기가 있고 소설을 세상에 내놓는 데도 때가 있는 것 같다. 때를 놓친 작품들은 불태워지거나 겨우

유고로 남을 따름이다.

극단으로 가는 것보다도 넘치지 않으면서 균형을 잡는 것이 더 어렵지 않을까.

어머니와 아내와 딸. 이 여자들에게 둘러싸여 어지럽다. 물론 나는 그들을 아끼지만, 그들로부터 속박을 받는 것 역시 사실이다.

극단적인 삶은 이제 꿈이 되었다. 남은 거라곤 극단적인 사유뿐인데, 삶은 중용을 지키면서 사유만 극단으로 갈 수 있을까? 또 이렇게 가는 것이 어떤 의미가 있을까. 생활과 예술이라는 이중의 잣대는 나를 분열시킨다. 사는 나와 쓰는 나를 일치시키고 싶은 욕망만큼이나 이 둘을 철저하게 나누고 싶기도 하다. 드러내고 싶은 만큼 사라지려는 욕망.

나는 황야의 이리가 되고 싶다.

"1980년대를 꼭 그려야겠어요?"

"그래!"

"아직 이르지 않나요? 제대로 그릴 수 있겠어요?"

"성급하다는 거야?"

"누구 관점에 설 거죠? 일리치인가요, 그람시인가요? 그도 아니면 제3의 길인가요?"

"꼭 어디어디에 서 있어야만 하는 건가?"

"당신은 그렇게 정면 돌파를 좋아하면서, 이번엔 왜 둘러 가려고 하죠? 이거야말로 정면 돌파를 해야 해요. 피 터지게 싸워도 쓸까 말까 한 일인걸요."

"유연함은 죄가 아니지."

"상처를 치유한다거나 감정 과잉으로 흐를 거면 당장 집어치워요."

"……준비를 해서 ……겨울부터 쓸게. 나도 당신이 뭘 걱정하는지 알아. 찬찬히 계단을 오르듯 접근하겠어. 내 생각을 정리한다는 의미에서 소설 몇 편을 미리 발표할 거야."

"솔직히…… 말리고 싶네요. 객관적으로 대상화하기엔 너무 가까이 있어요."

백제의 고도 부여가 아직까지 시가 아닌 군이라는 사실만큼, 금강은 초라하고 볼품없다. 패배한 나라의 수도에 처음 왔기 때문일까. 아내도 진주 남강보다 못하다고 한다. 아내에게는 강에 얽힌 추억이 많다. 강을 건너 야시장으로 입성하는 것은 개천 예술제를 맞는 아내의 큰 기쁨이었다. 나는 강보다 바다가 좋다. 건너기보다 바라보기에 익숙하다.

물끄러미 사람과 사물과 시간을 바라보는 습관이 생겼다. 그 안에 내가 있다.

강의를 하다 보면 앞에 앉은 학생의 눈을 들여다보게 된다. 거기 스무 살 내가 우두커니 앉아 있다. 그때 나는 문학에 목말라 있었다. 작가가 될 수만 있다면 무슨 짓이라도 하겠다고 스스로를 협박하곤 했다. 그리고 작가가 되었지만 목마름은 여전하다.

예술가에게 중요한 것은 새 작품을 시작할 때마다 새롭게 태어나는 것이다. 착하든 악하든 그건 문제가 되지 않는다. 앙드레 지드의 「배덕자」처럼.

세계 문학 전집 중에서 아무 책이나 꺼내 작가 연보를

펼친다. 괴테는 1806년에 『파우스트』 1부를 완성했고 노신은 1922년에 「집오리의 희극」을 썼다. 연도를 가리키는 숫자 아래 작품 제목이 적혀 있는 것이 당연하면서도 참 신기하다. 작가의 삶이란 결국 그가 무엇을 썼는가로 판명난다.

앞발을 쭉 내밀고 온몸을 뒤로 사정없이 빼면서 어깨를 아래로 내린 후 길게 하품을 해 대는 똥강아지 앞에서 무장해제를 당했다. 소주 생각이 간절했다.

봄이 가고 여름이 왔다. 진해에서, 서울에서, 논산에서 틈틈이 고친 글들을 모아 연작 소설집을 냈다. '치욕'이 원래 생각했던 제목이지만, 고치면서 소설 자체가 치욕스럽지 않게, 그러니까 아름답게 변해 버렸다. 그래서 제목을 바꾸었다. '누가 내 애인을 사랑했을까?' 아내는 이 제목이 여러 울림을 줘서 좋다고 했다.

"논산은 답답해요."

아내는 대전으로 나가자고 한다. 대전에 가면 과연 답답함이 덜할까. 우린 벌써 서른을 훌쩍 넘겼고 이제부턴 무덤에 가기 전까지 늘 답답할 것이다. 답답함을 덜 생각보다 답답함을 견딜 생각을 하는 게 낫지 않을까.

누군가를 추억하는 이유는 뭐일까. 장 그르니에는 알베르 까뮈에 대한 추억의 글을 이렇게 시작하고 있다. "위대함에 대한 갈망, 고귀함에 대한 향수."

목소리가 갈라진다. 30분 강의도 힘겹다.

아내는 자본주의에 대한 불타는 적개심을 아직도 지지한다. 모든 것은 계급으로 환원되며 노동자의 정치적 진출은 선(善)이다.

고등학교에 다닐 때부터 아내는 여자 혁명가의 일생을 그린 영화나 소설을 읽으면서 혁명가를 꿈꾸었다고 한다. 혁명가가 되지 못하고 소설가의 아내로 사는 그녀에게 물었다.

"혁명가를 주인공으로 소설을 한 편 쓰고 싶은데, 당신 생각은 어때?”

“지금 당장 쓰진 마세요.”

“왜?”

“혁명가를 담을 만큼 당신 세계가 넓어질 때까지 기다리세요.”

“뭐가 부족하단 말인데?”

“전부 다요. 어느 것 하나 풍족한 게 없잖아요?”

“고리키도, 브레히트도 최악의 조건에서 작품을 썼다구.”

“그거예요. 최악의 조건에서도 작품을 남길 자신이 있으면, 그때 시작하세요.”

아내는 딸을 민김예영이라고 부르고 나는 딸을 김민예영이라고 부른다. 어머니는 너희들 지금 뭣 하는 짓이냐며 혀를 끌끌 찬다.

어떻게 사느냐보다 어떻게 죽느냐가 더 중요하다는 걸 일깨우는 소설을 한 편 쓰고 있다. 세기말에 어울리는 주제다.

소설을 탈고하고 이비인후과를 찾아갔다. 열흘 동안 대

화다운 대화를 하지 못했다. 성대에 새끼손톱 4분의 1만 한 폴립이 생겼다고 했다.

"성대 학대증입니다. 목을 많이 사용하는 가수나 교사들에게 흔히 걸리는 병이죠."

의사는 말을 끊고 내 얼굴과 옷차림새를 살핀다.

"어느 학교에 계십니까?"

가수처럼 보이진 않으니까 다른 쪽으로 완전히 밀어붙이는 것이다. 내 연구실이 있는 학교 이름을 대니 의사는 이것저것 치료에 필요한 이야기들을 해 주었다. 수술 이외에는 다른 방법이 없다. 3박 4일 정도 입원해서 수술을 받고 보름쯤 말을 하지 않고 성대를 보호하면 예전 목소리를 되찾을 수 있다.

"수술이라면…… 마취를 해야 합니까?"

"전신 마취를 하셔야죠."

나는 한 번도 의식을 놓쳐 본 적이 없다.

새 학기가 시작되었으므로 당장 수술을 받는 것은 무리였다. 한 학기를 로드 스튜어트 흉내를 내며 버티기로 했다. 1.5리터짜리 생수통을 들고 강의에 들어갔다. 성대를 아껴야 한다는 사실과 학생들에게 더 많은 걸 가르쳐 주고 싶다는 욕망이 매순간 부딪쳤다.

담배를 끊었다. 소설의 마지막 부분에서 등장 인물들을 떼거지로 죽이면서 줄담배를 피웠다. 문득 제갈공명의 한탄이 떠올랐다. "이토록 많은 사람을 죽였으니 어찌 편히 살기를 바랄 것인가?"

꿈을 꾸었다. 책상에 앉은 나는 왼손으로 연필을 꼭 쥔 채 시를 쓰고 있었다. 초등학교 1학년 늦가을 이후 왼손으로 글을 쓴 적이 없었다. 꿈에서 깨어나자마자 컴퓨터를 켜고 밤새 쓴 시를 옮겼다. 제목, 이 작은 사내를 사랑하노니.

꿈꾸는 집시의 노래 삼킨 적 있네
집행 유예로 나온 그날, 전인권의 「여자」를 부르며
헤어진 년들을 발가벗겼지 Y여대 음대생은
팬티 욕심이 많았고 H대학 문화인류학도는
갱상도 머쓰마들은 심만 쎄서 실타 했지
될 대로 되라지
신식민지 국가독점자본주의가 굴러가듯

오는 여자 막지 않고 가는 여자 잡지 않는
그에게 필요한 건 여자가 아닌 사랑!
그때 나 이런 시 건넸네

나는 나를 닮은 영혼을 찾았네 이 땅 구석구석 뒤졌으나 나의 인내심도 소용 없었네 나의 성격에 동감할 누군가 필요했네 나와 똑같은 고뇌를 가진 이를 원했던 거네 아침이었네 태양이 아주 장엄한 모습으로 지평선에 떠올랐고 저기 한 젊은이가 눈에 띄었네 그는 자기가 지나온 길 위로 꽃들을 피어나게 했네 내게로 와서 나의 손 잡았네

꿈꾸는 집시의 춤 받은 적 있네
훨훨 날리는 꽃잎을 물고 난간에 앉은 봄날
맨발로 허공을 차며, 다시 시작하자고
이별한 건 우리가 아니라 세상이지 않느냐
맨살 꼬집었네 기억을 일으켰네
될 대로 되라지
이미 시작된 만남, 갈 수 없는 곳까지 가서
그때 건넨 한 잔 술로 고백하려네
이 작은 사내를 사랑하노니

전화로 이 시를 들은 그는 웃기만 했다.

"웬 로트레아몽?"

확실히 몇몇 구절은 로트레아몽의 시와 비슷하거나 똑같았다. 적어도 10년 동안 그러니까 대학을 졸업한 후로는 로트레아몽을 펼쳐 든 적이 없다.

관촉사 은진 미륵처럼 거대한 머리를 가진 보르헤스는 노련한 구경꾼이다. 몇몇 갈림길을 제시만 할 뿐 긴 여행에 뛰어드는 법이 없다. '미로 정원' 만 제시할 뿐 미로를 헤매지는 않겠다는 것이다.

'허균의 마지막 나날' 이라는 제목을 '허균, 최후의 19일' 로 고쳤다. 마지막 나날이라는 느낌을 놓치기 싫었지만 명확하고 객관적인 제목일수록 더 큰 감동을 끌어낼 수 있다는 편집자의 주장에 설득당했다. 아내 역시 최후의 19일 쪽이 좋다고 했다. 소주 세 병을 안주 없이 마셨다.

자정 무렵, 딸을 재운 다음에도 아내는 빨래를 널고 청소를 한다. 커피 두 잔을 끓이면서 미안한 마음을 지운다.

예전에 하던 놀이가 떠올랐다.

"사랑과 섹스 외에도 이 세상엔 중요한 일이 있다."

"밥 딜런."

"전쟁터에서 죽어 관에 실려 돌아오는 아들을 맞는 첫 번째 부모가 되라."

"컨트리 조 앤 더 피시."

"네가 이방인일 때 사람들은 이상하다. 내가 외로울 때 사람의 얼굴은 험악해 보인다. 남들이 너를 원하지 않을 때 여자는 사악해 보인다. 네가 침통할 때 길은 울퉁불퉁하다. 네가 이상할 때 얼굴은 빗속으로부터 나온다. 네가 이상할 때 아무도 너의 이름을 기억하지 않는다."

"짐 모리슨! 이번엔 내가 낼게요. 신은 우리가 고통을 재는 척도로서의 관념일 뿐이야. 다시 한 번 말하자면 신은 관념이야. 그것으로 우린 고통을 측정하지."

"누구지?"

"존 레논! 돈, 그건 죄악이야. 그걸 공평하게 나누라구. 하나 내 몫은 빼앗지 말구. 돈, 오늘날 모든 악의 뿌리라고들 해. 임금 인상을 요구하면 그들이 아무 것도 내주지 않는다는 건 놀랄 일이 아냐."

"모르겠어."

"핑크 플로이드! 너희 모두가 내 인생을 다스리고 있다고 생각하지. 내가 타협하게 되리라 말하지. 너희 악마는 지옥으로 떨어져야 해. 난 마음속에 간직하고 있는 걸 보호하려 노력할 거야. 내 영혼과 나 자신을."

"어려워."

"트레이시 체프먼!"

아내는 점점 더 신이 났다. 나는 하나도 기억하지 못했다. 아내가 나보다 훨씬 더 많은 것들을 더 정확하게 외우는 건 사실이지만 이 정도는 아니었다.

"이건 정말정말 쉬워요. 삶이 돈으로 살 수 있는 거라면 부자는 살고 가난한 자는 죽어야 할 거야. 신이여, 나의 시련을 끝내 주소서."

나는 고개를 설레설레 저었다. 이건 놀이가 아니라 저주다. 아내가 대답 대신 녹음기를 틀었다. 낯익은 음악이 흘러나왔다. 존 바에즈였다.

"한의학과에 편입해도 될까요?"

"공불 다시 하고 싶어?"

"공부는 싫지만…… 졸업 후에 무료 시술 같은 걸 하고 싶어요."

"지금 시작하면 마흔 가까이 가야 끝날 건데…… 자신

있어?"

"마흔이라구요?"

아내는 동그란 두 눈을 껌벅이며 마른침을 삼켰다. 마흔 살에 무엇인가를 시작한다는 것은 결코 쉽지 않다. 결단은 아내 몫이다.

첫 딸의 돌잔치. 할머니가 된 어머니와 어머니가 된 아내 앞에서 나는 아직 아버지 흉내가 서툴다. 딸아이는 나를 닮아 아직 걸음마도 제대로 못한다.

20세기가 끝나기 19일 전, 네 번째 장편 소설이 출간되었다.

밀레니엄 특집 방송을 시청하면서 새삼스럽게 지구가 자전한다는 걸 깨달았다. 지금 여긴 21세기가 시작되었는데, 지금 저긴 20세기의 마지막 저녁상을 차리고 있었다.

1999년 12월 31일.

어머니는 기도를 했고 딸아이는 잠들었으며 아내와 나는 텔레비전을 보았다. 아우는 지도에 코를 박았고 그는 단편 영화 편집에 정신이 없었다. 진해 천자봉 공원 묘지에서 홀로 썩고 있을 아버지의 백골이 떠올랐다. 누군 이미 죽었고 누군 아직 살아 있다. 이것이 인생이다.

드디어! 예수의 나이. 예수는 참 젊어서 죽었다. 참 젊어서 부활했다.

눈물이 많아졌다. 텔레비전을 보다가도 아내보다 먼저 운다. 딸아이는 그런 내게 손뼉을 친다. 눈물샘이 다시 터진 걸까.

이화여대 동대문 병원에서 수술을 받았다. 배당받은 2인실은 보호자가 쉴 공간이 부족했다. 어머니가 논산으로 와서 딸아이를 맡고 아내가 나를 간병했다. 의사는 보름 동안 침묵할 것을 거듭 강조했다.

아내와 필담을 나누면서, 우리가 오랫동안 서로를 향해 편지를 쓰지 않았단 걸 깨달았다. 아내가 보낸 편지들을 꺼내 읽은 기억도 희미했다. 책상 서랍에 잘 담겨 있을까. 하루 빨리 퇴원해서 그 편지들, 아내가 내게 보낸 편지와 내가 아내에게 보낸 편지들을 꺼내 읽고 싶었다. 아내도 같은 생각일까. 내가 공책에 '편지'라고 쓰자마자, 고개를 끄덕이며 환하게 웃는 아내.

허무주의자와 도저한 허무주의자의 차이를 읽은 적이 있다. 도저한 허무주의자는 허무주의의 표정을 엿보긴 했으되, 완전히 허무주의에 빠지지는 않은 사람이다.

1995년 4월 12일 아내가 보낸 편지를 읽었다. 그때 나는 2중대 2소대 14번 사관 후보생으로 진해 교육 사령부 연병장을 뛰고 뛰고 또 뛰었다. 점호를 마친 뒤 화장실에서 졸음을 쫓으며 서울에 있는 아내에게 편지를 쓰고 또 아내의 편지를 읽는 것이 유일한 즐거움이었다.

나의 사랑에게

난 당신의 편지를 읽을 때면 아주 행복합니다. 그때야 내가 살아 있고 아주 온전한 내가 숨쉬고 있다는 느낌을 갖습니다. 나는 당신의 편지를 받고 또 한 번 행복했습니다. 그리고 그 느낌으로 당신을 사랑합니다. 아주 실제적으로.

우리는 함께 지냈던 7년간의 세월에 나누었던 만큼, 아니 그보다 더 많이 '사랑' 이라는 단어를 나누는 것 같습니다. 그 말이 우리의 심리 상태를 가장 잘 대변하기 때문일까요? 그만큼 추상적인 말도 없을 듯한데, 그래도 당신을 '사랑' 합니다.

당신이 던진 질문들에서 정말로 난 사랑을 느낍니다. 나를 이만큼 걱정해 주는구나. 나는 당신이 멀리 있어도 위안을 느낍니다. 동시에 나는 당신에게 그만큼 위안이 되었는지 걱정이 되기도 합니다.

혼자서 시내를 쏘다니는 일은 아직 안 해 봤어요. 그러기에는 나는 너무 나이가 든 것 같아. 밥은 먹기 싫어서 마지못해 먹고, 밥 먹을 때 당신 생각이 제일 많이 들지요. 당신이 밥 빨리 먹고 앉아서 내가 먹을 때가지 기다려 주던 게 제일 많이 그리워. 그리고 카페 '방' 도 일식집도 한 번도 가 보지 못했지. 수영장도 늦게 접수하러 갔다가 퇴짜 맞았지. 비디오도 너무 바빠서 한두 개 보기도 힘들지. 라디오도 별로 안 듣지. (내 모든 생활이 그 이전과는 다른 메커니

즘으로 이루어졌다는 실감이 들지요. 그건 아마도 혼자 있음일 거야.)

내 삶의 유일한 위로는 밤낮으로 혹은 시시때때로 당신 생각에 젖어드는 것.(이를테면 밤에는 언제나 해 주던 당신의 팔베게, 당신의 뽀뽀, 당신과 함께 갔던 술자리들, 당신과 봤던 그 많은 영화들) 그리고 당신의 편지 정도지요.

나는 휴일이 혹은 수업 없는 날이 제일 곤혹스러워요. 항상 같이 있던 짝이 없을 때, 하루 종일 우왕좌왕하는 그런 느낌이 들지요. 집에 혼자 있는 것도 혹은 밖에 나가 있는 것도 어느 것 하나 자연스럽지 않은 시간들입니다. 문제는 한동안 계속될 것이라는 데 있지요. 이제는 나도 생활의 기준을 잡아서 당신이 없는 부분을 그 어떤 것으로 채워야 할 텐데.

역시 당신은 나를 실망시키지 않는군요. 그런 만큼 나는 더 당신을 사랑합니다. 하지만 점점 더 유학에 대한 두려움이 늘어나고, 현실적인 문제들, 아기라도 낳으면 정말 해낼 수 있을까 하는 고민들도 가끔 합니다. 나는 전에 당신에게 말했듯이 일단 3학기에 학점을 다 따고 당신 옆에 가 있으려고 합니다. 거기서 논문도 쓰고 우리 아가야도 낳고(과연 두 가지를 다 할 수 있을까?) 내 인생에서 중요한 문제들을 동시에 해치워(?) 버릴 것입니다. 당신이 많이 도와줘야겠지요. 그리고 어머니는 언젠가 우리가 모셔야 할 것이라고 나도 생각합니다. 언제일지는 모르겠지만.

자꾸 콧물이 흐르는군요. 당신도 감기 조심하기 바랍니다.

서울은 개나리와 진달래가 이제 만발하기 시작했습니다. 하지만 차가운 날씨 때문에 꽃이 피었다는 것 자체가 의심스럽기조차 합니다.

사랑하는 당신! 이제 그만 써야겠네요. 이 편지는 빠른 우편으로 보낼게요.

4월 12일

秀敬

딸아이가 내 눈을 들여다보며 "아빠!" 하고 부른다.

"아빠가 아냐. 아부지, 아부지."

딸아이가 아푸치 아푸치 한다.

"당신은 왜 아부지만 고집하죠? 아빠가 훨씬 좋지 않아요?"

닭고기와 호박으로 이유식을 만들던 아내가 놀린다.

"아빠는 너무 심심해. 아부지가 훨씬 다정하지."

"누가 경상도 사람 아니랄까 봐 그래요?"

성대 수술을 받은 다음부터 평생 해서는 안 될 일들이 생겼다. 아내의 협박은 집요하고 구체적이다.

"담배는 절대 안 돼요. 술도 맥주 한 병 이상은 안 되고 노래방 문턱은 아예 넘을 생각을 마요. 소설도 하루에 네 시간 이상은 쓰지 말고 주말에는 무조건 쉬어요. 이걸 지키지 않으면, 다시 양성 종양이 생기거나 심하면 후두암에 걸릴지도 몰라요. 다시 수술 받고 벙어리 흉내 내는 건 당신도 싫죠?"

낙이 없다.

학생들 도움으로 홈페이지를 만들었다. 첫 화면에 사진이 필요하다는 요구를 받자마자 흑백 사진 한 장이 선명하게 떠올랐다. 1988년 《실천문학》 복간호에 실린 눈 맑은 소녀의 사진이었다. 작가를 꿈꿀 무렵 내 마음의 풍경 바로 그것이었다.

4월 1일. 진해 천자봉에서 아버지의 환갑 기념 예배를 보았다. 환갑을 기념하는 건 살아 육십수를 누린 이를 축복하기 위함이 아닐까. 손수건으로 눈물을 훔치는 어머니를 부축하며 동생이 낮게 속삭이듯 말했다.

"아부지."

군항제를 둘러보았다. 이 도시를 떠난 지 2년도 채 안 되는데 모든 것이 낯설었다. 자유롭게 드나들던 해군 사관학교도 전투 사령부도 들어갈 수 없었다. 충무공로터리를 지나는데 몇몇 정복 차림 중위들이 고개를 갸웃거리며 다가와선 오른발로 땅을 차며 거수 경례를 했다. 이름은 잊었지만 내가 가르친 생도들이다. 2년 전 그들은 생도였고 나는 그들을 가르치며 틈틈이 습작을 하던 해군 중위였다. 2년 후 그들은 해군 중위가 되어 어깨에 힘을 잔뜩 주고 상방 15도를 바라보며 걸었다.

내게 익숙하던 군항제가 사라진 것처럼, 예전의 나도 그곳에 없었다. 그러나 그들은 꼬박꼬박 나를 '김탁환 중위님' 이라고 불러 주었다. 호칭을 바꾸라고 하려다가 그만두었다. 내가 아무리 변신에 변신을 거듭하며 나타나도 편안히 나를 감싸 주는 이 도시처럼, 나도 그들을 끌어안고 싶었던 것이다.

「진해로부터 29년」을 계간지에 발표한 후 어떤 평론가가 던진 비판이 기억난다. 지방의 작은 도시에서 사관생도들에게 문화 충격을 줄 것인가 말 것인가 하는 고민 따위는 이 엄혹한 시절에 비추어 본다면 한가하기 그지없다는 지적이었다. 그때도 그의 말을 받아들일 수 없었고 지금도 그런 주장을 인정할 수 없다. 나는 인간 개개인의 영혼에 씨를 뿌리고 물과 거름을 주는 것보다 더 바쁘고 중요한 일을 알지 못한다. 이것이야말로 글쓰기의 본질이라고 믿는다.

아내의 대학 동기들이 홈페이지를 만들었다. 아내는 내 이메일 주소로 그들과 연락하는 것이 불편하다고 했다. 아내를 위해 포털사이트로 들어가서 그녀만의 이메일 주소를 만들었다. 그리고 플로베르의 편지에서 뽑은 인용구 하나를 곁들여 이 소설을 아내에게 첨부 파일로 보냈다.

이 작품은 내 젊음의 마감입니다.

(2000년)

작가의 말

지금 나는 소설을 쓰고 있다. 밥 먹듯 숨 쉬듯, 정직한 문장을 만들기 위한 분투는 일상이다.

세상이 지금보다 10년 더 젊었을 때도 나는 소설을 쓰고 있었다. 그 봄 진해 바닷가에서부터 내 관심은 오로지 파란만장한 인생이었다. 소설은 이 변화무쌍한 삶을 담기에 넉넉한 배였고 나는 눈부신 아침 햇살에 그물질을 멈춘 철부지 어부였다.

빛나는 것은 오로지 작품이며 작가란 단지 그림자에 지나지 않는다고 믿어 왔다. 해마다 탈고한 소설을 세상을 향해 던지면서 10년을 늙은 것이다. 10년 후에도 작업실 문 앞에 "지금 내 인생의 대표작을 집필 중이니 방해 말 것!"

이라는 오만한 문장이 붙어 있기를 바란다.

첫 소설집을 묶는다.

작업 중인 내 모습이 많이 담겼다. 이야기를 만드는 자의 이야기. 나는 초발심(初發心)에 서 있고, 이런 도돌이표가 인생의 중요한 단면임을 예감하는 요즈음이다. 독자들이 이 작은 인간들과 함께 저마다의 슬픔을 되새김질하며 위로하고 위로받았으면 좋겠다.

하얀 봄날, 창문으로 가야지
꽃잎 분분
이 순간은 모두 진해!

2006년 4월
김탁환

해설

아버지의 시간, 벗의 시간 그리고 불멸하는 글쓰기

천정환

『진해 벚꽃』은 『불멸의 이순신』, 『나, 황진이』, 『방각본 살인 사건』의 작가 김탁환의 새로운 면모를 보여 준다. 작가를 비교적 잘 알고 있다고 생각해 온 필자에게도 이렇게 단편집에 한데 묶인 김탁환의 작품들은 꽤나 낯설게 느껴져서, 오늘날 한국 소설가의 존재 방식에 대해 또다시 생각하게 되었다.

이 첫 번째 '창작집'에서 김탁환은, '떡 주무르듯' 수없이 많은 사료를 다루어 수월하게 이야기를 쑥쑥 뽑아내는 '매설 전문가'(지뢰나 광케이블 같은 물건을 땅속에 설치하는 그런 전문가가 아닌, 이야기〔說〕를 팔아〔賣〕 먹고사는 사람이라는 뜻이겠다.)가 아니라, 가진 거라곤 어이없이 뜨거운 문학열과 제멋대로 덜렁대는 불알 두 쪽밖에 없는, 수줍은 신인 또는 서울에 올라온 지 며칠 안 된 여드름투성이 문청처럼, 자신의 글쓰기와 삶에 대해 고백하고 있다. 첫 번째 '창작집'이면 다 그런 걸까?

김탁환은 오늘날 한국 문단에서 예외적이며, '주류'에서 비껴 난 존재이다. '엘리트 코스'를 두루 밟으며 김윤식, 김현으로부터 (그것도 1980년대에) 문학을 배우고, 젊은 남성 작가로서는 드물게 십수만 명의 독자를 가지고 있음에도, 그는 일종의 아웃사이더이다. 그의 소설을 계간지에서 찾기란 매우 어렵고, 그는 흔한 문학상 하나 아직 받은 적이 없다. 그의 장편 소설이 『밤의 대통령』, 『가시나무』 유의 소설과는 전혀 다른 성질의 '문학성'을 갖고 있음에도, 평론가들은 그의 작품에 대해 거의 이야기하지 않는다. 이에는 여러 가지 사정이 작용한 탓이리라. 고전 소설의 계승자가 되려는 의욕 탓에 그가 써 내는 이야기들의 밀도가 주류 평론가들이 지닌 기준과는 뭔가 다르다는 점도 있겠고, 또한 문학적 이력을 출발하던 시점에서 김탁환이 '보수 우익' 성향의 작가로 큰 오해를 받기까지 한 사정도 작용했을 것이다. 나 또한 그런 줄 알고 한동안 아연해했으니.

하나 김탁환의 지향은 그런 성향과 무관할뿐더러, 오히려 일종의 아웃사이더라서 흥미롭게 느껴진다. 그는 영상과 문자 두 갈래로 크게 구획된 서사 시장(narrative market)을 넘나드는 몇 안 되는 '작가'의 하나로서 한국 문학의 '현재'를 오히려 잘 보여 준다. 『불멸의 이순신』을 비롯한 김탁환 소설은 세 편의 텔레비전 드라마로 만들어졌고 앞으로 『방각본 살인 사건』 등 세 편이 영화로 만들어질 예정이라 한다.

그러니까 문화적 맥락의 견지에서 보면 김탁환의 장편 역사 소설들은 그냥 이광수나 박종화 같은 데 이어진 것이 아니다. 그것은 전 세계적인 탈근대의 서사라는 '팩션(faction)'의 한국적 발현태이며, 영상을 통해 다시 조립되어 수백 만의 대중에게 수용되는 '원(原)콘텐츠'이다. 근래 김탁환은 직접 시나리오를 쓰고 한국과학기술원(KAIST)이라는 공과 대학에서 디지털 스토리 '디자인'을 가르치고 있다고 한다. 그러니까 '문학은 여기(餘技)'라며 잘난 척할 수 있었던 그런 소설가도, 아주 궁벽해져서 공적 자금의 투입으로 유지되는 좁다란 뒤안길에서 외로이 '소설가의 각오'를 되뇌며 옥쇄를 결의해야 하는 그런 작가도 아니다.

대중 예술과 고급 예술의 경계가 다 무너지고, 영상 문화의 위력이 압도적인 현재가 아닌가. 그래서 이런 단편 소설집의 존재는 더욱 역설적으로 느껴진다. '단편은 예술, 장편은 밥벌이'라 정식화한 이태준의 시대로부터 한국 소설사에서 단편 소설은 오래도록 특별한 위치를 갖고 있다. 이러한 인식과 정황이 비정상적인 것이라 이미 비판 · 지적되어 왔고, 또한 1970~1980년대를 거친 이후 독자와의 소통 면에서도 장편 소설이 압도적인 주도권을 가져 왔는데도 '단편 소설 중심'은 재생산되고 있다. 이는 작가 지망생들을 일렬로 줄 세워, 성향과 테크닉 숙련도를 분류 · 심사받게 하는 신춘 문예와 계간지 시스템에 의해 제도적으로 보증된다. 통상 한국 소설가들은 80~100매짜리 단편 소설로 '데뷔'하고, 계간지에 단편 소설을 청탁받아 연명도 하고 작가로서 정체성을 만들고 이력을 쌓아 가는 것이다.

단편 소설은 다분히 '예술적'이고 실험적이다. 또한 무엇보다 사소설적 성격이 강하다. 그래서 단편 소설이 보여 주는 세계는 말 그대로 단편적이며 즉자적이기도 하다. 제대로 된 '인식(認識)'의 수준에 이르지 못한 생각의 편린과 감상(感傷), 심지어 작가의 신변잡기 따위도, 일정한 수준에 오른 기교를 보여 주고 분위기를 창조하는 데 성공하면 좋은 작품으로 인정되고 상도 받을 수 있다. 그래서 외려 단편 소설의 특권적 지위가 한국 소설의 약점이기 십상인 것이다. 그러나 오늘날에도 참으로 갖가지 방식으로 씌어지는 한국 작가들의 단편 소설을 보라. '단편 소설 중심'으로 문창과 시절이나 습작기로부터 열심히 담금질되어 왔기 때문에, 비록 그 한계 안에서라 할지라도, 그들은 온갖 흥미롭고 치열한 이야기를 다 만들어 낼 수 있다.

뺄 것도 덜 것도 없이 꽉 짜인 틀 안에서 세상 앞에 매끈하게 벼린 칼 하나를 쑥 들이밀어야 하는 그들 '단편 작가'(오죽하면 '단편 작가' '장편 작가'라는 말이 따로 있을까.)는 그래서 참으로 일종의 '예술가'이기도 하다. 이 예술가는 근대에 이르러 소설을 예술의 한 영역으로 만든 새로운 존재들이었다.

이들 예술가란 존재는 김탁환이 자처해 온 '매설가'와 다르다. 근대의 '예술가-소설가'는 삶을 삶 자체로 대하지 못하고, "종이 위를 달리"(「진눈깨비」)기만 하는 '저주받은' 존재들이다. 그 저주는 문자의 헤게모니가 약화된 오늘날 더욱 혹독하다. 그러나 매설가는 근대 '예술가-소설가' 이전에 존재했던 '이야기꾼(storyteller)'에 비교될 만한 존재이다. 동아시아의 이야기 문학 전통에 결부되어 있는 이들은 '예술가'들과는 좀 종류가 다른 이야기꾼이다. (그러니까 김탁환의 '매설가'라는 자처는 그가 고전 소설 전공자였다는 사실과 깊은 관계가 있겠다.)

김탁환처럼 이미 국가 대표급 스토리텔러가 된 작가에게 이런 뒤늦은 '단편' 작품집이 왜 필요할까? 더구나 모아 놓고 보니 이 작품집의 소설들은 무려 1996년부터 2005

년까지 10년간 띄엄띄엄 씌어졌다. '처녀' 창작집에서 소설가는 자기 소설 쓰기의 기원에 대해 '고백'하고 동시대의 인물과 '자신'을 통해서, '작가'로서 현실을 어떻게 보는지, 어떻게 현실을 언어화하는지, 그가 가진 글쓰기의 윤리가 무엇인지 보여 주어야 한다. 즉 그가 원했든 원치 않았든 역사 소설은 작가를 감추어 놓는 데 아주 유용했지만, 이런 단편 소설들은 아무리 감추어도 작가를 드러낸다. 또한 그렇게 드러난 작가란 유치하고 초라한 존재일 수도 있다. 위험하지 않을까?

결국 이런 소설집에서 취할 자세란 '나는 소설가요'라고 말하는 것뿐인데. 여기서 황진이와 이순신 같은 인물의 우아하고도 장렬한 이야기를 들려주는, 유식하기 그지없고 환상적이기까지 한 이야기꾼의 신비는 없다. 대신 뭐든, 이야깃거리가 되는 거든 안 되는 거든, 이를테면 제 아비가 개흘레꾼이었다는 고백이든, 남편 몰래 바람 피운 비밀이든, 솔직히 절대 알고 싶지 않고 오히려 통속적일 데 이를 데 없는, 지저분한 속곳에 고름 맺힌 상처까지 다 까집어 분칠하여 내놓고는, 원고료 챙기는 '예술가'가가 거기 있다. 그게 더 좋단다. 뭐, 제 좋다는데 어찌 말리리오.

그러나 이런 소설집을 읽는 나와 우리 독자들은? 그래, 결국 알고 보니 그처럼 성공한 매설가마저도, 병약한 유아

(乳兒)이자 '유아(唯我)'에, 배배 꼬인 자의식 덩어리인 소설가의 일종일 뿐이더라는, 말하자면, 국민 가수 현철도 알고 보니 언더그라운드 그룹사운드 출신이더라는 것과 같은 그런 '진실'을 알게 되면? 그래도 독자는 관계 없는 건가? 오히려 더 행복한 건가? 그러시다면 당신은 아주 잔인한, 하나 문학 교육 잘 받은 '한국 소설 독자'이시구려. 당신이 아직 한국 '현대 문학사'를 지탱하고 있지요.

영화 보는 아버지

「진눈깨비」, 「진해로부터 29년」, 「아내와 나」와 같은 자전적 작품들에서 김탁환 글쓰기의 원천은 세 가지이다. 그것은 아버지, 1980년대, 그리고 글 쓰는 작가 자신이다. 이 세 가지 항들은 모두 강하게 서로 연결된 채 이 소설집을 관류하는 큰 '이야기'를 만든다. 그것은 아버지가 돌아가시고, 1980년대를 겪고, 결혼을 하며 저 자신 아비가 되는 한 남자의 성장담이다. 남다른 이 성장담이 귀착하는 곳은 언제나 하나의 지점이라서 『진해 벚꽃』 전체를 하나의 '소설가 소설'로 읽히게 한다. 그는 자라 한 사람의 '어른'이 아니라, 소설가가 되었다.

이는 "애초에 끝없는 글쓰기를 시작했던 것이다. 그러나 이쯤에서 아버지의 삶과 죽음에 관한 생각들을 접겠다. 이제는 내 표정과 걸음걸이와 말투에서 아버지의 흔적을 발견한다고 해도 두려워하지 않겠다. 아버지는 간첩도 아니고 삶의 패배자도 아니다. 아버지는 그냥 아버지일 뿐이다."라는 「진해로부터 29년」와 같은 대목에서 명징하게 표현된다.

그러나 이 소설집의 아버지-이야기는 보통의 오이디푸스 드라마와는 다른 아버지-이야기이다. 오이디푸스 드라마에서 "그냥 아버지일 뿐"인 아버지는 없다. 왕이건 억압자이건, 또는 폭력의 화신이건 거세 위협자이건, 아버지는 누군가였고 누군가이다. 특히 한국적인 오이디푸스 드라마라면, 알고 보니 제 애비가 박정희를 오야붕으로 모시고 있더라든가, 더럽게 무능하면서 '가족'이라는 조직에서는 폭력적인 두목이라든가, 또는 그랬는데 어느 날 머리가 굵어져 보니 아버지는 추하게 늙어빠진 냄새나는 '노약자'에 지나지 않더라는 식으로 돼야 했다. 이빨 빠진 호랑이처럼 된 아버지이거나 심지어 죽고 없는 아버지라 할지라도, 그리고 아들이 아버지가 되고 난 뒤에라도, 아버지는 누군가로 남아 있다. 죽은 아버지를 굳이 기억하는 짓거리들 때문에 부권(父權) 문명은 이어져 왔다.

그런데 이 소설의 아버지는 그저 "그냥 아버지일 뿐"이고 더 이상 생각하지 않아도 되는 아버지이다. "사자(死者)에게 생명을 불어넣고 말하고 춤추고 노래하게 하기에는 너무 많은 희생이 따르"기 때문이라 한다. 아버지의 기의는 비어 있는 것이다. 왜 그럴까? 사실 이 아들은 아버지에 대해 아무것도 모르거나 아버지로부터 상처를 입지 않은 것이다. '나'는 아버지와 '사내'로서 제대로 대면한 적 없다. "남자 대 남자로서 대화를 나눈 적은 단 한 번도 없다. (중략) 아버지와 나는 대화를 나눈 적이 없다." 물론 그 인간에게 귀싸대기를 맞거나, 반항하거나 증오한 적도 없다.

그래서 '나'가 겨우 기억해 내는 아버지의 자리는 모호하다. 아버지는 아들이 꾸는 판타지나 악몽 속에 있는 멋진 영웅이거나 천하의 악당인 '영화 속' 아버지가 아니라 '영화 보는' 아버지 또는 '영화처럼 살기를 원했던' 아버지이다. '영화 보는'과 '영화처럼 살기를 원했던' 사이의 거리는 사실 매우 크다. 아버지의 주체됨이 무엇인지 '나'가 파악하는 데에는 장애가 있다. 그래서 아버지의 자리는 정해져 있지 않은 것이다.

영화를 '보는' 사람은 영화 '속의' 이야기를 어떤 본질을 가진 존재라 착각한다. 그러나 지젝이 말한 것처럼 '스크린 너머'에는 아무것도 없다. 환각은 환각일 뿐, 그 '의미' 같은 것을 찾으려는 노력은 헛되다. 어렴풋이 '나'도 아버지라는 표상의 '본질'이 텅 비어 있다는 것을 잘 알고 있다. 그래서 나는 아버지를 '영화 속'에는 데려다 놓을 수가 없다. 그를 상상하기를 피곤해한다. "나는 영화처럼 아버지를 추억할 것이다. 그러나 나는 '언제나' 영화 밖에 있고 싶다. 관객 자리에 꼼짝 않고 앉아서 졸거나 몽상하고 싶다."

그런데도 왜 아버지-이야기를 해야 하는 걸까? 자라나 아버지를 더 닮게 되자, 어머니와 아내가 아버지라는 '나의 기원'에 대해 환기하고 질문하기 시작했기 때문이다. 그때 비로소 자신에게 오이디푸스 드라마가 없다는 사실을 환기하고, 또 아버지라는 것이 무엇인지 모르는 채로 아버지가 되었다는 것 때문에 당황한다. 아버지의 자리는 아버지-아들의 관계가 아니라, 어머니-아들, 아내-남편의 관계를 통해 재생산되는 것이다.

우리 문학사에서는 '아비의 부재'가 대단한 결여/잉여 요인으로 간주되어 왔다. 그럴 수밖에 없었다. 한국인의 삶은 너무 복잡했고 사회 변동의 속도가 삶의 속도보다 몇십 배 빨랐으며 여성의 권리는 너무 작았기 때문이다. 그러나 이제 아버지 기의는 달라지고 있다. 더 많은 민주주의와 약간 높아진 사회적 안정성은 아비의 자리를 약화시키고 있고, 가부장제와 이성애 중심주의의 약화는 가족 자체를 바꾸고 있다. 아버지가 없으면 어때? 프로이드의 착각과 달리 모든 아들이 오이디푸스인 것도 아니고, 그럴 필요도 없다. '아비 없이' 자라도 얼마든지 모두 훌륭할 수 있고 그게 별로 특별한 일도 아니다. 꼭 필요하다면 『진해 벚꽃』의 주인공처럼 조그맣게 아버지를 생각해 보면 된다. 우리 모두가 아버지의 족쇄로부터 놓여나야 한다.

'벗'의 시간: 1980년대

『진해 벚꽃』의 '나'가 뒤늦게야 아버지를 환기해도 좋았던 것은, 즉 아버지를 생각하지 않고 청년기를 통과할 수 있었던 것은 아버지보다 더 강력하고 위대한 것이 '나' 앞에 있었기 때문이다. 그 하나는 글쓰기이며 다른 하나는 1980년대이다. 이 소설의 아버지-이야기는 '소설가-되기'라는 성장담에 종속되어 있다. 아버지가 죽고 난 뒤에 '나'가 얻은 자유는 마음껏 사내가 될 자유가 아니라, 글 쓰는 사람이 될 자유였다.

소설가의 기억은 진해에 그러모아져 있다. 진해는 삶이 시작된 곳이면서 또한 성장이 완성된 터닝포인트이기 때문이다. 『서른, 잔치는 끝났다』에서처럼 스물아홉 살을 전후

한 터닝포인트에는 또한 1980년대와 1990년대의 경계가 그어져 있다. 김탁환의 '나'는 많은 '1980년대의 아이들'이 실제로 그러했듯이 1980년대를 겪은 후 20대를 종결하고 어른이 된 것이다.

「진해로부터 29년」에서 작가는 트릭 하나를 쓰고 있다. 그것은 아버지 이야기에 덧대진 '그'에 관한 이야기인데 작가는 '그'의 정체를 말하지 않고 불쑥불쑥 등장시킨다. 그런 '그'는 아버지-이야기가 진행되는 와중에 설명 없이 나타나 아버지와 (물론 대칭적인 관계는 아니지만) 비교가 되거나 삶의 중요한 국면에서 '나'를 찾아온다. 전인권이나 존 레논의 노래를 부른 것도, 스물아홉 살이 되기 직전 소설 쓰는 '나'를 찾아와 "애꿎은 친구들이나 팔아먹지 말고" 제대로 소설을 써 보라고 말했던 것도 '그'이다.

'그'는 1980년대가 '나'에게 만들어 준 친구들, 즉 '벗'들(여기에 선배 또는 후배들도 포함된다.) 가운데 하나이다. 1980년대의 아이들은 아비에게는 별로 받은 것도 준 것도 없는지 모르지만, 벗들과는 매우 복잡한 정신과 도덕의 채무 관계가 있다. 벗들은 1980년대가 나에게 드리운 크나큰 검은 장막의 한 폭이다. 그래서 그가 누군지 말할 수 없을 정도이다.

이런 견지에서 "그날은 오리라 가자 이제 생명을 걸고/

벗이여 새 날이 온다 벗이여 해방이 온다"라는 노래 가사로 끝나는 「열정」은 아주 상징적이다. 1986년 4월 28일, 서울대생들의 전방 입소 거부 투쟁을 주도하다가 서울 관악구 신림사거리에서 분신 자살한 김세진 · 이재호를 그린 이 소설은 1980년대라는 특별한 한 시대가 가진 비밀을 드러내는 데 성공하고 있다. 이 소설은 통상의 '리얼리즘 정신'으로 씌어진 작품은 아니지만 그것과 맞바꿔도 좋을 다른 차원의 미덕을 갖고 있고, '열정'이라는 제목대로 1980년대와 그 주역들의 파토스를 여실히 보여 준다.

1999년에 《창작과 비평》에 처음 발표된 이 소설을 (노무현 정권이 집권 4년차에 들어섰다는) 2006년에 다시 읽는 느낌은 새롭다. '노무현 정권은 83학번 정권'이라는 보수 신문의 조롱을 혹시 기억하시는지? 이 소설이 모델로 삼은 김세진 · 이재호가 바로 83학번이다. 그들이 살아 있다면, 그들의 이른바 386세대(일단 이 세대가 실체를 가진 것이라 가정해 두자.) '친구'들이 그러하듯 청와대를 '접수'하러 들어갔거나 국회의원이 되었을지도 모른다.

'노무현 정권 = 386 정권' 또는 '진보 세력 = 386 세대'라는 등식이 결코 성립되지 않지만도, 노무현 정권의 탄생과 행보는 386 세대가 가진 의식과 역사적 공과(功過)에 대해 성찰하고 사회적으로 '검증' 받도록 했다. 민주화 운동의 주체였던 386 세대는 역사상 가장 정치적 지향의 동질성이 높은 세대로 간주되는 것이다. 그 동질성의 관계 구조가 다름 아닌 '친구'로 표현된다. 386 세대는 오늘날 '타락'한 것으로 간주된다.

그래서 김세진 · 이재호 같은 1980년대의 주체들과 그 투쟁이 어떻게 '재현'되어 있는가를 보는 것은 흥미롭고도 중요하게 느껴진다. 「열정」에서 그들은 무엇보다도 대학을 다니는 스무 살짜리들이다. 강혁은 "키가 크고 다부진 어깨에 왕방울만 한 눈이 인상적인" "홀어머니의 뜻에 따라 판검사의 뜻을 키워 온 활달한 청년"이며 공승하는 "식물학자가 장래 희망인 호기심 많은", "놀라운 기억력의 소유자"이다. 이들은 완벽한 짝패 혹은 버디이다. (이 대목에서 또 다른 '1980년대'를 소재로 한 곽경택의 영화 「친구」를 상기해 보아도 좋으리라. 「열정」은 1980년대 운동에 개재된 '젠더'적 성격 또한 은연중에, 그러나 분명히 드러내고 있다.)

이들 '친구'는 각각 "생명을 어루만지는 자의 자상함과 섬세함"과 "판사의 아량과 검사의 직관이 동시에 숨어 있"는 그런 인물들이다. 그들은 그렇게 '아름다운 청년'일 뿐만 아니라, 가장 성실하고 헌신적인 활동가이기도 했다." "어두운 죽음의 시대였지만 두 사람의 가슴은 결코 차갑게 얼어붙지 않았"고 "하루가 멀다 하고 밤샘을 했지만 그들은 일처리에 조급하거나 지루해하지 않았"으며, "그들은 자신의 잘못을 솔직히 인정했고 앞으로 다시는 그런 과오를 범하지 않겠다고 맹세"하는 유의 인간이며 술자리에서도 "끝까지 취하지 않고 깨어 있었"던, "희망과 절망, 슬픔과 분노가 어우러지는 분위기에서도 그들은 오늘을 정리하고 내일을 준비"하는 인간이었다.

즉, 이들은 1000퍼센트 긍정적인 인물인 것이다. '1980년대의 아이들'은 진짜 그랬을까? 왜 저렇게 '완벽함'을 훨씬 초과해 있는 비현실적 '미화'를 통해 주인공들을 그렸을까?

단언컨대, 1980년대의 아이들 중에는 저런 '벗'들이 있었다. '나는 결코 그런 훌륭한 인간이 아니었지만 내 친구들은 그랬다'는 데 1980년대 정서와 도덕의 한 핵심이 있다. 사실 그들 하나하나는 모두 구차한 겁쟁이이며, 설사 이상을 지향했다 해도 모순에 가득 찬 평범하고 미숙한 인간에 지나지 않았겠지만, 복수(複數)로서 그들은 저런 완벽한 인간이었다. 그 운동은 참여하는 사람들에게 완전한 '품성'이나 '전인(全人)'을, 그리고 초월을 요구했다. 물론 이러한 이상적 요청 자체가 많은 평범한 이들에게 억압으로 작용했겠지만 가끔 공승하나 강혁 같은 사람은 그것을 체현한 것처럼 보였다. 그것은 가능했다. 그들이 이십 대였기 때문에.

바꿔 말하면 공승하와 강혁은 살아 있는 개별자가 아니라 당시 운동의 이상과 도덕의 체현자이다. 김탁환이 그린 것은 1980년대 운동의 지향적 인간학이다. 공승하와 강혁은 하나의 다비드 상(像)인 바, 그 청년들은 육체적인 완미(完美)함 뿐 아니라 거의 영성(靈性)에 이른 높은 정신성을 가진 것이다. 근본적인 논리와 행동에는 영성이 깃들 수밖에 없다. 그들의 삶과 죽음에 대한 형상화는 1980년대의 운동에 관련된 영성의 형상화이다.

그래서 나는 1980년대와 그 주체들에 대한 환멸과 폄하를 들으면 양가적인 생각이 든다. 한편으로 기성 세대의 일부가 되어 버린 그들의 '타락'이 저 푸르름과 아름다움에 비하면 그야말로 어이없는 '타락' 그 자체이기 때문에 비판은 어떤 경우라도 설득력 있다. 다른 한편 거기에 결코 동의를 보낼 수 없다. 그 속에 직접 속해 있어서 1980년대의 '벗들'과 초월적 도덕률을 목격한 사람이 아니면 저 영성을 결코 이해하지 못하리라는 생각 때문이다.

독자 여러분은 이 소설 속의 두 사람이 왜 분신 자살이라는 극한적 방법을 택했는지 이해가 되시는지? 또는 작가는 그것을 설득력 있게 제시하고 있다고 생각하시는지? '아니다'가 정답일 것이다. 작가는 두 사람이 죽음을 결심하던 장면을 이렇게 써 놓고 있다.

> 특히 스무 살 이후는 그들 인생의 절정기였다. 몸 바칠 조국이 있었고 지켜야 할 신념이 있었으며 책임질 일이 있었다. 그리고 무엇보다 자신을 알아주는 벗이 있었다. 그 밤에 그들의 말과 웃음, 몸짓과 노래는 이런 시구만큼이나 아름다웠다. 가야 할 때가 언제인가를 알고 가는 이의 뒷모습은 얼마나 아름다운가.

저 표현은 불분명하기 그지없다. 게다가 '조국'은 불편하게까지 읽힌다. 그러나 실제로도 자결 동기는 불분명했을 것이다. 그것은 합리적이거나 '전술적'인 선택이 아니었다. 오로지 그 투쟁 과정에 몸과 영혼을 모두 바쳤던 그 자신밖에는 죽음의 이유를 모른다. 우리는 전태일의 죽음을 진정 이해할 수 있나? '자기 보존'이 윤리의 최종적 심급이자 합리성의 원천인 속세에서 그 죽음은 결코 이해할 수 없는 것이다. 그들은 초월적인 도덕률의 소유자들이었던 것이다.

공승하와 강혁이 목숨을 버려 싸웠던 이유의 다른 측면은 '벗'들이다. 공승하와 강혁은 스스로가 서로에게 죽음의 원인이었고, 그들이 책임져야 했던 또 다른 벗들 때문에 죽었다. 1970년 8월 9일에 전태일은 이렇게 썼다 한다.

> 나는 돌아가야 한다. 꼭 돌아가야 한다.
> 불쌍한 내 형제의 곁으로, 내 마음의 고향으로,
> 내 이상의 전부인 평화시장의 어린 동심 곁으로,
> 생을 두고 맹세한 내가, 그 많은 시간과 공상 속에서,
> 내가 돌보지 않으면 아니 될 나약한 생명체들.
> 나를 버리고, 나를 죽이고 가마.
> 조금만 참고 견디어라.
> 너희들의 곁을 떠나지 않기 위하여
> 나약한 나를 다 바치마.
> 너희들은 내 마음의 고향이로다.
>
> —「전태일 평전」 중에서

죽음을 결심하는 순간에 전태일 역시 '형제' 인 친구들과 어린 노동자 동료들을 떠올리고 있다. 이는 우연이 아니다. 따라서 저와 같은 죽음에 대한 가장 큰 몰이해는 그들이 이데올로기 때문에 자살했다는 식의 설명이다. '자기 보존' 밖에 모르는 '어른들' 은 당혹해한다. 그들은 고문을 해서라도 '배후' 가 누구인지, 누가 '사주' 했는지 밝히고 싶어 했다. 그러나 이는 오해이다. 마지막 1980년대식 대규모 민

중 항쟁이 일어나고 많은 이들이 목숨을 잃은 1991년 5월에 김지하가 "죽음의 굿판을 때려치워라."라고 했을 때, 그것이 치떨리게 분노스러웠던 것은 그 말에 이 같은 몰이해와 자기 과거에 대한 망각이 담겨 있었기 때문이다.

그들을 그렇게 이해할 수 없는 행위를 하도록 만든 타인이 있다면 오로지 '벗들' 뿐이다. 그 벗들은 곧 그 자신이다. 황지우는 1987년에 쓴 시 「나는 너다」에서 "만세! 나는 너다. 만세, 만세 너는 나다. 우리는 一體다. 성냥개비로 이은 별자리도 다 탔다."고 노래했다. 그렇게 1980년대는 무한한 이타(利他)가 가능했던 이십 대들의 '벗의 시간' 이며 공간이다. 「열정」은 이를 보여 준다.

덧붙여 이 소설은 이른바 후일담 소설(이런 기존의 용어를 굳이 따른다면)에 대한 가장 강력한 비판이기도 하다. 1990년대 초에 씌어진 후일담 소설이란 무엇이었나? '이탈자' 들에 의해 '너무 빨리' 씌어지고 방정맞을 만큼 몸 빠른 평론가들 때문에 부당하게 시민권을 취득했던 그것은 사실 저급한 신파에 불과했다. 현실의 투쟁은 여전히 진행 중이었고, 그들이 읊어 댄 '살아남은 자의 슬픔' 은 진정한 고통이 아니라 싸구려 자기 연민에 지나지 않았기 때문이다. '슬픔' 은 '부끄러움' 이나 고통을 자기 연민으로 바꾼 상태여서는 안 된다. 겸손한 '살아남은 자' 라면 스스로 발언권을 제한했을 것이다. '살아남은 자'가 할 것은 살아가기는 하되, '무한 성찰' 하는 것이다. 그 외에는 별로 방법이 없다.

또다시 작가-되기

전체적으로 하나의 큰 성장담이라 할 수 있는 소설집의 이야기가 귀착한 곳은 한 곳, 글 쓰며 먹고 사는 '오늘의' 작가 자신이다. 이 자의식은 확고하고 경계 없이 매끈해 보이기도 한다. 그래서 그것을 성장이라 볼 수 없을지도 모른다. '나'는 작가가 되기로 결심한 열세 살 이래로 똑같기 때문이다. 그래서 「열정」은 예외적이지만 '1980년대'라는 전혀 다른 요소가 '글쓰기'에 대해 어떻게 다른 힘으로서 길항하는가에 대해서는 명확하게 말한 바가 없다.

'나는 작가다'라는 의식은 훌륭한 것이다. 그러나 그런 의식 자체가 진정성을 보장해 주는 것은 아니다. 작가는 어떤 천직이나 직분의 이름인가? 그것에 대한 진정한 성찰은 경계에서만 물을 수 있다. 거의 모든 예술가 소설이 글쓰기가 불가능함, 도무지 한 글자도 쓸 수 없음을 모티프로 해서 씌어지는 이유가 여기 있을 것이다. 어떤 직업인으로 살기가 불가능함도 '자기 자신'에게서 나와야 한다. 「대한민국 교사의 죽음」이 중요한 이야기를 하지만 더 설득력이 있기 위해서는 이런 문제를 고려해야 했을 것이다.

'나'는 누구를 위해, 무엇 때문에 글을 써 왔고 쓰고 있는가? "내가 그녀가 되고 그녀가 내가 되는 순간까지 턴, 턴, 턴 종이 위를 달릴 것이다."(「진눈깨비」)라고 했지만 이 또한 성찰을 요한다. "순백의 처녀 시집"을 낸 「진눈깨비」의 여자 주인공과 비교해 보면 '나'의 유아론은 드러난다. 그녀가 작가가 되기로 한 것은 상처 때문이다. 여자는 목숨을 걸고 글을 쓴다. 그러나 「진눈깨비」의 '나'는 그렇지 않다. 그는 원래 거기서 그렇게 쓰고 있었고 앞으로도 그럴 것이라 한다. 그녀가 묻자 그는 "소설은 삶도 아니고 죽음도 아닌 것"이라 한다. 소설은 진눈깨비 내리는 "길"이라 한다. 그는 삶이 연속되리라는 것을 확신하고 있다. 실제 사는 것은 죽음 아니면 삶이다.

어느 쪽이 우선일까. 불행하게도 양자는 행복하게 만나지 못한다. 그리고 여기에 다른 새롭고 거대한 힘인 '디지털'(또는 '영상')이 작가들을 떠민다. 모든 토끼를 다 잡을 수 있나. 그래서 처음에 말한 대로 '알고 보면 나도 저주받은 소설가'라는 선언이 우리를 놀라게 한다는 것이다.

오늘날 날렵한 '이야기꾼'들은 문자 너머의 세계로 갔다. 그래도 많은 이야기꾼들이 문자에 매달려 있는 것은 시대착오이거나 관성 이외에 어떤 근거가 있기 때문일 것이다. 김탁환이라는 최첨단의 '스토리 디자이너'는 전통의 '매설'과 디지털 시대의 스토리텔링이 결합하는 지점에서 빛을 받고 있는 존재이다. 그러나 왠지 그는 좀 더 더 나아가려 하지 않고 망설이거나 두려워한다. 「감동의 도가니」는 작가가 처하는 오늘날 세상의 아이러니들을 드러내 보여 준다. 그러나 이 작가는 아직 태도를 정하지 못하고 있다. 역시 도스토옙스키가 가장 강하기 때문인가. 도스토옙스키처럼 쓰는 것이 가장 높은 글쓰기인가.

나 자신 글 쓰는 인간이지만, '글쓰기가 아니면 죽음'이라는 식의 생각을 해내는 글쟁이들이나 언어에서 세계 전체를 보려는 족속들이 옛날부터 지금까지 참 이상하다. 『진해 벚꽃』의 작가를 비롯해서 저 먼 나라의 푸코나 라캉 같은 이들까지. 언어와 글쓰기에 비상(非常)한 의미를 부여해서 세상을 읽거나 전복하려는 그들의 욕망이 삶에 비상(砒霜)을 타 넣을 것만 같은 불길한 생각에 사로잡히고는 한다. 쓰는 것 또는 읽는 것이 어떻게 사는 것과 같나. 죽은 뒤에야 그것을 알 수 있다는 말인가. 그들은 진정 미(美)와 불멸을 믿는 것일까. 그래서 그들은 여전히 작가이다.

(필자·성균관대 국문과 교수, 문화론)

옮긴이 · 김탁환

1968년 진해에서 태어나 서울대학교 국어국문학과와 동대학원을 졸업했다. 1995년부터 3년간 진해에 있는 해군사관학교에서 국어 교수로 재직했다. 그 후 「허균, 최후의 19일」, 「압록강」, 「독도평전」, 「나, 황진이」, 「서러워라, 잊혀진다는 것은」, 「방각본 살인 사건」, 「열녀문의 비밀」 등 치밀한 사상사적 연구가 바탕이 된 장편 역사 소설을 연이어 발표했다. 이외에도 문학 비평집 『소설 중독』, 『진정성 너머의 세계』, 『한국 소설 창작 방법 연구』를 출간하였다. 현재 한국과학기술원(KAIST) 문화기술대학원에서 디스털스토리텔링을 가르치고 있다.

진해 벚꽃

1판 1쇄 찍음 2006년 3월 31일
1판 1쇄 펴냄 2006년 4월 5일

지은이 김탁환
편집인 장은수
발행인 박근섭
펴낸곳 민음사출판그룹 (주) 황금가지

출판등록 1996. 5. 3. (제16-1305호)
주소 135-887 서울 강남구 신사동 506 강남출판문화센터 5층
전화 영업부 515-2000 / 편집부 3446-8773 / 팩시밀리 515-2007
홈페이지 www.minumin.com

값 10,000원

ISBN 89-8273-969-6 03810

* 민음in은 민음사출판그룹의 새로운 브랜드입니다.